**오렌지만이
과일은 아니다**

오렌지만이 과일은 아니다

지넷 윈터슨 장편소설

김은정 옮김

민음사

ORANGES ARE NOT THE ONLY FRUIT

by Jeanette Winterson

질 샌더스와 고양이 팽에게

두꺼운 껍질을 사용할 때 하얀 속껍질을 완전히 벗겨 내지 않으면,

더껑이가 생겨 완성된 요리의 모양새를 망치게 된다.

— 비턴 부인의 『마멀레이드 만들기』 중에서

오렌지만이 과일은 아니다.

— **넬 그윈**

차례

일러두기

작품 속에서 인용, 변주되는 성경 텍스트 및 인명과 지명은 『아가페 큰글 성경』(아가페 출판사, 3판 4쇄, 1997)을 토대로 하여 옮겼다.

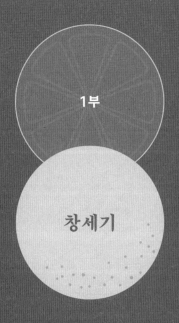

1부

창세기

대부분의 사람들이 그렇듯이 나도 오랫동안 부모님과 함께 살았다. 아버지는 레슬링을 즐겨 보았고, 어머니는 레슬링 하기를 좋아했다. 무엇과 레슬링을 벌이느냐는 중요하지 않았다. 어머니는 홍 코너 선수였고 그것으로 그만이었다.

어머니는 바람이 세차게 부는 날이면 가장 큰 이불을 내다 널었다. 모르몬교 사람들이 찾아와 문을 두드리기를 바랐으며 노동당 선거철에는 당사 창문에 보수당 후보의 사진을 떡하니 붙이기도 했다.

복잡한 심경이란 어머니와는 먼 이야기였다. 어머니에게는 오로지 친구 아니면 적이 있을 뿐이었다.

적들은 　　 (다양한 모습의) 사탄
옆집 　　 (여러 가지 형태의) 섹스

                    민달팽이
        친구들은 하느님
                    우리 집 강아지
                    마지 이모
                    샬럿 브론테의 소설들
                    민달팽이 퇴치용 알약

  그리고 나였다.(치음에는 그랬다.) 어머니는 '적들의 세상'
을 상대로 벌이는 태그매치에 끌어들이기 위해 나를 입양했
다. 어머니는 출산에 대한 의견이 남달랐는데, 아이를 낳을
수 없는 쪽이 아니라, 낳고 싶어 하지 않는 쪽이었다. 어머니
는 동정녀 마리아가 선수를 친 것에 대해 매우 씁쓸해했다.
그래서 차선책으로 버려진 아이를 데려왔고, 그게 바로 나
였다.
  내가 '특별한 아이'임을 몰랐던 시절은 떠올릴 수가 없다.
어머니가 현명한 남자는 없다고 믿었기에 우리에겐 동방 박
사들은 없었다.* 대신 우리는 양을 키웠다. 내 유년기 기억
중 하나는 부활절 때 어머니가 나를 양 위에 태우고 '스스로
제물이 된 어린양' 이야기를 들려 준 일이다. 그리고 우리는
일요일마다 감자를 곁들여 양고기를 먹었다.
  일요일은 주님의 날, 일주일 중 가장 활기찬 날이었다. 우

  *   동방 박사들을 가리키는 영어 'Wise Men'을 가지고 말장난을 한 것.

리 집에는 위풍당당한 마호가니로 만든 라디오 겸용 전축이 있었다. 주파수를 맞추려면 두툼한 베이클라이트 손잡이를 빙빙 돌려야 했다. 보통 때는 「빛의 말씀」을 들었지만 일요일에는 항상 「세계 선교 소식」을 틀었다. 어머니가 우리 선교사들의 행적을 기록할 수 있도록 말이다. 우리가 만든 선교 지도는 매우 훌륭했다. 앞면에는 세계 지도가 있고 뒷면에는 각 '종족'들과 그들의 '특징'을 숫자로 표기한 도표가 있었다. 내가 가장 좋아한 것은 16번, 카르파티아산맥의 부줄족이었다. 이들은 잘라서 버린 머리카락을 쥐가 가져다 둥지로 만들면 머리카락의 주인에게 두통이 생긴다고 믿는다. 둥지가 클수록 그 사람은 미칠 확률이 높아진다. 내가 아는 한 그 부족을 방문한 선교사는 아직 없었다.

어머니는 일요일마다 일찍 일어났고, 10시까지는 아무도 응접실에 들어갈 수 없었다. 응접실은 어머니만이 기도하고 명상하는 장소이기 때문이었다. 나폴레옹이 그의 키 때문에 항상 말을 탄 채 명령을 내린 것과 마찬가지로, 어머니는 무릎 때문에 항상 서서 기도했다. 어머니가 누렸던 신과의 관계는 분명 상당 부분 서서 기도하는 어머니의 자세와 상관이 있었을 거라고 나는 생각한다. 어머니는 철저하게 구약 성서적이었다. 온화한 부활절의 양을 찾는 게 아니라, 예언자들과 함께 최전방으로 나가는 식이었다. 그리고 구약 성서에서 약속한 신의 저주와 파괴가 구체화되지 않을 때는 울화가 치밀어 나무 아래에서 어쩔 줄 몰라 하는 일이 잦았다. 파괴는 대개 실현되었지만, 그것이 어머니의 의지 때문이었는지 아니면 주님의 의지 때문이었는지는 나도 모르겠다.

어머니는 매번 한 치도 다름없는 방식으로 기도했다. 우선 또 하루를 맞게 해 주신 데 주님께 감사하고, 다음에는 세상에 또 하루를 베풀어 주신 데 감사했다. 그러고는 어머니의 적들에 대해 성토했다. 어머니에게는 이것이 교리 문답이나 다름없었다.

"원수 갚는 것이 내게 있으니 내가 갚으리라고 주께서 말씀하시니라."*가 벽을 뚫고 부엌에 울려 퍼지면 나는 주전자를 올려놓았다. 물이 끓고 차가 우러나는 데 걸리는 시간이 어머니 기도의 마지막 순서인 사악한 것들을 나열하는 시간과 엇비슷했던 것이다. 어머니는 대단히 규칙적이었다. 내가 차에 우유를 타면, 어머니가 들어와 한 잔 쭉 들이켠 후 반드시 다음 세 가지 중 하나를 말했다.

"주님은 선하시다." (뒷마당 쪽으로 강철 같은 눈빛)

"이건 무슨 차지?" (나에게 강철 같은 눈빛)

"성경에 나오는 인물 중 가장 나이가 많은 사람은 누구지?"

물론 여러 변수가 있긴 했지만, 세 번째 경우엔 항상 성경에 대한 질문이었다. 우리 교회에서는 성경 퀴즈 대회를 자주 열었고 어머니는 내가 일등을 하기를 원했다. 내가 정답을 맞히면 즉시 다른 문제를 냈고 내가 정답을 모를 때면 시

* 　 신약 성서 「로마서」 12장 19절.

무룩해졌지만, 곧「세계 선교 소식」을 들어야 할 시간이라 다행히 오래가지는 않았다. 라디오도 항상 똑같은 방식으로 들었다. 우리는 각자 전축 양편에 앉는다. 어머니는 차를, 나는 종이와 연필을 들고 있고, 우리 앞에는 선교 지도가 펼쳐져 있다. 전축에서 나오는 멀리서 들리는 듯한 목소리가 선교 활동, 개종자들, 그리고 각종 어려움 등의 소식을 전했다. 목소리가 드디어 '여러분들의 기도'를 호소하면 방송은 끝났다. 저녁때 어머니가 교회에 보고서를 전달할 수 있도록 나는 모든 것을 받아 적어야 했다. 어머니는 선교 활동 간사였다.「선교 보고서」에 우리의 점심이 달려 있기 때문에 이는 나에게 크나큰 시련이었다. 선교 활동이 잘 진행되어 죽은 이가 없고 개종자가 많으면 어머니는 뼈에 붙은 큰 고깃덩이를 요리했다. 하지만 불경한 자들이 고집스러울 뿐 아니라 흉악하다는 사실이 드러나는 경우 어머니는 아침 내내「짐 리브스의 기도 예배」를 들었으므로 아버지와 나는 삶은 달걀과 딱딱한 토스트로 끼니를 때워야 했다. 어머니의 남편은 느긋한 사람이었지만 이런 일이 그를 울적하게 한다는 걸 나는 알고 있었다. 아버지가 직접 요리할 수도 있었지만 어머니는 우리 집에서 냄비와 피아노를 구별할 수 있는 사람은 자기뿐이라고 확신했다. 우리가 보기엔 그 생각이 틀렸지만 어머니는 자신이 옳다고 확신했고, 실제로 중요한 것은 어머니의 생각이었다.

어찌어찌 그런 아침을 보내고, 오후에 어머니와 내가 강아지를 산책시키면, 그동안 아버지는 신발을 죄다 닦아 놓았다. "신발을 보면 그 사람을 알 수 있는 거다." 어머니의 지론이었다. "옆집을 보렴."

옆집 앞을 지나가면서 어머니는 완강하게 말했다. "술이나 마시고 그러니까 저 사람들은 맥시 볼의 카탈로그에나 나오는 중고품들만 사는 거다. 사탄도 술꾼이란다."(때로 어머니는 새로운 신학 이론까지 세웠다.)

맥시 볼은 큰 가게를 소유하고 있었다. 그 집 옷은 싸지만 오래 입을 수 없었고 공업용 접착제 냄새까지 났다. 자포자기한 사람들, 조심성 없는 사람들, 아주 가난한 사람들이 토요일 아침마다 그 가게에 모여들어 서로 다투듯 물건을 집어 들고 가격을 깎느라 실랑이를 벌였다. 어머니는 맥시 볼의 가게에 얼굴을 내미느니 차라리 굶는 쪽을 택했을 것이다. 어머니는 내게 그곳의 이미지를 끔찍한 쪽으로 심어 놓았다. 물론 우리가 아는 많은 사람들이 그 가게에 다녔으므로 어머니가 옳다고 말하기는 힘들었다. 게다가 어머니는 본래 공정한 편도 아니었다. 어머니는 사랑하거나 아니면 증오했고, 맥시 볼은 후자일 뿐이었다. 어느 겨울, 한번은 어머니가 그 가게에서 어쩔 수 없이 코르셋을 산 적이 있었다. 그런데 바로 그 주 일요일, 성찬식이 한창일 때 코르셋에서 고래수염 하나가 비어져 나와 배 중앙을 찌르기 시작했다. 한 시간 동안 어머니는 어쩔 도리 없이 불편함을 참을 수밖에 없었다. 집에 돌아오자마자 어머니는 코르셋을 찢어 버리고 안에 들어 있던 고래수염을 제라늄 화분에 지지대용으로 꽂아 버렸다. 나에게 준 한 조각만 제외하고 말이다. 나는 아직도 그걸 가지고 있으며, 뭔가를 대충 편하게 처리하고 싶은 유혹이 생길 때마다 그 고래수염을 떠올리고 좀 더 분별력 있게 행동한다.

어머니와 나는 길 끝에 있는 언덕을 향해 계속 걸어갔다. 우리는 골짜기 사이에 다소 억지스럽게 들어앉은 소도시에 살았다. 굴뚝과 작은 가게들과 다닥다닥 붙은 정원 없는 집들이 뒤죽박죽으로 가득한 곳이었다. 마을을 둘러싼 언덕 중 우리 집 쪽 언덕은, 군데군데 농가나 전쟁 폐허로 끊기기는 했지만 랭커셔주의 페나인산맥까지 쭉 이어져 있었다. 전에는 낡은 탱크들이 많았는데 시의회에서 그것들을 전부 치워버렸다. 이 도시는 하나의 도톰한 점이었다. 도로들은 시내에서 합쳐졌다가 다시 공유 녹지대로 뻗어 나갔다. 우리 집은 위로 길게 늘어지는 판석 도로의 거의 맨 끝에 있었다. 언덕 꼭대기로 올라가면, 마치 산봉우리 위의 예수처럼 모든 것을 내려다볼 수 있었다. 사탄의 유혹이 그럴듯해 보일 만큼 매력적이진 않지만 말이다.* 오른쪽으로는 고가 다리가 있고 그 너머에는 엘리슨의 셋집들이 있었다. 이곳에서 마을 사람들은 일 년에 한 번 장을 열었다. 나는 어머니에게 검정

---

* 예수는 본격적인 포교에 나서기 전 사막에서 40일간 금식했는데, 그
   때 마귀가 나타나 세상의 왕이 되게 해 주겠다며 시험한 일을 말한다.

콩 한 바가지를 얻어 오겠다는 조건으로 그곳에 가도 좋다는 허락을 받았다. 토끼 똥처럼 생긴 검정콩은 수프나 접시들의 죽으로 만든 연한 고깃국물 소스에 넣으면 맛이 아주 좋았다. 접시들은 밤새도록 야단법석을 떨기 일쑤였다. 어머니는 그들을 간음자들이라고 불렀지만, 이곳 사람들은 접시들과 전반적으로 아주 잘 지냈다. 이들은 당의를 입힌 사과가 사라지는 것을 못 본 척했고, 좀 한산한 날에는 돈이 모자라는 사람에게도 범퍼카를 타게 해 줬던 것이다. 아이들은 접시들의 트레일러하우스 주변에서 자주 쌈질을 벌였다. 주로 나 같은 이 거리의 아이들과 가로수 길 주변에 사는 깔끔한 아이들과의 싸움이었다. 깔끔한 아이들은 걸스카우트에 입단하고 학교에서 저녁 급식을 먹지 않았다.

어느 날이었다. 몰래 검정콩을 따서 막 집에 가려는데 한 노파가 갑자기 내 손을 붙들었다. 나를 물리는 줄 알았지만 노파는 내 손바닥을 들여다보더니 슬쩍 웃었다. "넌 결혼은 절대 안 하겠구나." 노파는 이렇게 말했다. "넌 안 해, 그리고 네 인생은 결코 평탄하지 않을 거야." 노파는 콩값을 요구하지도 않고 내게 빨리 집으로 가라고 했다. 나는 노파의 말을 이해해 보려 애쓰면서 뛰고 또 뛰었다. 어차피 결혼 생각은 해 본 적이 없었다. 내가 아는 사람 중 남편이 없는 여자가 둘 있었는데, 그들은 어머니만큼 나이를 먹었다. 두 사람은 함께 만화방을 운영했고, 수요일에 내가 만화책을 빌리러 가면 바나나 아이스크림을 주기도 했다. 나는 두 사람을 무척 좋아해 어머니에게도 그들에 대한 얘기를 많이 했다. 하루는 그 두 아주머니가 내게 바닷가에 함께 가지 않겠느냐고 물었다. 집으로 달려가서 그 얘기를 재잘거리며 새 부삽을 사려고 바삐 저금통을 비우는데 어머니가 단호하게, 여지없이 "안 돼."라고 말했다. 난 왜 안 되는지 이해할 수 없었고 어머니도 설명하려 하지 않았다. 심지어는 갈 수 없다고 말하러 가는 것조차 허락하지 않았다. 그 후 어머니는 그 만화방에 해 둔 예약을 취소하고 멀리 떨어진 다른 가게에서 만화를 빌리라고 했다. 난 너무나 슬펐다. 새 가게에서는 한 번도 바나나 아이스크림을 주지 않았다. 몇 주 후, 나는 어머니가 화이트 부인에게 만화방 아주머니들에 대해 말하는 소리를 들었다. 어머니는 그 아주머니들이 그릇된 정욕에 빠져 있다고 했다. 나는 아주머니들이 아이스크림에 화학 약품 같은 것을 넣는다는 뜻으로 이해했다.

시내가 아래로 멀리 보일 때까지 언덕을 올라가면 맨 꼭대기에 있는 기념비에 이르렀다. 바람이 항상 세차게 불어서 어머니는 모자에 여분의 고정 핀을 꽂아야 했다.(어머니는 평소에는 머리에 스카프를 둘렀지만 일요일에는 모자를 썼다.) 기념비 주추에 나란히 앉고 나면 어머니는 우리가 무사히 올라오게 해 주신 것에 감사해 했다. 그러고는 즉석에서 세상의 이치, 세상 사람들의 어리석음, 그리고 필연적인 신의 분노에 대해 연설을 늘어놓았다. 그 후에는 내게 육체의 결실을 경멸하며 주님을 위해 일한 용감한 사람들에 대한 이야기를 해 주었다.

그중에는 술과 죄악에 전 불결한 탕자가 굴뚝 안의 검댕을 긁어내다가 불현듯 주님을 만났다는, 일명 '개종한 청소부' 이야기도 있었다. 이 청소부가 황홀경에 빠진 채 너무 오랫동안 굴뚝에서 나오지 않아 친구들은 그가 인사불성 상태라고 생각했다. 각고의 노력 끝에 친구들은 청소부를 설득해 굴뚝에서 나오게 했는데, 놀랍게도 청소부의 얼굴은, 친구들이 증언한 바에 따르면, 검댕으로 온통 시커먼데도 천사의 얼굴처럼 빛나고 있었다. 청소부는 곧바로 주일 학교 교사 일을 시작했고 얼마 후 은혜 가운데 세상을 떠났다. 이외에도 여러 가지 이야기가 있었는데, 내가 특히 좋아한 것은 '할렐루야 거인'이었다. 키가 2미터가 넘어 괴물로 불렸던 남자가 독실한 신자들의 기도 덕분에 1미터 90센티미터로 줄었다는 내용이었다.

이따금 어머니는 자신이 어떻게 개종하게 되었는지 내게 들려주었는데 아주 낭만적인 이야기였다. 나는 때로 밀스 앤드 분*이 신앙 부흥운동에 관심을 갖고 로맨스 소설을 만든다면 어머니는 틀림없이 스타가 될 거라고 생각했다.

어느 날 밤, 순전히 우연하게, 어머니는 스프랫 목사의 '영광의 십자군'에 들어갔다. 공터에 세운 천막 안에서 스프랫

＊　Mills & Boon. 영국에 본사를 둔 국제적인 출판사로 통속적인 로맨스 소설을 주로 출간했다.

목사는 매일 저녁 지옥에 떨어진 자들의 운명에 대해 설교하고 치유의 기적을 행했다. 그의 외모는 매우 인상적이었다. 어머니는 스프랫 목사가 배우 에럴 플린*처럼 생겼지만 그와 달리 경건하다고 했다. 많은 여자들이 일주일 사이에 주님을 영접했다. 스프랫 목사의 카리스마는 일정 부분 라스본 연철 회사의 광고 책임자로서 보냈던 그의 경력에서 유래한 것이었다. 그는 미끼에 대해 잘 아는 사람이었다. 일간지 《크로니클》과의 인터뷰에서 기자가 그에게 왜 새로 개종한 사람들에게 화분을 주는지 다소 냉소적으로 물었을 때, 그는 이렇게 말했다. "미끼를 쓰는 것은 결코 잘못된 일이 아닙니다. 우리는 사람 낚는 어부가 되라는 명령을 받았습니다." 호명과 함께 찬송가 한 권이 주어지던 날, 어머니는 크리스마스선인장과 은방울꽃 중 하나를 선택해야만 했다. 어머니는 은방울꽃을 골랐다. 다음 날 저녁 아버지를 데려갔을 때, 어머니는 아버지에게 꼭 선인장을 고르라고 했지만 아버지가 앞으로 나갔을 때는 이미 선인장이 다 떨어진 뒤였다. "네 아버지는 의욕적인 사람이 아니지." 어머니는 자주 이렇게 말했다. 그리고 잠시 말이 없다가 꼭 이렇게 덧붙이곤 했다. "그에게 하느님의 축복이 함께하기를."

스프랫 목사는 '영광의 십자군' 사람들과 여생을 함께하

---

*   Errol Flynn(1909~1959). 오스트레일리아 호주 출신의 할리우드 고전 배우. 희대의 바람둥이로 회자되었다.

기 위해 온 것이었고, 바로 그때 어머니는 자신에게 잠재되어 있던 선교 사업에 대한 열정을 발견했다. 목사는 밀림을 비롯한 여러 더운 나라에서 이단자들을 개종시키는 일에 평생을 바친 사람이었다. 우리는 창을 든 흑인 남자들에게 둘러싸인 목사의 사진 한 장을 갖고 있었다. 어머니는 그 사진을 침대 옆에 보관했다. 어머니는 윌리엄 블레이크*와 매우 비슷했다. 어머니에게도 이상과 꿈이 있었고, 신성함에 관해서는 벼룩이건 왕이건 구별하지 않을 때도 많았다. 다행히도 그림은 못 그렸지만 말이다.

어느 밤 어머니는 밖으로 걸어 나가 자신의 인생을 돌아보며 무엇을 할 수 있을지를 고민했다. 어머니는 또 자신이 할 수 없는 것들도 생각해 보았다. 어머니의 삼촌은 예전에 배우였다. "매우 훌륭한 햄릿"이라고 《크로니클》에서 언급한 적도 있었다.

그러나 누더기도 화려한 의상도 세월이 지나면 다 잊히고 사라진다. 월 삼촌은 무일푼으로 죽었고, 당시의 어머니는 어린 나이가 아니었으며, 사람들은 친절하지 않았다. 어머니는 프랑스어로 얘기하는 것과 피아노 치는 것을 좋아했지만, 그걸로 뭘 할 수 있었단 말인가?

---

*   William Blake(1757~1827). 19세기 영국의 신비주의 시인이자 신학자이며 화가. 모든 생물에 똑같은 신성함이 깃들어 있다는 사상을 지녔다.

옛날 옛날에 총명하고 아름다운 공주가 살았습니다. 너무나도 마음이 여려 나방 한 마리의 죽음에도 몇 주일 동안 계속해서 슬퍼하는 공주였지요. 공주의 가족들은 해결 방법을 알지 못했습니다. 대신들은 머리를 긁적이고, 현인들은 고개를 젓고, 이웃 나라에서 온 용감한 왕들은 불만을 품고 떠났습니다. 이렇게 여러 해가 계속되던 어느 날, 숲속을 거닐던 공주는 마법의 비밀을 알고 있는 나이 든 곱추 여인의 오두막에 이르렀습니다. 이 늙은 곱추는 공주에게 강한 에너지와 슬기로움이 있음을 알아보았습니다. 곱추가 말했습니다.

"아가씨, 아가씨는 자신의 열정에 불타 버릴 위험에 처했군요."

곱추는 자신은 늙었고 그래서 이만 죽기를 바라지만, 해야 할 일이 많아 그럴 수 없다고 공주에게 말했습니다. 노파는 순박한 사람들이 사는 작은 마을 사람들의 조언자이자 친구이자 책임자였습니다. 공주가 노파의 일을 떠맡으려 했을까요? 공주가 책임질 일은⋯⋯

(1) 염소젖을 짜는 것.
(2) 사람들을 가르치는 것.
(3) 축제 때 부를 노래를 짓는 것.

만약 일을 거들게 된다면 공주는 세발의자와 곱추 노파의 책 전부를 갖게 될 것입니다. 무엇보다 좋은 것은, 늙은 곱추

의 손풍금, 아주 오래된 4옥타브 악기를 가질 수 있다는 점
이었습니다. 공주는 그곳에 머무르기로 하고 궁전과 나방에
관한 모든 것을 잊었습니다. 노파는 공주에게 고맙다고 말한
뒤 곧바로 숨을 거두었습니다.

어머니는 그날 밤 밖을 거닐며 어떤 꿈을 꾸었고, 낮에도
그 꿈을 계속 되새겼다. 아이를 얻고, 훈련하고, 단련한 뒤,
신에게 바칠 것이었다.

전도하는 아이
주님의 종
은총

그렇게 해서 얼마 후, 어머니는 별을 따라갔고 그 별은 어
느 고아원 위에 멈추어 섰다. 그리고 그곳에는 구유에 누인
한 아이가 있었다. 머리숱이 너무 많은 아이가.
"이 아이는 신이 내게 주신 거야."
어머니는 당장 아이를 데려왔고 아이는 이레 낮 이레 밤
동안 소리쳐 울었다. 두려움에 떨며, 영문을 모르는 채. 어머
니는 아이에게 노래를 불러 주고 마귀들을 물리쳤다. 어머니
는 악령이 육체를 얼마나 시기하는지 알고 있었다.
이렇게 따스하고 부드러운 육체를.
자신의 머리에서 튀어나온 이제 그녀의 것인 육체를.

그녀의 이상을.

골반 아랫부분의 격렬한 움직임이 아닌, 물과 말씀으로 만들어진 몸을.

이제 그녀에게는 출구가 있었다. 그리고 그 문은 앞으로 오랫동안 열려 있을 터였다.

우리는 언덕에 서 있었다. 어머니가 말했다. "이 세상은 온통 죄악으로 가득하단다."

우리는 언덕에 서 있었다. 어머니가 말했다. "네가 세상을 바꿀 수 있단다."

우리가 집에 왔을 때 아버지는 텔레비전을 보고 있었다. 분쇄기 윌리엄스와 애꾸눈 조니 스콧이 벌이는 레슬링 경기였다. 우리는 일요일이면 늘 '구약 성서의 행적 식탁보'로 텔레비전을 가려 놓기 때문에 어머니는 그 광경을 보자마자 화를 냈다. 식탁보는 주택 철거 일을 하는 어떤 남자가 우리에게 준 것이었다. 식탁보 그림이 매우 웅장하고 화려해서 우리는 티파니 유리잔과 레바논 지역의 양피지 같은 것만 들어 있던 특별 서랍에 이것을 보관했다. (그 양피지같이 생긴 바랜 종이를 왜 보관하고 있었는지 모르겠다.) 우리는 이 식탁보의 그림을 구약의 한 장면으로 여겼지만 실은 양 방목장이었다. 아버지는 식탁보를 잘 개어 놓지 않았다. 아무렇게나 접힌 식탁보에서 '십계명을 받는 모세'의 모습이 보였다. '일 나겠네.' 나는 잽싸게 탬버린 수업을 받으러 구세군에 가겠다는 의사를 표명했다.

불쌍한 아버지, 아버지는 뭐든 잘하는 것이 없었다.

그날 밤 교회에서는 스톡포트에서 온 핀치 목사가 초청 강연을 했다. 마귀 전문가였던 그는 사람들이 얼마나 쉽게 마귀에 들리는지에 대한 무시무시한 설교를 했다. 덕분에 교회에 모인 신자들은 모두 마음이 뒤숭숭해졌다. 화이트 부인은 자신의 옆집 사람들이 마귀에 들린 것 같다며, 핀치 목사가 말한 모든 징표가 보였다고 했다. 핀치 목사의 말에 따르면 마귀 들린 자들은 통제할 수 없는 분노에 빠지고 발작하듯 웃으며 항상, 언제나, 매우 교활하다. 또한 목사가 우리에게 일깨운 바에 따르면 사탄은, 빛의 천사인 양 나타날 수 있었다.

예배 후에 우리는 연회를 열 예정이었다. 그래서 어머니는 크림 과자 스무 개와 양파 치즈 샌드위치를 푸짐하게 만들어 놓았다.

"샌드위치 만든 솜씨를 보면 어떤 분인지 알 수 있죠." 핀치 목사가 단언했다.

어머니의 얼굴이 발개졌다.

그리고 목사는 내게 돌아서며 말했다.

"몇 살이니, 귀여운 꼬마야?"

"일곱 살이요."

"아, 일곱 살." 목사가 중얼거렸다. "은혜롭도다, 이레간의 창조, 일곱 개의 가지가 있는 촛대, 일곱 개의 봉인(seals)."

(일곱 마리 물개(seals)라고? 성경 읽기 학습에서 아직 「요한계시록」까지는 진도가 나가지 않은 상태였으므로, 나는 내가 무심코 지나친 구약 성서에 나오는 어떤 양서류를 말하는 것으로 생각했다. 나는 성경 퀴즈에 나올 경우를 대비해서 몇 주일간 이 동물을 찾아보기까지 했다.)

"그래." 목사는 계속했다. "이 얼마나 큰 은혜인가." 그러고는 그의 이마가 어두워졌다. "그러나 이것은 저주일지라." 그 말과 동시에 그는 주먹으로 탁자를 치며 치즈 샌드위치를 모금함 안으로 힘껏 집어던졌다. 나는 목사가 샌드위치를 버리는 것을 똑바로 보았지만 정신이 너무 산란해져 다른 사람들에게 그 사실을 말하는 걸 깜박했다. 그다음 주 여신도 모임에 참석한 사람들이 모금함에서 샌드위치를 발견해 모임 전체가 침묵에 빠졌다. 완전히 귀가 먹은 데다 배가 몹시 고팠던 로스웰 부인만 빼고 말이다.

"마귀는 일곱 배로 되돌아옵니다." 목사의 눈이 탁자 위를 배회했다. (긁는 소리, 로스웰 부인의 숟가락이 움직였다.)

"일곱 배."

("이 케이크 드시고 싶은 분?" 로스웰 부인이 물었다.)

"가장 선한 이가 가장 악해질 수 있습니다." 목사는 내 손을 잡았다. "이 순수한 아이, 이 성약(聖約)의 꽃……."

"그럼 내가 먹을게요." 로스웰 부인이 선언했다.

핀치 목사가 로스웰 부인을 노려보았다. 그러나 로스웰

부인은 그런 일로 망설일 사람이 아니었다.

"이 작은 백합 같은 아이도 마귀들의 온상이 될 수 있습니다."

"이런, 진정하세요." 핀치 부인이 걱정스레 말했다.

"방해하지 마세요, 그레이스." 목사가 단호하게 말했다. "난 하나의 예로서 말하는 겁니다. 신은 우리에게 기회를 주셨고 신이 주신 것을 우리는 결코 낭비해서는 안 됩니다. 가장 경건했던 남자들이 갑자기 사악함으로 가득 차게 되는 것을 우리는 알고 있습니다. 그렇다면 여자는 얼마나 더하겠으며, 아이들은 또 얼마나 더하겠습니까. 부모님들, 여러분의 아이들에게 악의 증거들이 있는지 주시하십시오. 남편 여러분, 당신의 아내를 주시하십시오. 주님의 이름으로 축복합니다."

목사는 그제야 내 손을 놓아주었다. 이미 내 손은 찌부러지고 축축했다.

목사는 바지의 허벅지 부분에 자기 손을 닦았다.

"그렇게 너무 힘 빼지 마세요." 핀치 부인이 말했다. "이 케이크 좀 드세요, 안에 셰리주가 들었어요."

나는 약간 머쓱해져서 주일 학교 방으로 들어갔다. 성경에 나오는 장면으로 꾸밀 수 있는 펠트 그림판이 있었다. 내가 막 사자 굴에 있는 다니엘을 만드는 데 재미를 붙였을 때 핀치 목사가 나타났다. 나는 손을 주머니에 넣고 바닥을 내려다보았다.

"우리 어린 아가씨." 그가 말을 걸며 그림판을 흘낏 쳐다
보았다.

"이게 뭐지?"

"다니엘이요."

"그렇다면 그림이 잘못됐구나." 목사가 기겁하며 말했다.
"다니엘이 사자 굴에서 도망쳤다는 것을 모르니? 네 그림에
서는 사자들이 다니엘을 삼키고 있구나."

"죄송해요." 나는 내가 지을 수 있는 최고로 은혜로운 표
정을 지으며 말했다. "요나와 고래 이야기를 만들려고 했는
데 펠트 그림판에는 고래가 없었거든요. 그래서 사자들이 고
래라고 상상하고 있었어요."

"다니엘이라고 말했잖니." 목사가 의심했다.

"잠깐 착각했어요."

목사가 웃었다. "그럼 제대로 만들어 볼까?" 목사는 조심
스럽게 사자들을 한쪽 구석에, 그리고 다니엘을 다른 쪽 구
석에 새로 배열했다. "느부갓네살 왕*은 어떠냐? 그다음엔
새벽의 기적 장면을 만들어 보자."

목사는 왕을 찾아 펠트 그림판을 헤집었다.

'어려울 텐데.' 나는 속으로 생각했다. 수전 그린이 크리스
마스의 동방 박사 세 사람 그림에 토를 해 놓아서 남아 있는
왕이 별로 없었던 것이다.

---

* 유대를 멸망시킨 바빌로니아의 왕. 다니엘을 사자 굴에 가두었다.

나는 목사를 내버려 두고 나왔다. 홀로 되돌아왔을 때 누군가의 목소리가 내게 핀치 목사를 보지 못했느냐고 물었다.

"주일 학교 방에서 펠트 그림판으로 놀고 계세요."

내가 대답했다.

"지어내서 얘기하지 마라, 지넷." 같은 목소리가 말했다. 위를 올려다보니 주스버리 양이었다. 그녀는 언제나 입을 동그랗게 오므리고는 깐깐하게 말했다. 오보에를 가르치는 사람이라서 그런 거라고 생각했다. 오보에는 입에 어떤 영향을 미친다.

"집에 갈 시간이다." 어머니가 말했다. "충분히 흥미진진한 하루를 보낸 것 같구나, 지넷."

이상한 일이다, 사람들이 흥미롭다고 생각하는 것이.

우리는 출발했다. 앨리스와 메이("너한테는 앨리스 이모랑, 메이 이모야.")도 함께였다. 나는 핀치 목사가 얼마나 끔찍한지 생각하느라 혼자 뒤처졌다. 이빨은 앞으로 튀어나오고, 깊고 엄숙하게 말하려 해도 목소리는 끽끽거리고. 불쌍한 핀치 부인. 어떻게 그런 남자랑 같이 살지? 그때 집시 노파가 한 말이 생각났다. '넌 결혼은 절대 안 하겠구나.' 결혼하지 않는 것도 그리 나쁠 것 같지 않았다. 집에 가기 위해 우리는 공장 구역을 따라 걸었다. 마을 사람들 중에서도 가장 가난한 사람들이 이곳에 살았다. 공장들과 이어진 거리엔 아이들 수백 명과 비쩍 마른 개들이 우글거렸다. 지금은 우리 옆집에 사는 사람들도 한때는 여기에, 아교 작업장 바로 옆에 살았다. 그러다 사촌인지 누군지가 그 사람들에게 집을 남겨주었다. 바로 우리 옆에 있는 집을 말이다. "사탄의 짓이지." 어머니가 말했다. 어머니는 항상 이런 일들이 우리를 시험하기 위한 것이라고 믿었다.

내가 혼자 공장 구역에 가는 건 허용되지 않았다. 마침 비가 오기 시작하자 나는 그 이유를 분명히 알 것 같았다. 만약 마귀들이 어디엔가 살고 있다면 바로 이곳일 것이었다. 우리는 벼룩 약과 해충 약을 파는 가게를 지나갔다. '아크라이트 해충 가게'라고 불리는 곳이었다. 우리 집에 바퀴벌레가 한창 극성을 부릴 때 들어가 본 적이 있는 가게였다. 가게 안에서 계산을 하던 아크라이트 부인이 우리가 지나가는 걸 보고 이모에게 들어오라고 소리쳤다. 어머니는 그리 내켜 하지 않았지만, 하는 수 없이 세금 뜯어 가는 자들과 죄인들에 관련된 예수님 이야기를 중얼거리며 나를 가게 안으로 들이밀었다. 그것도 맨 앞으로.

"그동안 어디 갔던 거야, 메이? 한 달이나 코빼기도 안 비치다니." 행주에 손을 닦으며 아크라이트 부인이 물었다.

"블랙풀에 갔다 왔어."

"호, 돈은 좀 땄어?"

"빙고에서 대박이 났지."

"말도 안 돼."

아크라이트 부인은 고약한 사람이었는데, 감탄도 잘하는

편이었다.

대화는 한동안 이렇게 계속됐다. 아크라이트 부인은 요즘 장사가 통 안 돼 가게를 닫아야 할 것 같다고, 이제 해충 약으로는 돈을 벌 수가 없다고 불평했다.

"여름이 덥기를 바라자고. 그러면 벌레들이 많아질 거야."

이 말에 어머니는 노골적으로 괴로워했다.

"이 년 전에 푹푹 쪘던 거 기억나? 맞아, 그때는 장사 좀 됐지. 바퀴벌레, 쥐, 온갖 벌레에 약을 쳤잖아. 하지만 이젠 더 이상 그때처럼 될 수 없어."

우리는 잠시 정중하게 침묵을 지켰고 이윽고 어머니가 기침을 한 뒤 가 봐야겠다고 말했다.

"그럼, 여기…… 이 물건들 가져가라."

아크라이트 부인이 나에게 말했다. 부인은 카운터 뒤쪽 어딘가를 마구 뒤지더니 모양이 제각각인 깡통 몇 개를 꺼냈다.

"여기에다 구슬도 보관하고 물건도 넣어 두면 좋아." 부인이 설명했다.

"고맙습니다." 나는 웃었다.

"응, 다 멀쩡한 거야." 나를 보며 부인도 웃었고, 내 손에 자신의 손을 문지르며 우리를 가게 밖으로 내보내 주었다.

"이것 봐, 메이." 나는 깡통을 보여 주었다.

"메이 이모." 어머니가 한마디 했다.

메이는 나와 함께 깡통을 살펴보았다.

"좀 벌레." 메이 이모가 소리 내어 읽었다. "싱크대 뒤, 화장실, 기타 습기 많은 곳에 충분히 뿌리세요." 오, 좋은데? 그럼 이건 뭘까. "기생충, 빈대, 기타 등등. 약효 보증. 효과 없으면 환불해 줌."

마침내 집에 도착했다. 잘 가요, 메이. 잘가요, 앨리스. 하느님의 축복이 함께하길. 새벽 근무조에서 일하는 아버지는 이미 잠자리에 든 뒤였다. 어머니는 앞으로도 몇 시간은 더 깨어 있을 것이다.

내가 아는 한 어머니는 4시가 돼야 잠자리에 들었고 아버지는 5시면 일어났다. 어떤 면에서는 좋은 일이었다. 밤중 어느 때 거실로 내려가도 외롭지 않았으니까. 한밤중에도 우리는 종종 베이컨과 달걀을 구워 먹었고 어머니는 내게 성경 구절을 읽어 주곤 했다.

나의 교육은 이렇게 시작됐다.

어머니는 나에게 구약 성서의 「신명기」부터 읽도록 가르쳤고, 가톨릭 성인들의 삶에 관한 모든 것, 어찌하여 성인들이 실제로는 사악한 사람들이며 어떻게 이름 모를 욕망에 빠졌는지에 대해 말해 주었다. 소위 '성인'은 숭배받기에 적합하지 않다는 것이었다. 성인 숭배는 가톨릭 교회의 또 다른 이단성이므로 나는 신부들의 부드러운 혀에 넘어가 잘못 인도되는 일이 없을 것이었다.

"그렇지만 난 신부님들을 만날 일이 없잖아요?"

"여자애들은 뭐든 '미리 준비해야' 하는 법이야."

나는 또한 구름이 뾰족탑이나 성당 같은 높은 건물과 충돌하면 비가 내리는 것이라고 배웠다. 충돌할 때의 충격으로 구름에 구멍이 나면 그 아래에 있던 사람들이 비에 젖는다. 그래서 옛날에는 높은 건물만을 신성하게 여겼고 청결함은 그다음 문제였다. 동네가 경건할수록 높은 건물이 많을 것이고, 그러면 비가 더 많이 올 테니 거리가 깨끗할 거라는 것이다.

"그래서 이교도들의 땅은 모두 그렇게 메마른 거야." 어머니는 이렇게 설명한 뒤 허공을 바라보았다. 어머니의 연필이 가늘게 떨렸다. "가엾은 스프랫 목사님……."

나는 또한 자연 세계에 있는 모든 것들이 선과 악의 위대한 투쟁을 상징한다는 걸 발견했다. 어머니가 말했다. "맘바*를 보렴. 짧은 거리에서는 맘바가 말보다 빨리 달릴 수 있겠지." 그러고는 종이에 두 동물의 경주를 그렸다. 어머니 말씀은 단기적으로는 악이 승리할 수 있지만 결코 오래가지 않는다는 것이었다. 우리는 이 사실에 매우 기뻐하며 우리가 가장 좋아하는 찬송가 「너 시험을 당해」를 열창했다.

한번은 프랑스어를 가르쳐 달라고 했더니 어머니 얼굴에 먹구름이 끼며 그럴 수 없다고 했다.

"왜요?"

"난 프랑스어 때문에 거의 타락할 뻔했다."

---

* 남아프리카산 코브라과 독사. 몸 길이가 3미터에 이르며, 도망치는 사람도 뒤쫓아가 물 정도로 빠르고 난폭하다.

"무슨 말이에요?" 나는 기회가 될 때마다 끈덕지게 물었다. 그러나 어머니는 고개를 저으며 내가 너무 어리다느니, 곧 모든 걸 알게 될 거라느니, 불결한 얘기라느니 하는 말만 중얼거렸다.

그러다 마침내 어머니가 이렇게 말했다. "때가 되면 피에르에 대해 말해 주마." 그러고는 라디오를 켜고 오랫동안 나를 무시했으므로 나는 침대로 돌아갔다.

어머니는 어떤 이야기를 시작했다가는 중간에 다른 이야기로 새기 일쑤여서 나는 지상 낙원이 인도 해안에서 멈춘 이후 무슨 일이 벌어졌는지 알 수 없었고, 거의 일주일간 '6×7=42'에서 꼼짝 못하기도 했다.

"나는 왜 학교에 안 가요?" 하루는 어머니에게 물었다. 어머니가 항상 학교를 '사육장'이라고 불렀기 때문에 나는 학교에 대해 궁금한 게 많았다. 무슨 뜻으로 사육장이라고 하는지는 몰랐지만, '그릇된 정욕'처럼 나쁜 것임은 알고 있었다. "너를 타락시킬 게 뻔하기 때문이야." 이것이 내가 들은 유일한 대답이었다.

나는 주로 화장실에서 이 모든 말들을 생각해 보았다. 화장실은 집 밖에 있는 데다 석탄 창고에서 거미들이 기어 나와 밤에는 별로 가고 싶지 않은 곳이었다. 아버지와 나는 화장실에 오래 있는 편이었다. 나는 손을 깔고 앉아 노래를 흥얼거리면서, 아버지는 아마도 일어선 채. 어머니는 우리가 화장실에 오래 있다고 무척 화를 냈다.

"왜 그렇게 꾸물거리니. 뭐 그리 오래 걸릴 게 있다고."

그렇지만 화장실은 방 외에 갈 수 있는 유일한 장소였다. 어머니가 뒤쪽에 욕실을 만드는 중이라, 식구 모두가 한방에서 지냈기 때문이었다. 언젠가 제대로 된 화장실이 만들어지면 작은 반쪽 방이 내 차지가 되겠지만, 어머니는 아주 천천히 작업을 했다. 생각할 것이 너무 많다고 했다. 때때로 화이트 부인이 시멘트 풀 섞는 것을 도와주러 오기도 했지만 두 사람 다 결국에는 조니 캐시의 방송을 듣거나 침례에 관한 새 인쇄물을 쓰는 일에 매달리곤 했다. 결국 공사가 끝난 것은 삼 년이나 지난 후였다.

한편 내 공부는 계속됐다. 원예학, 민달팽이로 인한 정원의 해충 문제, 그리고 어머니가 갖고 있는 씨앗 목록에 대해 배웠고, 역사가 「계시록」에 나오는 예언대로 흐른다는 것과 어머니가 주마다 받아 보는 《명백한 진리》라는 잡지의 내용을 이해해 갔다.

"우리 시대에 다시 엘리야가 날 거다." 어머니가 선언했다.

그래서 나는 믿지 않는 사람들은 결코 이해하지 못할 징표와 기적들을 해석하는 법도 배우게 되었다.

"네가 나중에 선교하러 나가게 될 때 필요할 거다." 어머니가 나를 일깨웠다.

그러던 어느 날 아침, 「철의 장막 뒤에서 전하는 이반 포포프」라는 선교 방송을 듣기 위해 일찍 일어났을 때, 두툼한 갈색 봉투가 우편함으로 툭 하고 떨어졌다. 어머니는 시 공

회당 읍사무소에서 열렸던 '병든 자들의 치유 집회'에 참가
했던 사람들이 보낸 감사 편지라고 생각했다. 어머니는 편지
를 뜯어 보았다……. 그러고는 고개를 떨구었다.

"뭐예요?"

"너에 관한 거다."

"나에 관한 뭐요?"

"널 학교에 보내라고 하는구나."

나는 바람처럼 화장실로 달려가 손을 깔고 앉았다. 드디
어 사육장에 가는 것이다!

2부

출애굽기

"왜 날 학교에 보내려는 거예요?" 학교 가기 전날 밤, 나는 어머니에게 물었다.

"네가 학교에 가지 않으면 내가 감옥에 가야 하니까." 어머니가 칼을 들었다. "빵 몇 조각 먹을 거니?"

"두 조각요." 나는 다시 물었다. "안에 든 게 뭐예요?"

"통조림 소고기야, 감사해라."

"감옥에 간다고 해도 다시 나오지 않나요? 사도 바울도 감옥에 자주 갔잖아요."

"나도 알아." (어머니는 꾹 눌러서 빵을 잘랐고, 그래서 소고기 국물이 아주 조금 흘러나왔다.) "그렇지만 이웃들은 몰라. 그만 말하고 이거나 먹으렴."

어머니가 내 앞으로 접시를 내밀었다. 음식은 형편없어 보였다.

"왜 우리 집은 감자튀김도 안 해 먹어요?"

"감자튀김 만들 시간이 없으니까. 일 때문에 돌아다니느라 다리도 쑤시지, 네 조끼 다려야지, 게다가 저 많은 기도 요청은 아직 손도 못 댔다. 무엇보다 감자도 없어."

나는 뭔가 할 일을 찾아 거실로 들어갔다. 부엌에서 어머니가 라디오를 켜는 소리가 들렸다.

"자, 이제⋯⋯." 어떤 목소리가 말했다. "달팽이의 가족생활에 대한 프로그램입니다."

어머니가 비명을 질렀다.

"들었니?" 어머니가 다그쳤다. 그러고는 부엌 문 옆으로 머리를 쑥 내밀었다. "달팽이의 가족생활이라니? 혐오스러워서 원. 우리 조상을 원숭이라고 말하는 것과 똑같구나."

나는 생각해 봤다. 어느 비 내리는 수요일 밤, 집에 있는 달팽이 남편과 부인을. 남편 달팽이는 조용히 졸고 달팽이 부인은 다루기 까다로운 아이들에 관한 책을 읽는 중이다. '너무 걱정이 돼요, 의사 선생님. 아이가 너무 조용해서요. 껍질에서 나오려 하질 않아요.'

"아녜요, 어머니. 그 둘은 전혀 달라요."

그렇지만 어머니는 듣고 있지 않았다. 어머니는 다시 부엌으로 들어가 「세계 선교 소식」에 주파수를 맞추며 잠음에 혼잣말로 투덜거렸다. 나는 어머니를 따라 들어갔다. "이 세상 어디든 사탄이 있지만 우리 집에는 없다." 어머니가 말했다. 그리고 오른쪽에 걸린 그리스도의 그림에 시선을 고정했다. 스프랫 목사가 '영광의 십자군'과 함께 위건과 아프리카로 떠나기 전 어머니를 위해 그려 준 15센티미터 크기의 수채화였다.

그림의 주제는 '새들을 먹이시는 예수님'이었고 어머니는 신자들을 위한 음식을 만드느라 많은 시간을 보내는 오븐 위에 그 그림을 놓아두었다. 지금은 조금 낡은 데다 주님의 한쪽 발에 달걀 거품까지 묻었지만 어머니는 물감이 떨어져 나갈까 봐 손대지 않으려 했다.

"이제 그만 나가렴."

어머니는 부엌문을 닫고 라디오를 껐다. 곧 「시온 성과 같은 교회」를 흥얼거리는 소리가 들렸다.

'그래, 이쯤에서 관두지 뭐.' 나는 생각했다.

그리고 그렇게 했다.

다음 날 아침은 벌집을 쑤셔 놓은 것처럼 부산했다. 어머니가 벌써 7시 30분이라며, 자신은 한숨도 못 잤고 아버지는 저녁도 못 먹고 일하러 갔다고 소리치며 나를 침대에서 끌어냈다. 어머니가 뜨거운 물 한 주전자를 세면대에 부었다.

"왜 안 주무셨어요?"

"세 시간 후면 일어나야 할 판에 자서 뭐하겠니."

어머니는 이번엔 뜨거운 물에 찬물을 퍼부었다.

"일찍 주무실 수도 있었잖아요." 목에 걸린 잠옷과 씨름하며 내가 말했다. 어떤 나이 든 부인이 만들어 준 잠옷이었는데 목 부분을 팔 넣는 부분과 똑같은 크기로 만들어 놓아서 늘 귀가 아팠다. 한번은 인두 편도가 부어서 삼 개월 동안 귀가 안 들린 적도 있었다.(아무도 그걸 알아채지 못했지만.)

어느 날 밤이었다. 침대에 누워 주님의 영광에 대해 생각하는데 문득 세상이 아주 조용해졌다는 생각이 들었다. 나는 평소와 다름없이 교회에 다녀왔고 어느 때보다도 큰 소리로 노래했다. 그런데 한동안 오로지 나만 노래를 부르는 것 같았다.

나는 내게 성령이 임했다고 생각했다. (우리 교회에서는 드문 일이 아니었다.) 나중에 어머니도 같은 생각이었음을 알았다. 왜 내가 아무에게도 대답을 하지 않느냐고 메이가 물었을 때 어머니가 '주님의 양'이라고 말한 것이다.

"주님의 뭐?" 메이는 어리둥절해했다.

"오묘한 방식으로 임하시지." 어머니가 선언하듯 말한 뒤 앞으로 걸어갔다.

그래서 내게 성령이 깃들었다는 말이 나도 모르는 사이 교회에 퍼졌고 누구도 나에게 말을 걸지 않게 되었다.

"왜 이런 일이 벌어졌을까?" 화이트 부인이 궁금해했다.

"아, 놀랄 일은 아니지. 지넷은 일곱 살이잖아." 메이는 일부러 뜸을 들였다. "경건한 숫자니까. 이상한 일들은 모두 7이라는 숫자랑 연관이 있다고. 엘시 노리스를 봐."

'무시무시한 엘시'라고 불리는 엘시 노리스는 우리 교회에서 대단히 고무적인 존재였다. 목사가 신의 자비로움을 증언하기를 요청할 때마다 엘시는 벌떡 일어나 외쳤다.

"이번 주에 주님께서 저에게 베푸신 일들을 들어 보세요."

그녀에게 달걀이 필요하자 주님이 보내 주셨다.

그녀에게 복통이 일자 주님이 가져가 버리셨다.

그녀는 늘 하루에 두 시간씩 기도했다.

아침 7시에 한 번,

그리고 저녁 7시에 또 한 번.

그녀의 취미는 수점술(數占術)이었고, 늘 그녀를 이끌어 줄 주사위를 먼저 던져 보고 나서야 말씀을 읽었다.

'읽을 장을 정하는 데 주사위 한 번, 그리고 절을 정하는 데 주사위 한 번.' 이것이 그녀의 신조였다.

한번은 누군가가 길이가 여섯 장 이상인 복음서는 어떻게 하냐고 물었다. 그러자 엘시는 완고하게 대답했다.

"나에게는 나만의 방법이 있고, 주님에게는 주님의 방법이 있는 거야."

엘시의 집에는 재미있는 물건들이 많아서 나는 엘시를 무척 좋아했다. 페달을 밟아 소리를 내는 오르간도 있었다. 내가 그 집에 갈 때마다 엘시는 「빛으로 인도하소서」를 연주했다. 엘시가 건반을 치는 동안 나는 페달을 밟았다. 엘시에게는 천식도 있었다. 그녀는 외국 동전을 수집했고 그것을 아마인 기름 냄새가 나는 유리 상자에 보관했다. 그 상자를 보면 이미 고인이 된, 랭커셔의 크리켓 선수였던 남편이 생각난다고 했다.

"사람들은 그를 '무쇠 손 스탠'이라고 불렀지." 내가 놀러 갈 때마다 엘시가 말했다. 그녀는 자기가 한 말을 당최 기억하질 못했다. 과일 케이크가 얼마나 오래되었는지도 절대 기억하지 못했다. 다섯 주 내내 내게 똑같은 케이크를 권한 적도 있었다. 그녀는 사람들이 말한 것도 전혀 기억하지 못했기 때문에 나는 운 좋게도 매번 똑같은 변명을 할 수 있었다.

"속이 안 좋아서요."

그러면 엘시는 이렇게 말했다. "너를 위해 기도하마."

무엇보다 마음에 들었던 것은 엘시가 가지고 있던 노아의 방주 콜라주였다. 노아 부부가 밖으로 몸을 내밀고 범람한 물을 내려다보고 있는데, 노아의 아들이 토끼 한 마리를 잡으려 하는 콜라주였다. 그중에서도 주방용 수세미로 만든 떼어 낼 수 있는 침팬지는 정말이지 신나는 놀이감이었다. 집에 돌아갈 시간이 되면 엘시는 오 분간 침팬지를 가지고 놀게 해 주었다. 나는 다양한 놀이 방법을 알고 있었지만 보통은 침팬지를 익사시켰다.

어느 일요일, 핀치 목사는 설교 도중 내가 얼마나 성령으로 충만한가를 말했다. 나에 대해 이십 분 동안이나 이야기했지만 나에게는 한마디도 들리지 않았다. 그냥 거기 앉아서 성경을 읽으며 정말 긴 책이라고 생각하고 있었다. 물론 겸손하게 보이는 나의 이런 태도 때문에 모든 이들은 한층 더 확신을 갖게 되었다.

나는 아무도 나에게 말을 걸지 않는다고 생각했고, 다른 사람들은 내가 말을 하지 않는다고 생각했다. 그러나 그날 밤 나는 내가 아무 소리도 듣지 못한다는 것을 깨닫고 아래층으로 내려가 종이에 이렇게 썼다. "엄마, 세상이 너무 조용해요."

어머니는 고개만 끄덕였을 뿐 계속 책을 읽었다. 그날 아침 스프랫 목사가 보낸 것으로, 『다른 대륙에서도 주님을 알고 있습니다』라는, 해외 선교 생활을 이야기하는 책이었다.

어머니의 주의를 끄는 데 실패한 나는 오렌지 하나를 가지고 다시 잠자리로 돌아왔다. 혼자서라도 원인을 찾아내야 했다.

마침 생일 때 받은 리코더와 악보집이 있었다. 등에 베개를 받치고 「올드 랭 사인」 몇 소절을 불어 보았다.

손가락이 움직이는 것은 보였지만 소리가 없었다.

「리틀 브라운 저그」도 불어 보았다.

침묵.

나는 절망에 차 「올 맨 리버」의 리듬 악기 파트를 두드려 쳐 보았다.

침묵.

그리고 다음 날 아침까지 나는 아무것도 할 수 없었다.

드디어 어머니에게 뭐가 잘못됐는지 설명하겠다고 결심한 나는 침대에서 나왔다.

집 안에는 아무도 없었다.

내 아침 식사가 간단한 메모와 함께 간이 탁자 위에 놓여 있을 뿐이었다.

귀여운 지넷,

베티 이모를 위해 기도해 주러 병원으로 간다. 베티 이모 다리가 탈구되었다는구나.

사랑하는 엄마로부터

그래서 그날 할 수 있는 데까지 시간을 죽이던 나는 마침내 산책을 하기로 결정했다. 그리고 그 산책이 나를 구원했다. 오보에 연주자이자 여성 성가대를 지휘하는 주스버리 양과 마주친 것이다. 그녀는 매우 영리했다.

"그렇지만 주스버리 양은 경건하지가 못해요." 화이트 부인의 말이다. 따라서 내가 주스버리 양의 인사를 무시했더라도 아무도 이를 이상하게 여기지 않았을 것이다. 하지만 구세군 심포니 오케스트라와 함께 중부 지방을 순회하느라 오랫동안 교회에 나오지 못했던 주스버리 양은 내가 성령이 임한 상태로 여겨지는 것을 몰랐다. 그녀는 내 앞에 서서, 오보에 때문에 커다래진 그녀의 입을 열었다 닫았다 했다. 눈썹을 이마 중앙으로 모은 채로. 나는 그녀의 손을 잡고 우체국으로 갔다. 그리고 펜을 들고 어린이 부양자 지원금 신청 용지 뒷면에다 이렇게 썼다.

주스버리 양,

저 하나도 안 들려요.

그녀는 경악하며 나를 보았고, 그 펜을 가져가 다시 이렇
게 적었다.

네 어머니는 무얼 하고 계시니? 넌 지금 침대에 누워 있어
야 해.

이제 그 종이에는 여백이 없었기 때문에 나는 새로 비상
연락망 용지를 사용해야 했다.

주스버리 양, 엄마는 몰라요. 지금 베티 이모와 병원에 있
어요. 저 어젯밤에는 침대에 있었어요.

주스버리 양은 그저 빤히 쳐다보기만 했다. 너무 오랫동
안 그대로 보기만 해서 집으로 그냥 가고 싶어질 정도였다.
갑자기 그녀가 내 손을 낚아채더니 휭 하니 병원으로 데려갔
다. 병원에 도착했을 때 어머니는 다른 몇 사람과 함께 베티
이모의 침대를 둘러싸고 찬송가를 부르고 있었다. 어머니는
우리를 보고 약간 놀란 것 같았지만 일어서지는 않았다. 주
스버리 양은 어머니의 팔꿈치를 살짝 친 뒤 여느 때처럼 입
과 눈썹으로 뭔가 설명하기 시작했다. 어머니는 계속 머리만

저을 뿐이었다. 마침내 주스버리 양이 내 귀에도 들릴 정도로 크게 소리쳤다. "이 아이는 지금 성령으로 충만한 게 아니예요." 그녀는 절규했다. "귀가 먹은 거라고요."

병원에 있던 모든 사람들이 일제히 고개를 돌려 나를 빤히 쳐다보았다. 나는 얼굴이 빨개진 채 베티 이모의 물병만 쳐다봤다. 최악은 무슨 일이 벌어지고 있는지 전혀 알 수 없다는 것이었다. 그때 의사가 매우 화가 난 얼굴로 우리에게 다가왔다. 그리고 의사와 주스버리 양은 서로에게 팔을 흔들기 시작했다. 독실한 신도들은 아무 일 없다는 듯이 다시 찬송가로 시선을 돌렸다.

의사와 주스버리 양은 온갖 장비가 가득한 싸늘한 방으로 나를 잽싸게 데려가서 눕혔다. 의사는 계속 내 몸 여기저기를 두드려 보며 그의 머리를 연신 흔들었다.

그리고 완전히, 절대적인 고요가 찾아왔다.

잠시 후 어머니가 도착했고, 어떻게 된 일인지 이해하시는 것 같았다. 어머니는 용지에 사인을 한 뒤 다른 종이에 이렇게 적었다.

귀여운 지넷,
잘못된 건 하나도 없단다. 넌 그저 귀가 약간 먹은 거야. 왜 내게 말하지 않았니? 집에 가서 네 잠옷을 가져오마.

어머니가 뭘 하시는 거지? 왜 나를 여기에 남겨 두려는 거지? 나는 울기 시작했다. 어머니는 깜짝 놀란 듯 핸드백을 뒤지더니 오렌지 하나를 꺼내 주었다. 나는 마음을 달래려고 오렌지 껍질을 벗겼다. 내가 좀 차분해지는 것을 보자 모두 서로의 얼굴을 한번씩 쳐다보고는 사라져 버렸다.

태어난 이후로 줄곧 나는 세상이란 우리 교회가 확대된 형태이며 아주 단순한 원리로 움직이는 거라고 여겼다. 하지만 이때부터 교회도 때로 혼란스러워한다는 것을 깨닫기 시작했다. 이것은 하나의 난제였다. 그렇지만 그 후로도 여러 해 동안 이 문제를 다루려 하지는 않았다. 빅토리아 병원은 크고 무서웠다. 게다가 내 목소리도 들리지 않는 상태라 마음을 달래기 위한 노래를 부를 수도 없었다. 치과 공지 사항과 엑스레이 기계 사용서 외에는 읽을 것이라곤 없었다. 오렌지 껍질로 이글루를 만들어 보려 했지만 계속해서 무너졌고, 간신히 세운 뒤에는 안에 넣을 에스키모가 없는 탓에 '에스키모는 어떻게 잡아먹혔는가'에 대한 이야기를 만들어 내야 했고, 그래서 내 기분은 더욱더 비참해졌다. 기분 전환거리란 늘 이렇다. 결국엔 진지해져서는 사람들은 거기에 말려들어 버린다.

드디어 어머니가 돌아오자 간호사는 나를 잠옷 속에 집어넣고 우리 둘을 소아병동으로 데려갔다. 그곳은 끔찍했다. 벽 색깔이 연한 분홍색인 데다 커튼마다 동물 그림이 있었다. 진짜 동물이 아닌 색색깔의 공을 가지고 노는 솜털 보송보송한 동물들. 나는 방금 전에 창조해 냈던, 에스키모를 먹어 치운 바다코끼리를 생각했다. 그 사악한 동물이 그래도 커튼에 있는 동물들보다는 나았다. 간호사가 내 이글루를 쓰레기통에 던져 버렸다.

나의 운명을 곰곰이 생각해 보면서 가만히 누워 있는 것 말고는 할 일이 없었다. 몇 시간 후 어머니가 내 성경과 유니온 선교회의 색칠 공부 책, 그리고 쐐기 모양 점토를 가지고 돌아왔다. 하지만 점토도 곧 간호사가 가져가 버렸다. 내가 싫은 얼굴을 했더니 어머니가 카드 위에 썼다. "그러지 마라, 삼킬 수도 있잖니." 나는 어머니를 바라보고 되받아 썼다. "누가 점토를 삼켜요? 점토로 뭔가 만들고 싶다고요. 게다가 점토에는 독성도 없어요. 뒷면에 그렇게 쓰여 있어요." 나는 점토 포장지를 간호사를 향해 흔들어 보였다. 간호사는 인상을 쓰며 고개를 가로저었다. 나는 도움을 청하기 위해 어머니를 돌아보았지만 어머니는 나에게 긴 편지를 갈겨쓰는 중이었다. 간호사는 내 침대를 다시 정리하기 시작했고, 자기 눈에 거슬리는 점토를 끝내 유니폼 주머니에 집어넣어 버렸다. 어떤 것도 간호사의 마음을 바꿀 수 없음을 알 수 있었다.

나는 코를 킁킁거렸다. 소독약과 으깬 감자 요리 냄새. 그러자 어머니가 나를 쿡쿡 찔렀다. 어머니는 침대 서랍장에 편지를 놓고, 커다란 봉지에 담아 온 오렌지를 물병 옆에 있는 그릇에 털어 넣었다. 나는 도움을 바라며 힘없이 웃었다. 그렇지만 어머니는 내 머리를 쓰다듬어 주고는 서둘러 사라져 버렸다. 나는 또다시 홀로 남았다. 수많은 시련을 겪으면서도 항상 용감했던 제인 에어를 떠올렸다. 어머니는 울적할 때마다 나에게 『제인 에어』를 읽어 주었다. 그 책이 용기를 준다고 했다. 어머니의 편지를 집어 들었다. "걱정 마라, 많은 분들이 찾아올 거다, 기운 내라."와 같은 일상적인 말과 함께 앞으로 욕실 공사에 힘쓰겠다는 약속, 그리고 화이트 부인이 공사를 방해하지 못하게 하겠다는 말, 곧 돌아오거나 아버지를 보내겠다는 것, 내일 내 수술을 할 거라는 것……. 이 대목에서 편지가 힘없이 침대로 떨어졌다. 내일! 죽게 되면 어쩌지? 이렇게 어리고 이렇게 앞길이 창창한데! 내 장례식을 생각해 보고, 사람들이 흘릴 눈물들을 생각했다. 나는 인형, 그리고 성경과 함께 묻히고 싶었다. 장례 지침 사항을 써 놓아야 하나? 교회 사람들이 내가 쓴 걸 발견할 수는 있을까? 어머니는 온갖 종류의 질병과 수술에 대한 모든 것을 알고 있었다. 의사는 어머니 같은 몸 상태의 사람은 돌아다니지 말아야 한다고 했지만 어머니는 자신의 때가 아직 오지 않았으며, 적어도 그 의사와는 달리 자신이 어디로 가는지는 알고 있다고 했다. 어머니는 수상스키를 타다가 익사하는 사람보다 마취 상태에서 죽는 사람이 더 많다는 걸 책에서 읽었다.

"주님이 너를 돌려보내 주신다면……." 메이가 담석 때문에 수술실에 들어가기 전에 어머니는 이렇게 말했다. "주님께서 네게 시키실 일이 남았기 때문일 거야."

나는 당장 침대보 밑으로 기어 들어가 내일 꼭 세상으로 돌려보내 달라고 기도했다.

수술 날 아침, 간호사들은 환하게 웃으며 침대를 정돈했고, 오렌지를 균형 잡힌 탑 모양으로 세워 놓았다. 털이 수북한 두 팔이 나를 들어 올리더니 차가운 운반용 침대 위에 올려놓고 끈으로 고정했다. 나를 밀고 가는 남자가 너무 빨리 걸어서 운반용 침대 바퀴가 삐걱거렸다. 복도들, 이중문들, 그리고 딱 붙은 흰색 마스크 위로 보이는 눈 두 쌍. 간호사가 내 손을 잡고 있는 동안 누군가 내 코와 입 위로 마개를 씌웠다. 나는 숨을 들이쉬었고, 수상스키를 탄 사람들이 눈앞에서 길게 늘어섰다가 떨어져 나가 다시는 올라오지 않는 것을 보았다. 그러고는 곧 아무것도 보이지 않았다.

"젤리다, 지넷."

이럴 줄 알았어. 난 죽은 거야. 천사들이 내게 젤리를 주려는 모양이네. 날개가 보이리라 예상하며 나는 눈을 떴다.

"자자, 어서 먹어라." 그 목소리가 권했다.

"당신은 천사인가요?" 기대에 잔뜩 부푼 목소리로 내가 물었다.

"그렇지 않단다. 나는 의사야. 그렇지만 저 여자분은 천사지. 안 그래요, 간호사?"

천사가 얼굴을 붉혔다.

"소리가 들려요." 특별히 누구에게랄 것 없이 내가 말했다.

"젤리 먹으렴." 간호사가 말했다.

엘시가 내가 있는 곳을 알아내서 찾아오지 않았더라면 나는 그 주 내내 혼자서 시들어 갔을 것이다. 어머니는 예상했던 대로 주말이 되어서야 왔다. 욕실 내부를 점검할 배관 기술자를 기다려야 했으니까. 엘시가 매일 찾아와 농담으로 나를 웃게 하고 기분이 좋아지는 이야기를 들려주었다. 그녀는 이야기가 세상을 이해하는 데 도움을 준다고 했다. 내가 다나으면 수점술을 치는 데 필요한 기본 사항을 가르쳐 주겠다는 약속도 했다. 어머니가 허락하지 않을 것임을 알기에 흥분으로 온몸에 전율이 흘렀다. 어머니는 수점술이 미친 짓이나 다름없다고 했다. 엘시가 말했다.

"그런 말에 신경 쓰지 마. 수점술이 얼마나 잘 맞는다고."

덕분에 우리 두 사람은 내가 완쾌됐을 때 할 일들을 계획하며 상당히 재미있는 시간을 보낼 수 있었다.

"엘시는 몇 살이에요?" 갑자기 궁금해진 내가 물었다.

"1차 대전 때가 기억나는구나. 그것까지만 말해 주마." 그리고 엘시는 브레이크도 없는 구급차를 어떻게 운전했는지 설명하기 시작했다.

결국에는 어머니도 꽤 자주 나를 보러 왔다. 크리스마스 캠페인을 계획하느라 교회 일로 한창 바쁜 때였다. 어머니가 직접 올 수 없을 때는 보통, 편지와 오렌지 몇 개를 아버지 손에 들려 보냈다.

"오렌지야말로 유일한 과일이지." 어머니는 항상 이렇게 말했다.

출애굽기

과일 샐러드, 과일 파이, 바보들을 위한 과일, 과일 맛 펀치, 악마의 과일, 열정의 과일, 썩은 과일, 일요일의 과일.

오렌지만이 과일이다. 나는 작은 양동이를 오렌지 껍질로 채웠고 간호원들은 마지못해 이를 비웠다. 베개 밑에 숨긴 오렌지 껍질을 들키는 날엔 간호원들의 꾸중과 한숨을 들었다.

엘시 노리스와 나는 매일 오렌지 하나를 반쪽씩 나누어 먹었다. 엘시는 이가 없었으므로 즙을 빤 뒤 잇몸으로 우적우적 씹어 먹었다. 나는 오렌지 조각을 굴 먹듯 목구멍 안쪽으로 깊숙이 삼켜서 먹었다. 사람들이 우리를 유심히 보곤 했지만 우리는 신경 쓰지 않았다.

엘시는 성경을 읽거나 이야기를 들려주지 않을 때는 시인들에 대해 말하는 걸 좋아했다. 그녀는 나에게 시인 스윈번*과 그의 고통, 그리고 윌리엄 블레이크가 받은 박해에 대해 모두 말해 주었다.

"괴짜들에게는 아무도 귀 기울이지 않지." 엘시가 말했다. 내가 우울해할 때는 크리스티나 로세티가 쓴 「고블린 시장」을 읽어 주었다. 한번은 로세티의 친구가 절인 쥐를 병에 넣어 로세티에게 선물로 주었다고 했다.

그러나 엘시가 사랑하는 시인 중에서도 가장 첫손으로 꼽았던 사람은 W. B. 예이츠였다. 그녀의 주장에 따르면 예이

---

* 앨저넌 찰스 스윈번(Algernon Charles Swinburne, 1837~1909). 열렬한 반신론자(反神論者)였던 귀족 출신 시인, 비평가.

츠는 숫자의 중요성과 상상력이 세상에 미치는 강력한 영향을 아는 사람이었다.

"A로 보이는 것이 사실은 B일 수도 있는 거야." 이때 나는 오렌지 껍질 이글루를 떠올렸다.

"어떤 일을 오랫동안 집중적으로 생각하면……." 그녀가 설명했다. "실제로 그것이 이루어지는 경우가 많단다." 엘시는 내 머리를 슬쩍 두드렸다. "모든 것은 마음속에 있는 거야."

어머니는 오랫동안 기도하면 그 기도가 실제로 이루어진다고 믿었다. 나는 엘시에게 이 둘이 똑같은 말이냐고 물었다.

"하느님은 어디에나 계시단다." 그녀는 생각에 잠긴 채 말했다. "그러니까 같은 거지."

어머니는 동의하지 않을 거란 느낌이 들었지만, 어차피 여기에 없으므로 그건 중요하지 않았다.

나는 엘시와 함께 주사위놀이인 루도와 철자 맞추기 게임 행맨을 했고, 엘시에게는 방문 시간이 끝나 돌아가기 직전 내게 시를 읽어 주는 습관이 생겼다. 그중 하나에 이런 구절이 있었다.

모든 것들이 무너지고 다시 지어진다.
그리고 이를 다시 짓는 이들은 즐겁다.

몇 주간 오렌지 껍질 이글루를 만드는 일을 해 왔던 탓에 나는 이 구절을 이해할 수 있었다. 어떤 날은 대실망이었지만 어떤 날은 승리에 가까웠다. 이글루는 균형과 미래상의 위업이었다. 엘시는 항상 나에게 용기를 주며 간호원의 눈치를 볼 필요가 없다고 했다.

"점토라도 있으면 지내기 더 편할 텐데." 하루는 내가 이렇게 불평하자 엘시가 말했다.

"그건 재미가 덜하잖니." 마침내 병원을 떠나게 됐을 때, 내 청력은 회복되어 있었고 (엘시 덕분에) 자신감도 살아났다.

어머니가 위건에서 돌아올 때까지 (어머니는 그곳에서 유족회의 회계 감사를 했다.) 며칠간 엘시의 집에서 지내야 했다.

"새 악보를 찾았어." 버스에서 엘시가 말했다. "중간에 코끼리 일곱 마리가 소리 지르는 것 같은 이상한 간주곡도 있더라."

"제목이 뭔데요?"

"「아비시니아 전투」."

물론 이 곡은 「앨버트 왕자」와 마찬가지로 빅토리아 시대의 정서를 대표하는 아주 유명한 작품이다.

"다른 것도 있나요?"

"별로. 지금 당장은 주님과 내가 서로 상관하지 않고 있단다. 주님은 불현듯 오셨다가 가시지. 그래서 시간이 있는 동안 장식을 좀 하고 있어. 거창한 건 아니고, 굽도리 널에 칠이나 좀 하고 있지. 그렇지만 내가 주님과 함께할 때는 다른 일을 할 시간이 전혀 없단다!"

우리가 집에 도착했을 때 엘시는 갑자기 신비스럽기 그지

없는 태도로 내게 응접실에서 기다리라고 했다. 바스락거리는 소리와 함께 엘시가 뭐라고 중얼거리는 소리가 들렸고, 뭔가가 찍찍 하고 우는 소리도 들렸다. 드디어 엘시가 문을 열었다. 씩씩대면서.

"하느님 맙소사." 엘시는 숨을 헐떡였다. "정말 귀찮다니까."

그러고는 탁자에 큰 상자를 쿵 하고 내려놓았다.

"어디 열어 봐라."

"이게 뭐예요?"

"일단 열어 봐."

나는 포장지를 벗겼다.

돔 모양의 나무 상자 안에 하얀 쥐 세 마리가 들어 있었다.

"불가마에 갇힌 사드락, 메삭, 그리고 아벳느고*다." 엘시는 잇몸을 활짝 드러내며 미소 지었다. "봐라, 이 불꽃은 내가 그렸단다."

상자 뒷면에는 날름거리는 성난 불길이 오렌지색 물감으로 엷게 칠해져 있었다.

"오순절** 그림으로 해도 되겠어요." 내가 제안했다.

---

* 구약 성서 「다니엘서」에 나오는 소년들. 느부갓네살 왕이 통치하는 바빌로니아에 다니엘과 함께 끌려온 '믿음의 세 친구'로, 우상에 절하라는 왕의 명령에 불복해 불가마에 갇히는 처형을 당한다. 그러나 이스라엘 신 야훼의 기적으로 멀쩡하게 걸어나와 왕을 놀라게 한다.

** 유대인들이 처음 수확한 농산물을 바치는 날. 그리스도가 부활한 후 50일째가 되는 날에 성령이 강림한 사건이 일어나 교회 탄생일로 여겨진다.

"그래, 여러 가지 용도가 있지." 엘시도 동의했다.

쥐들은 아랑곳하지 않았다.

"봐라, 이것도 내가 만들었단다." 엘시는 가방 안을 뒤적이더니 합판으로 만든 인물상 두 개를 꺼냈다. 두 개 다 아주 밝은색으로 칠했고, 하나는 날개가 있는 걸로 보아 천상의 인물임이 분명했다. 엘시가 의기양양한 얼굴로 나를 보았다.

"느부갓네살과 주님의 천사다."

천사의 밑부분에 작은 틈이 있어서 쥐들을 방해하지 않고도 돔의 상단에 세울 수 있었다.

"정말 근사해요."

"나도 알아." 엘시는 천사를 피해 치즈 조각을 떨어뜨리며 고개를 끄덕였다.

그날 저녁 우리는 핫케이크를 만들어 불 옆에 앉았다. 유명한 남자들과 나이팅게일의 그림이 찍힌 타일로 만든 오래된 벽난로였다. 인도 식민지화의 주역 클라이브, 파머스턴 경, 그리고 불길이 너무 높이 솟는 바람에 턱이 그을린 아이작 뉴턴 경. 엘시는 사십 년 전 메카에서 산 그녀의 신성한 주사위를 보여 주었다. 도둑을 대비해 주사위는 벽난로의 돌 출부 뒷부분에 놓는 상자 안에 보관되어 있었다.

"어떤 사람들은 나를 바보라고 하지만 이 세상에는 눈에 보이는 것만 있는 게 아니야." 나는 조용히 다음 말을 기다렸다.

"이 세상이 있고." 엘시는 생동감 있게 벽을 두드렸다. "이 세상도 있지." 이번에 그녀는 자신의 가슴을 세게 때렸다. "한쪽을 이해하고 싶다면, 양쪽 모두에 주의를 기울여야 하는 거야."

"이해가 잘 안 돼요." 더 명확하게 하기 위해 그다음에 무얼 물어야 하나 생각하며 나는 한숨을 쉬었다. 그러나 엘시는 입을 벌린 채 잠들어 버린 데다가 먹이를 줘야 할 쥐까지 있었다.

몇 시간이 지나도 엘시가 깨지 않아서 '아마도 학교에 다니면 알게 될 거야.' 하고 생각하는 것으로 위안을 삼을 수밖에 없었다. 엘시는 잠에서 깬 뒤에는 우주에 대한 그녀의 해석을 모두 잊어버린 것 같았고, 쥐들을 위해 터널을 만들고 싶어 했다. 나는 학교에서도 마땅한 설명을 찾지 못했다. 더욱더 복잡해질 뿐이었다. 세 학기가 지난 후에는 절망하기 시작했다. 컨트리댄스와 자수의 원리를 배웠지만 그 이상은 별로 배웠다랄 게 없었다. 컨트리댄스는 검정색 운동화와 초록색 반바지를 입은 뻣뻣한 아이들 서른셋이, 항상 상대 남자와 춤추는 데 정신이 팔려 다른 쪽은 쳐다보지도 않는 여선생님을 따라가기 위해 애쓰는 것이었다. 두 사람은 곧 약혼했지만 볼룸 댄스 경연 대회를 준비했기 때문에 여전히 우리에게는 전혀 도움이 되지 않았다. 우리가 축음기에서 나오는 녹음된 지시 사항에 따라 위아래로 발을 질질 끌며 다니는 동안, 두 사람은 수업 시간을 온통 자신들의 발동작 연습에 썼다. 더욱 끔찍했던 것은 으름장이었다. 싫어하는 사람과 손을 잡게 만들겠다는 으름장. 우리는 재빨리 움직임을 따라가면서 상대방의 손가락을 비틀었고 수업이 끝나면 가만두지 않겠다고 위협했다. 들볶이는 데 지친 나는 친절한 성인처럼 굴면서 가장 근본적인 고통을 만들어 내는 데 능숙해졌다. "저요, 선생님? 아니에요, 전 절대 그러지 않았어요." 그러나 나였다. 항상 내가 했다. 여자아이들이 가장 무서워한 것은 라스본 연철 회사 뒤쪽에 있는 오물 구덩이에 완전 담가 버리겠다는 제안이었다. 남자아이들에게는 성기와 관련된 모든 것이 공포였다. 그리하여 세 학기가 지난 지금, 나는 신주머니 보관실에 쭈그리고 앉아 우울해하고 있다. 신주머니를 넣는 방은 항상 어둡고 냄새가 났다. 심지어는 학기 초에도 냄새가 가시질 않았다.

"그렇다고 발을 없앨 수는 없지." 수위 아저씨가 찌무룩하게 말하는 것이 들렸다.

청소부 아줌마도 고개를 저었다. 아줌마는 따뜻한 저녁을 먹는 것보다 냄새 없애는 일을 더 많이 한 사람이다. 전에 동물원에서 일한 적도 있다고 했다. "그 동물 냄새가 얼마나 지독하던지." 그렇지만 아줌마도 발 냄새에는 손을 들었다. "이것 때문에 마룻바닥이 벗겨진다니까." 빨간색 캔을 흔들며 아줌마가 말했다. "그래도 캔은 신발을 바꿔 신지는 않지."

하지만 개학 후 일주일 정도 흐른 뒤엔 냄새를 거의 의식하지 않게 된 데다가 이곳이 숨기에 안성맞춤인 장소라는 것까지 알아차렸다. 선생님들은 문에서 몇 미터 떨어진 곳이나 감독하지 이곳에는 가까이 오지 않았던 것이다. 학기 마지막 주 초에는 체스터 동물원으로 견학을 갔다. 모두들 누가 가장 좋은 옷을 입었고 누가 가장 깨끗한 양말을 신었고 누가 가장 먹음직스러운 샌드위치를 싸 왔는지를 경쟁한다는 뜻이다. 캔에 든 음료는 그야말로 부러움의 대상이었다. 대부분 타파웨어 병에 오렌지 스쿼시를 넣어 온 게 고작이었고 타파웨어가 달아오르는 바람에 모두 입을 뎄다.

"흑빵이잖아."(좌석 쪽으로 엎치락뒤치락 세 명의 머리가 나타났다.) "이건 뭐야? 빵 안에 뭐가 들었네. 너 채식주의자야?"

아이들이 내 샌드위치를 찔러도 나는 신경 쓰지 않으려 애썼다. 일반적으로 샌드위치 검사가 이루어질 때는 부러운 탄식과 비웃는 듯한 박장대소가 번갈아 가며 좌석에서 좌석으로 이어진다. 수전 그린은 샌드위치에 길죽한 생선튀김을 넣어 왔다. 그녀의 가족은 너무 가난해서 아무리 모양새가 이상하더라도 남은 음식을 점심으로 먹어야 했기 때문이다. 심지어 지난번에는 브라운소스만 싸 왔다. 남은 음식조차 없었기 때문이다. 결국 꼬마 검사관들은 셸리의 점심을 최고의 도시락으로 선정했다. 커리로 간을 한 달걀과 파슬리를 살짝 넣은 새하얀 롤빵, 거기에 레모네이드 캔까지.

동물원 자체는 별것 없었다. 우리는 내내 두 줄로 나란히 걸어 다녀야 했다. 길게 꼬리를 문 아이들의 줄은 동물원을 안팎으로 누비고 다녔다. 모래와 톱밥이 새 신발을 망쳤고, 땀에 젖은 채 서로가 서로에게 달라붙었다. 게다가 스탠리 파머가 홍학 연못에 미끄러져 빠졌으며, 아무도 모형 동물을 살 돈이 없었다. 그래서 예정보다 한 시간 일찍 우리는 무리 지어 버스에 올라탔고, 터덜터덜 집으로 돌아왔다. 구토물로 가득한 비닐봉지 세 개와 빈 사탕 봉지 수백 개만이 우리가 운전기사에게 남긴 기념품이었다. 그것이 우리가 줄 수 있는 전부였다.

버추 선생님은 우리를 길로 내몰며 신음 소리를 냈다. "절대 다시는 이런 창피를 당하지 않을 거야."

그때 버추 선생님은 셸리가 입고 있는 여름 파티 드레스를 함께 정돈해 주고 있었다. '둘이 잘 어울리는군.' 나는 생각했다.

나는 우리 교회에서 매년 떠나는 여름 캠프를 떠올리며 위안으로 삼았다. 이번에는 멀리 데번까지 갈 예정이었다. 영국을 거의 방문하지 않는 스프랫 목사도 들르기로 약속한 상태였기에 어머니의 기대가 대단했다. 스프랫 목사는 컬럼턴 바로 외곽에서 열리는 복음 집회에서 첫 주일 예배를 맡을 예정이었다. 유럽에서 순회 강연을 하는 스프랫 목사는 우리 교파가 내보낸 선교사 중 가장 유명하고 성공적인 인물이 되어 가고 있었다. 발음하기도 힘든 지역의 부족민들이 우리 교회 본회당으로 감사 편지를 보내 왔고, 주님과 자신들이 얻은 새로운 구원에 환호했다. 만 명째 전도를 기념하기 위해 목사는 장기 휴가를 얻고 그동안 수집한 무기, 부적, 우상과 원시적 피임 방법을 순회 전시하기 위한 기금을 받아 놓은 상태였다. 이 전시회의 제목은 '오직 주의 은혜로 구원받은'이었다. 나는 팸플릿만 보았지만 어머니는 모든 세부 사항을 알고 있었다. 스프랫 목사와 별도로, 우리는 데번에 있는 농부들을 위해 세심한 캠페인을 계획했다. 과거에 우리는 항상 같은 기술만을 사용해 왔었다. 천막에서건 시 공회당에서건 장소에 상관없이. 하지만 이번에는 우리 캠페인 간사가 그리스도의 재림이 멀지 않았으니 영혼을 구원하는 데 모든 노력을 쏟는 것이 관건이라고 설득해 본회당에서「활동 지침서」를 받아 놓았다. '카리스마 운동 마케팅 의회'에서 특별히 고안한「활동 지침서」에는 사람들은 모두 제각각이므로 다양한 접근법이 필요하다는 설명이 들어 있었다. 사람마다 다 다른 만큼 구원을 그들 모두의 생각에 타당한 것으로 만들기 위해서는 요령이 필요하다. 예를 들어 바닷가에 사는 사람들을 방문할 때는 바다와 관련된 은유를 사용해 메시지를 전달하는 식이다. 무엇보다 중요한 것은, 어떤 사람에게 말을 걸 때 가능한 한 빨리 상대방이 삶에서 가장 필요로 하는 것이 무언지 판단해야 한다는 것이다. 그리하여 즉각적으로 타당한 메시지로 받아들이게 만든다. 의회에서는 선의의 투쟁에 참가한 모든 이들에게 주말 훈련을 받게 했으며, 스스로 상황을 점검하고 용기를 불어넣을 수 있도록 그래프를 나누어 주었다. 스프랫 목사는 지침서 뒷면에 자신의 제안 사항을 적었다. 자신의 사진도 한 장 첨부했다. 지금보다 훨씬 젊은 모습의 목사가 추장에게 세례를 베푸는 사진이었다. 따라서 우리의 목표는 데번의 농부들에게 적당한 방식으로 주님을 증언하는 것이었다. 캠프 비품을 담당한 어머니는 일찍부터 콩 통조림과 프랑크푸르트 소시지를 어마어마하게 사들이기 시작했다. "군대도 배가 차야 행군할 수 있는 거야." 어머니가 내게 말했다.

우리는 엑서터 지방에 새 교회를 세울 수 있을 정도로 많은 사람들을 전도하기를 바랐다.

"우리가 이곳에 복음 회관을 시었을 때가 생각나는구나." 어머니가 그리운 듯 말했다. "우리 모두가 똘똘 뭉쳤고, 거듭난 사람들만 일꾼으로 썼지." 찬란하면서도 지난한 시기였다. 피아노와 찬송가 책을 사기 위해 저축하는 한편, 그러지 말고 휴가나 가라는 악마의 유혹을 물리쳐야 했다.

"물론, 그때 네 아버지는 카드놀이나 했지."

결국 본사로부터 지원금을 받아 간신히 지붕을 완성하고 꼭대기에 달 깃발을 살 수 있었다. '주님을 찾으라'라는 붉은색 글자가 화려하게 수놓인 깃발을 올리던 날, 사람들의 마음은 뿌듯함으로 가득 찼다. 모든 교회에는 장애인 선교사들이 만든 깃발이 있었다. 장애인 선교사들의 생활 보조금을 거들고 정신적 충만감을 주기 위한 방편의 하나였다. 첫해에 어머니는 마을 곳곳의 술집과 클럽을 다니며 술꾼들에게 교회에 나오라고 촉구했다. 술집 피아노에 앉아「주님을 위한 자리가 있나요?」를 부르기도 했다. "아주 감동적이었지." 어머니가 말했다. 남자들은 맥주잔을 들여다보며 울었고 어머니가 노래하는 동안은 카드를 멈추었다. 어머니는 적당히 통통하고 예뻤으며 남자들은 어머니를 '예수쟁이 미인'이라고 불렀다.

"아, 데이트 신청도 여러 번 받았단다." 어머니가 털어놓았다. "그렇지만 그 남자들은 하나같이 신실하지가 않았지." 그들이 어떠했건 교회는 성장했고, 지금도 여전히 어머니가 길을 지나갈 때면 많은 남자들이 길에 멈추어 서서 이 예수쟁이 미인에게 모자를 들어 올릴 것이다.

때때로 나는 어머니가 서둘러 결혼했을 거라는 생각이 든다. 피에르와의 끔찍한 시간 후로 어머니는 더 이상 혼란을 원치 않았던 것이다. 어머니 옆에 앉아 사진첩을 넘기며 엄격한 얼굴의 선조들을 보고 있노라면 어머니는 항상 색인에 '옛 애인들'이라고 쓰인 두 페이지 앞에서 멈추었다. 피에르가 그 안에 있었다. 그리고 아버지를 포함한 다른 사람들도.

"왜 이 남자하고는 결혼하지 않았어요? 저 남자하고는요?" 내가 궁금해하며 물으면 어머니는 한숨을 쉬었다.

"모두 제멋대로였어. 겨우 도박꾼 만나자고 맘고생을 할 만큼 했지."

"왜 지금은 도박 안 해요, 아빠는?" 나는 궁금했다. 순한 아버지가 영화에 나오는 남자들 같았던 모습을 애써 상상해 보았다.

"아빠는 나랑 결혼하고 주님을 만났거든." 그러고서 어머니는 다시 한숨을 쉬고 옛 애인들에 대한 이야기를 들려주었다. 오픈카를 몰고 다녔던 미치광이 퍼시는 어머니에게 브라이턴에서 함께 살자고 한 사람이었다. 거북 껍질 안경을 쓴 양봉업자 에디는⋯⋯. 이때 그 페이지 맨 밑에 고양이를 안고 있는 한 예쁜 여자의 바랜 사진이 눈에 띄었다.

"이 사람은 누구예요?" 내가 가리켰다.

"이 사람? 아, 그냥 에디의 여동생이야. 내가 왜 이 사진을 여기에 뒀는지 모르겠네."

그러면서 어머니는 그 페이지를 넘겼다. 다음에 사진첩을 다시 펼쳐 봤을 때 그 사진은 없었다. 어머니는 아버지와 결혼해 아버지를 변화시켰고, 아버지는 교회를 지었으며 결코 화내는 일이 없었다. 나는 아버지가 별로 말씀은 없지만 좋은 분이라고 생각했다. 물론 외할아버지는 어머니의 결혼에 노발대발했다고 한다. 외할아버지는 딸이 자기보다 못한 사람과 결혼한다면서, 어머니가 파리에 있어야 했다는 말을 끝으로 모든 연락을 끊어 버렸다. 그래서 어머니는 늘 돈이 부족하게 됐고 얼마 지나지 않아 전에 돈이 있었는지조차 차츰 잊어 갔다. "교회가 내 가족이야." 사진첩에 있는 사람들에 대해 내가 물을 때마다 어머니는 늘 이렇게 말했다. 그리고 교회는 나의 가족이기도 했다.

학교에는 배울 만한 것도, 1등을 할 만큼 잘할 수 있는 것도 없는 듯했다. 심지어 식사 감독에서 빠질 사람을 정하는 제비뽑기에도 번번이 실패했다. 식사 감독은 학생들이 접시를 하나씩 가졌는지, 그리고 물병에 이물질이 들어 있지 않은지를 일일이 점검하는 일이다. 식사 감독은 맨 나중에 가장 적은 양의 식사를 받았다. 나는 연달아 세 번이나 감독에 뽑혔고, 교실에서는 내게서 항상 고깃국물 냄새가 난다는 야유를 받았다. 내 옷은 국물 자국투성이였는데, 어머니는 감독을 맡은 한 깨끗해 보이려 해도 소용 없다면서 더러운 교복을 일주일 내내 입혔다. 지금 나는 간장과 양파가 잔뜩 묻은 얼굴로 신주머니 사이에 앉아 있다. 가끔은 씻어 내려고도 했지만 오늘은 기분이 너무 좋지 않았다. 육 주간의 방학을 교회에서 보낸 후에는 더더욱 이런 일에 대처하기가 힘들었다. 어머니가 옳았다. 학교는 사육장이었다. 내가 노력하지 않은 것도 아니다. 처음에는 적응하고 착해지기 위해 최선을 다했다. 지난가을이 시작되기 직전 우리에게 주어진 과제는 '여름 방학 때 한 일'을 글짓기해 오는 것이었다. 사람들이 나는 학교에 제때 다니지 않아 읽을 줄도 모른다고 생각한다는 것을 알고 있었기에 정말이지 잘 쓰고 싶었다. 다른 몇몇 아이들은 그냥 글씨를 베낀다는 것에 자부심을 갖고 있었지만 나는 내가 할 수 있는 가장 예쁜 글씨로 정성 들여 썼다. 우리는 한 사람씩 자신의 글을 소리 내어 읽은 다음 선생님에게 제출했다. 모두 똑같은 내용이었다. 고기잡이, 수영, 월트 디즈니에 대한 얘기들. 정원과 개구리 알에 대한 글이 서른두 개. 내 이름은 알파벳 순서의 마지막이라 빨리 발표하고 싶어 조바심이 났다. 선생님은 반 학생들이 즐겁게 수업하기를 바라는 유의 여자였다. 우리를 어린 양들이라고 불렀고, 특별히 나에게는 어려운 일이 있더라도 걱정하지 말라고 말하곤 했다.

"곧 적응할 거야." 선생님이 위로했다.

선생님을 기쁘게 하고 싶었던 나는 기대에 떨면서 내 글을 읽기 시작했다……. "이번 방학 때 나는 우리 교회 캠프를 따라 콜윈베이에 갔습니다."

선생님은 고개를 끄덕이고 미소를 지으셨다.

"날씨가 무척 더워서, 그렇지 않아도 다리가 불편했던 베티 아줌마는 일사병에 걸렸습니다. 우리는 베티 아줌마가 죽을지도 모른다고 생각했죠."

선생님은 조금 걱정스러운 표정을 짓기 시작했지만 교실에는 차츰 생기가 돌았다.

"그렇지만 엄마가 밤새도록 안간힘을 쓰며 돌보신 덕분에 아줌마는 나았습니다."

"어머님이 간호사이시니?" 차분히 공감하며 선생님이 물었다.

"아니요, 엄마는 그냥 아픈 사람들을 고쳐요."

선생님이 인상을 찌푸렸다. "그래, 계속 읽으렴."

"베티 아줌마가 나아지자 우리는 모두 해변으로 간증하러 가기 위해 버스에 올랐습니다. 나는 탬버린을 쳤고 엘시 노리스는 자신의 아코디언을 켰습니다. 그런데 한 남자아이가 우리를 향해 모래를 던졌고, 그때부터 아코디언에서 높은 바음이 나오지 않게 됐습니다. 우리는 가을에 잡동사니 바자 세일을 열어 수익금을 아코디언 수선 비용에 쓸 것입니다.

콜윈베이에 다녀온 사이 옆집에는 아이가 하나 더 생겼습니다. 하지만 옆집에는 아이가 너무 많아서 새로 태어난 아이가 누구인지는 모릅니다. 엄마는 뒷마당에서 키운 감자를 옆집 사람들에게 주었지만 그 사람들은 자기들은 자선 대상이 아니라면서 감자를 벽에다 내던졌습니다."

교실은 아주 조용해져 있었다. 선생님이 나를 물끄러미 보았다.

"더 있니?"

"예, 두 가지 더 있어요."

"뭐에 관한 거지?"

"별것 아니고요, 병자 치유 집회 후 세례식에 쓸 욕조를 어떻게 빌렸는지에 대한 거예요."

"재미있겠구나. 그런데 오늘은 시간이 없을 것 같다. 글은 다시 네 서랍에 넣고 쉬는 시간까지 색칠 공부를 하렴."

아이들이 키득거렸다.

나는 천천히 앉았다. 뭐가 어떻게 돼 가는지는 모르나 뭔가가 있다는 건 아는 상태로. 집에 돌아온 나는 어머니에게 다시는 학교에 가고 싶지 않다고 말했다.

"가야 해." 어머니가 말했다. "자, 여기. 오렌지 먹어라."

다시 몇 주가 흘러갔다. 그사이 나는 평범해지기 위해 최선을 다했다. 한동안은 잘되어 가는 듯했다. 그러다가 수예 수업이 시작됐다. 수요일마다, 버터 바른 쇠고기와 맨체스터 파이를 먹은 후에는 십자 뜨기와 사슬 모양 뜨기를 했고, 이제는 제출할 작품을 구상해야 할 때였다. 나는 엘시 노리스에게 줄 견본 작품을 만들기로 정했다. 내 옆자리 여자아이는 자기 엄마에게 줄 것을 만들고 싶어 했다. '사랑하는 엄마에게' 말이다. 맞은편 여자아이는 생일이 주제였다. 내 차례가 됐을 때 나는 성경 구절을 수놓고 싶다고 말했다.

"'어린아이들이 내게 오는 것을 금하지 말라.'*는 어떨까?" 버추 선생님이 제안했다.

그건 엘시에게 어울리지 않았다. 엘시는 예언자들을 좋아했다.

"아니요." 나는 단호하게 말했다. "제 친구에게 줄 건데 그 친구는 「예레미야」를 주로 읽어요. '추수할 때가 지나고 여름이 다하였으나 우리는 구원을 얻지 못한다 하는도다.'**를 생각하고 있었어요."

버추 선생님은 능수능란한 사람이었지만 맹점도 있었다. 견본 작품의 목록을 작성할 때가 되자 선생님은 다른 작품들의 내용은 다 적었으면서도, 내 이름 옆에는 '성경 구절'이라고만 적었다.

---

*   신약 성서에 여러 차례 등장하는 예수의 말로, 어린이의 순수성을 높이 사는 내용이다.
** 구약 성서 「예레미야」 8장 20절의 내용.

"왜 그러신 거예요?"

"네가 다른 사람들을 당황스럽게 할까 봐." 선생님이 말했다. "자, 이제 어떤 색을 원하니. 노랑, 초록, 빨강?"

우리는 서로를 쳐다보았다.

"검정이요."

나는 정말로 다른 아이들을 당황하게 만들었다. 의도한 것은 아니었지만 확실하게. 하루는 스패로 부인과 스펜서 부인이 화가 나서 잔뜩 부은 얼굴로 학교를 찾아왔다. 마침 쉬는 시간이었다. 나는 두 사람이 입을 꼭 다문 채 핸드백과 모자를 들고 콘크리트 길 위를 걸어가는 것을 보았다. 스펜서 부인은 장갑을 끼고 있었다.

아이들 중 몇몇은 무슨 일이 벌어지는지 알고 있었다. 울타리 옆에 모여 속닥거리던 그 아이들 중 한 명이 나를 가리켰다. 나는 못 본 척하고 팽이 돌리기를 계속했다. 아이들의 무리가 더욱 불어났고, 입가에 셔벗이 묻은 한 여자아이가 내 맞은편에서 뭐라고 소리쳤다. 나는 무슨 말인지 못 알아들었지만 다른 아이들은 모두 큰 소리로 웃으며 비명을 질러 댔다. 그러고 나서 한 남자아이가 오더니 내 목을 때렸다. 그 다음에 또 한 명, 그리고 또 한 명…… 모두 나를 한 대씩 때리고 도망갔다.

"쳐! 쳐!" 선생님이 지나가자 아이들이 아우성쳤다.

어리둥절해하던 나는 머리끝까지 화가 났다. 내 작은 팽이채로 한 명을 후려쳤다. 그 남자아이가 우는소리를 했다.

"선생님, 선생님! 얘가 절 때려요."

"선생님, 선생님! 얘가 절 때려요." 나머지 아이들도 합창했다.

선생님이 내 뒷머리채를 잡고 교실 밖으로 끌고 나왔다.

밖에서는 종이 울리고 있었다. 소음과 문이 닫히는 소리와 어지러운 발소리들, 그러고는 조용해졌다. 적막한 복도.

나는 교무실로 끌려왔다.

선생님이 내 쪽으로 고개를 돌렸다. 피곤해 보였다.

"손 내밀어."

난 손을 내밀었다.

선생님이 자를 향해 손을 뻗었다. 그 순간 나는 속으로 주님을 불렀다. 그때 교무실 문이 열리더니 볼 교장 선생님이 안으로 들어왔다.

"아, 지넷, 벌써 여기 와 있구나. 밖에서 잠시 기다리겠니?"

나는 제물이 될 뻔한 손바닥을 내려 주머니에 넣은 뒤 두 선생님 사이를 지나 슬그머니 밖으로 나갔다.

바로 그때, 돌아가는 스펜서 부인과 스패로 부인의 모습이 보였다. 분노로 열이 잔뜩 오른 모습이었다.

복도는 추웠다. 문 뒤쪽에서 낮은 목소리가 들렸지만 아무 일도 벌어지지 않았다. 나는 뒤틀린 플라스틱 부분을 공중에서 본 파리의 모습처럼 만들려고 컴퍼스로 난방기를 찌르기 시작했다.

전날 밤 교회에서 열린 기도 모임에서 화이트 부인은 환상을 보았다고 했다.

"어떤 거였어요?" 우리는 열성적으로 물었다.

"아, 무척 거룩한 모습이었어요." 화이트 부인은 대답했다.

크리스마스 행사 계획은 착착 진행되고 있었다. 우리는 구세군 측으로부터 공회당 바깥의 헛간을 함께 써도 좋다는 허락을 받았다. 한편 스프랫 목사가 자신이 전도한 이단자들과 함께 올지도 모른다는 소문이 돌았다. "우리는 오직 소원을 빌며 기도할 수 있을 뿐이다." 즉각 스프랫 목사에게 편지를 쓰면서 어머니가 말했다.

나는 또 성경 퀴즈 대회에서 1등을 했다. 그리고 정말 기쁘게도 주일 학교 야회 연극 때 내레이터로 뽑혔다. 지난 삼 년간 마리아 역을 했기 때문에 마리아 역에는 신물이 난 터였다. 게다가 마리아 역은 스탠리 파머의 상대역을 의미했다.

교회 연극은 명료하고 따뜻했으며 나를 행복하게 했다.

학교에서는 혼돈뿐이었다.

나는 계속 바닥에 쭈그리고 있었기 때문에 마침내 문이 열렸을 때 내가 볼 수 있는 것이란 모직 스타킹과 허시파피 신발뿐이었다.

"선생님들이 너에게 할 말이 있다." 볼 교장 선생님이 말했다.

나는 엉금엉금 일어나서 안으로 들어갔다. 사자 굴에 끌려 들어가는 다니엘이 된 기분으로.

볼 교장 선생님은 잉크병을 집고서 나를 조심스레 살펴

봤다.

"지넷, 우리 생각에는 네 학교생활에 문제가 있는 것 같구나. 무슨 문제인지 말해 주겠니?"

"저는 괜찮은데요." 나는 방어적으로 얼버무렸다.

"너는 상당히, 말하자면, 종교에 몰두해 있는 것 같더구나."

나는 계속 바닥만 내려다봤다.

"예를 들면 너의 수예 견본 작품은 주제가 매우 불온하더구나."

"그건 제 친구에게 줄 거예요. 친구는 그런 걸 좋아하거든요." 내가 불쑥 말했다. 내가 그걸 선물했을 때 환해질 엘시의 얼굴을 떠올리면서.

"그 친구가 누구지?"

"엘시 노리스요. 엘시가 나에게 불가마에 갇힌 세 마리 쥐도 줬어요."

볼 교장 선생님과 담임 선생님이 서로를 쳐다보았다.

"그리고 왜 하필이면 동물들을 조사해 오라는 숙제에 후투티와 바위오소리에 관한 글을 썼지? 한번은 새우에 관해서였고?"*

"어머니가 저에게 읽기를 가르쳐 주셨어요." 나는 절망적으로 말했다.

"그래, 네 읽기 실력은 보통이 아니지. 그런데 내 질문에는

---

* 모두 구약 성서에 등장하는 '부정한' 동물들이다.

대답하지 않았다."

어떻게 대답할 수 있겠는가?

불결한 동물들의 목록으로 가득하다는 이유로 어머니는 「신명기」*부터 읽도록 가르쳤다. 우리가 "무릇 짐승 중에 굽이 갈라져 쪽발도 되고 새김질도 하는 것은 너희가 먹을 것이다."라는 성경 구절을 읽을 때마다 어머니는 언급되는 모든 동물들을 그림으로 그려 보였다. 말, 토끼, 그리고 작은 오리들은 모호한 신화적 존재였지만, 펠리컨, 바위오소리, 나무늘보, 박쥐에 관해서는 모든 것을 알게 되었다. 이국적인 것에 끌리는 내 성향은 많은 문제를 일으켰다. 윌리엄 블레이크가 그랬던 것과 똑같이. 어머니는 날개 달린 곤충과 하늘을 나는 새도 그렸지만 내가 좋아한 것은 해저 동물과 연체동물이었다. (나는 블랙풀 해변에서 모은 수집품들도 갖고 있었다.) 어머니는 파도는 파란색 펜으로, 그리고 등이 비닐로 뒤덮인 게는 갈색 잉크로 그렸다. 갯가재에는 빨강색 펜을 썼지만 새우는 한 번도 그리지 않았다. 머핀에 넣어 드시는 걸 좋아했기 때문이다. 불결한 생물 중 하나인 새우를 먹는 문제 때문에 어머니가 오랫동안 고민했으리라 나는 생각한다. 마침내 많은 기도 후에, 그리고 슈루즈버리에 있는 주님의 위대한 종과 상의를 한 뒤에야 어머니는 우리가 신이 깨

* 모세 오경 중 마지막 책으로 고대 율법에 대한 상세한 설명과 경고로 가득하다.

끗이 하신 것을 범속하다고 불러서는 안 된다는 사도 바울의 말에 동의했다. 그 후 우리는 매주 토요일마다 몰리네 생선 가게에 갔다. 한편 「신명기」에는 결점이 있었다. 이 복음서는 혐오스러운 것과 도저히 입에 올릴 수 없는 것들로 가득했다. 사생아나 고환이 망가진 사람에 대해 읽게 될 때마다 어머니는 페이지를 넘기며 이렇게 말했다. "이건 주님께 맡기자꾸나." 그러나 어머니가 자리를 비우면 나는 그 부분을 몰래 훔쳐보곤 했다. 내게 고환이 없다는 것이 다행스러웠다. 고환은 몸 바깥에 붙었을 뿐 창자와 다름없는 듯했고 성서 속의 남자들은 항상 이것을 잘라 내지 않으면 교회에 갈 수 없었다. 끔찍해라.

"그래." 볼 선생님이 대답을 강요했다. "말해 봐라."

"저도 모르겠어요."

"그러면 왜 (이건 더 심각한 사태인지도 모르겠구나.) 넌 다른 아이들을 겁에 질리게…… 그래, 겁에 질리게 만드는 거지?"

"전 그런 적 없어요." 내가 항의했다.

"그러면 왜 오늘 아침 스펜서 부인이 나한테 와서 그 댁 자녀들이 악몽을 꿨다고 했는지 이유를 말해 줄 수 있겠니?"

"악몽은 저도 꿔요."

"그런 말이 아니다. 네가 계속 어린아이들에게 지옥에 대해 말해 왔잖니?"

그건 사실이었다. 부인할 수 없었다. 나는 모든 아이들에게 악마의 공포와 지옥에 떨어진 자들의 운명에 대해 말했

다. 동작으로 설명하다 수전 헌트의 목을 거의 조를 뻔한 적
도 있었다. 그렇지만 그건 사고였고, 그다음부터는 내 기침
약 사탕을 모두 수전에게 주었단 말이다.

"정말 죄송합니다. 재미있을 거라고 생각했어요."

볼 선생님과 담임이 머리를 가로저었다.

"이제 가 봐도 좋아."

볼 선생님이 말했다.

"내가 네 어머님께 편지를 쓰마."

나는 완전히 풀이 죽었다. '이게 다 무슨 난리람? 나중에
지옥에서 타 죽느니 지금 지옥 얘기를 듣는 게 나은 일이라
고.' 나는 3반의 부활절 토끼 콜라주 옆을 지나가며 떼어 낼
수 있는 침팬지가 달린 엘시의 노아의 방주 콜라주를 생각
했다.

내가 있어야 할 자리가 어디인지는 분명했다. 십 년만 지
나면 다닐 수 있는 선교사 훈련 학교였다.

볼 교장 선생님은 약속을 지켰다. 어머니에게 편지를 써
서 내가 종교적으로 편향되어 있음을 설명하고 어머니가 나
를 온건하게 만들 수 있는지를 물은 것이다. 어머니는 그 편
지에 야유를 퍼부은 다음 한턱내겠다고 나를 극장으로 데려
갔다. 「십계」가 상영되고 있었다. 나는 엘시랑 같이 가도 되
겠냐고 물었지만 어머니는 안 된다고 했다.

그날 이후, 학교에 있는 모든 사람들이 나를 피했다. 내가
옳다는 확신이 없었더라면 나는 몹시 슬펐을 것이다. 나는

그냥 모든 걸 잊어버리고 수업에 최선을 다했으며 (별로 잘하지는 못했지만) 교회에 대해서만 생각하기로 했다. 어머니가 말했다.

"우리는 다른 사람들과 차별되는 소명을 받은 거야."

어머니도 친구가 많지 않았다. 사람들은 어머니의 사고방식을 이해하지 못했다. 나도 마찬가지였지만, 그래도 언제나 무슨 일이 벌어지든 그 이유를 정확히 알고 있는 어머니를 사랑했다.

경연 대회가 다가왔다. 나는 엘시에게 주었던 내 수예 견본품을 도로 가져와 수예 시간에 제출했다. 나는 지금도 내 작품이 바느질에서는 명작이었다고 생각한다. 글자는 모두 검정색으로 수놓고, 테두리는 하얗게, 그리고 아래 모서리에는 지옥에 떨어져 공포에 떠는 사람들을 일종의 예술가적인 감각으로 수놓았다. 엘시가 액자까지 해 주어서 상당히 전문가의 작품처럼 보였다.

버추 선생님이 교실 맨 앞에 서서 수예 견본품을 걸고 있었다.

"그래, 아이린."

"그래, 베라."

"그래, 셸리." (셸리는 걸스카우트였다.)

"제 작품 여기 있어요, 선생님." 견본품을 책상 위에 놓으며 내가 말했다.

"그래." '아니'라는 의미로 선생님이 대답했다.

"제출해 주마, 네가 원한다면 말이야. 그렇지만 솔직히 말해 이건 심사 위원들이 바라는 종류의 작품은 아닌 것 같다."

"무슨 말씀이세요." 내가 강경하게 말했다. "이 작품에는 모든 것이 있어요. 모험, 파토스, 신비함……."

선생님이 말을 가로막았다.

"내 말은 말이다, 네가 사용한 색상이 너무 적다는 거야. 실의 다양함을 살리지 못했어. 셸리의 「시골 마을 풍경」을 예로 들어 보자. 이 풍부함, 이 색상을 잘 보려무나."

"셸리는 네 가지 색상을 사용했어요. 저는 세 가지를 사용했고요."

버추 선생님이 인상을 찌푸렸다.

"게다가 다른 사람은 아무도 검정색을 쓰지 않았다."

선생님은 자리에 앉았다.

"그리고 전 신화적 역부조(逆浮彫)도 활용했다고요."

지옥에 떨어져 겁에 질린 자들을 가리키며 내가 주장했다.

버추 선생님은 손으로 이마를 짚었다.

"무슨 말을 하는 거니? 구석에 있는 저 너저분한 얼룩을 말하는 거라면……."

나는 화가 치밀었다. 다행히도 그즈음의 나는 조슈아 레이놀즈 경*이 어떻게 터너에게 모욕을 주었는지에 대한 책

---

*   Joshua Reynolds(1723~1792). 18세기 후반 영국의 초상화가.

을 읽고 있었다.

"단지 선생님이 무엇인지 알아볼 수 없다고 해서 그것이 아무것도 아닌 것은 아니에요."

나는 셸리의 '시골 마을 풍경'을 집어 올렸다.

"이건 양처럼 보이지 않아요. 그저 하얀 털 뭉치라고요."

"네 자리로 돌아가라, 지넷."

"그렇지만……."

"네 자리로 돌아가!"

내가 뭘 어쩔 수 있었겠는가? 수예 선생님은 시력에 문제가 있었다. 선생님은 예상되는 것과 주변 환경에 따라 사물을 인식했다. 사람들은 특정 장소에 있을 때 특정 사물이 보일 것으로 예상한다. 언덕에 있다면 양이, 바다라면 물고기가. 만약 슈퍼에 코끼리가 있다면 선생님은 이를 아예 보지 못하거나 존슨 부인으로 착각하고 어육 완자 얘기나 할 것이다. 그러나 무엇보다도, 대부분의 사람들이 자신이 이해하지 못하는 것에 부딪쳤을 때 하는 그런 반응을 선생님은 보인 것이다.

경악.

문제를 구성하는 것은 사물이나 그 사물이 있는 주변 환경이 아니라, 사물과 환경의 결합이다. 일반적 장소에서의 예기치 않은 어떤 것(우리가 좋아하는 포커 판에 있는 우리가 좋아하는 아줌마), 또는 예상치 못한 곳에서의 일반적인 일(우리가 좋아하는 아주머니 집에서 벌이는 우리가 좋아하는 포커 게임).

엘시 노리스의 거실에서는 내 수예 견본품이 절대적으로 타당하지만 버추 선생의 수예 시간에는 절대적으로 잘못된 것임을 나는 알았다. 버추 선생님은 상황에 맞게 나의 노력을 칭찬하는 상상력을 지니거나, 어떤 것이 상대적 가치뿐 아니라 절대적 가치도 있는지에 관하여 찬반론이 진행되고 있음을 깨달을 만한 통찰력이 있어야 했다. 이를 고려하여 나에 대해 미심쩍은 점을 선의로 해석해 주어야 했다.

그런데 실상 그녀는 화를 내며 자신의 두통이 내 탓이라고 나무랐다. 이건 조슈아 레이놀즈 경과 매우 비슷했다. 그는 터너가 항상 자신을 골치 아프게 한다고 불평했다.

결국 나는 수예 견본품으로 아무 상도 받지 못했고 매우 실망했다. 학기 마지막 날, 나는 견본품을 다시 엘시의 집으로 가져가서 엘시에게 여전히 이것을 원하는지 물어보았다.

엘시가 견본품을 내게서 낚아채 가더니 벽에다 단단하게 고정했다.

"위아래가 거꾸로예요, 엘시." 내가 지적했다.

엘시는 주섬주섬 안경을 찾아 쓰고 견본품을 응시했다.

"그렇구나, 그렇지만 주님께는 다 같은 것이란다. 그래도 모르는 이들을 위해 바로 걸어 두마."

그리고 엘시는 조심스럽게 견본품을 바로잡았다.

"이제는 좋아하지 않으실 줄 알았어요."

"이단아들 같으니라고. 주님 자신도 경멸을 받으셨다. 불결한 자들이 이런 그림을 알아보리라고 기대하지 말아라."

(엘시는 언제나 개종하지 않은 이들을 '불결한 자들'이라고 했다.)

"이단도 때로는 괜찮을 거예요." 나는 상대주의 경향을 내보이며 과감하게 말했다.

엘시가 몹시 시무룩해졌다. 그녀는 절대주의자였고, 우리의 눈에 보이지 않는 소라면 그 소는 존재하지 않는 것과 같다고 생각하는 부류의 사람들까지 배려할 시간이 없었다. 일단 창조된 것이면 영원히 가치 있는 것이었다. 이 가치는 올라가지도 내려가지도 않는다.

엘시는 감각 인식은 사기라고 했다. 사도 바울은 우리가 유리 너머로 희미하게 보고 있다고 하지 않았던가. 또 워즈워스는 우리가 흘낏흘낏 본다고 하지 않았던가. "이 과일 케이크는 말이다." 엘시가 중간중간 케이크 조각을 삼키며 흔들었다. "먹을 만한 것이 되기 위해서 자신을 먹어 줄 나를 필요로 하지 않는다."

형편없는 예시였지만 나는 엘시가 말하려는 바를 이해했다. 창조야말로 근본적인 것이요, 감상하는 것은 부차적이라는 뜻이었다. 일단 창조가 되면 창조물은 창조주로부터 분리되고, 온전히 존재하기 위해 입회인을 필요로 하지 않는다.

"케이크 좀 먹어라." 엘시가 유쾌하게 말했다. 그렇지만 나는 먹지 않았다. 엘시가 철학적으로 잘못 말했다고 하더라도 우리 두 사람 없이도 케이크는 여전히 존재한다는 그녀의 주장은 분명 진실이었기 때문이다. 케이크 안에는 나름의 가치를 지닌, 구설수에도 나름의 스타일이 있는 온전한 한 마을이 존재할 수도 있다. 우리가 보지 못한다 해도.

몇 년간 나는 상을 타기 위해 최선을 다했다. 세상을 더 낫게 하고 동시에 세상을 경멸하려는 어떤 바람에서였다. 그러나 한 번도 성공하지 못했다. 내가 모르는 어떤 형식, 어떤 비밀이 있었던 것이다. 사립 학교에 다녔던 사람들, 또는 걸 스카우트들이 이해하는 그 무엇. 이는 내 인생의 여정 내내 작용했다. 히아신스를 키우는 것으로 시작해 학급 우유 담당을 지나 수평선 어딘가에서 끝나는.

나의 히아신스는 분홍색이었다. 두 송이. 나는 이 앙상블을 「성 수태고지」라고 불렀다.(주제가 있어야 했다.) 가까이 모여 활짝 핀 꽃들이, 천사의 방문을 받은 직후의 마리아와 엘리사벳을 떠올리게 했기 때문이었다. 나는 이 작품이 원예학과 신학을 아주 기발하게 결합했다고 생각했다. 팻말 아랫부분에는 약간의 설명과 적당한 성경 구절을 넣어 원하는 사람들이 찾아볼 수 있게 했다. 그러나 상을 타지 못했다. 상을 탄 것은 「눈송이 자매」라는 산만한 흰색 꽃 한 쌍이었다. 그래서 나는 「성 수태고지」를 집으로 가져가 토끼에게 먹였다. 그 후에 이것이 이단적 행위일까 봐 약간 불편했는데 역시나 토끼가 병에 걸렸다. 그다음으로 나는 부활절 달걀 그림 대회에서 입상하려 했다. 성서적 주제로는 거의 성공하지 못했으므로 새로운 것이 좋을 것 같았다. 그래서 풍성하고 육감적인 육체를 주로 묘사한 라파엘 전파 회화를 그려 보려 했지만 제인 모리스*는 마른 체격이라 그에 어울리지 않았고 달걀에 그리기에도 적합하지 않았다.

콜리지와 포트 록에서 온 남자**로 할까?

콜리지는 뚱뚱해서 라파엘 전파 회화 스타일에는 적합하긴 했지만 극적 관심거리가 되기엔 부족할 것 같았다.

"그렇다면 바그너지." 엘시가 말했다.

그래서 우리는 마분지 상자를 잘라 준비했다. 엘시가 배경을 만들고 나는 달걀 껍데기로 바위를 만들었다. 우리는 세부 사항을 고려하느라 밤을 새워야 했다. 결국 가장 흥미로운 장면, '브룬힐트, 아버지와 대면하다'***를 연출하기로 결정했다. 내가 브룬힐트를 만들고, 엘시는 아버지를 만들었다. 엘시의 베개에서 뺀 작은 깃털과 골무로 브룬힐트에게 투구를 만들어 씌웠다. 엘시가 말했다.

"브룬힐트에게는 창이 필요하다. 내가 칵테일 스틱을 주마. 아무에게도 내가 이걸 어디에 썼는지만 말하지 마라."

최종 마무리로 나는 내 머리카락 일부를 잘라서 브룬힐트

---

*   Jane Morris(1839~1914). 시인 윌리엄 모리스의 아내로 게이브리얼 로세티와 연인 사이였다.

**   영국의 시인이자 평론가인 콜리지는 마약 환각 상태에서 유명한 시 「쿠빌라이 칸」의 일부를 썼다. 포트 록에서 왔다는 한 남자가 찾아와 콜리지는 도중에 시 쓰기를 멈추어야 했고 그 방문객이 떠난 후에는 영감이 다해 결국 작품을 완성하지 못했다고 한다.

*** 바그너의 오페라 「니벨룽의 반지」의 한 장면.

에게 머리를 만들어 주었다.

브룬힐트의 아버지 오딘은 정말이지 걸작이었다. 리츠 크래커 방패에 안대를 한 갈색 달걀. 우리는 그에게 너무나도 깜찍한 성냥갑 전차도 만들어 줬다.

"드라마틱한 강조를 위해." 엘시가 말했다.

그다음 날 나는 이것을 학교로 가져가 다른 작품들과 나란히 놓았다. 비교될 작품이 없었다. 그러니 내 작품이 입상하지 못했을 때 내가 얼마나 망연자실했을지 상상해 보라. 나는 이기적인 아이가 아니었으며, 천재성을 이해했기에 기쁜 마음으로 다른 이의 재능에 경의를 표했을 것이다. 그렇지만 탈지면으로 덮은 달걀 세 개가 전부인 「부활절 토끼」라는 작품에는 아니다.

"불공평해요." 그날 저녁 자매 모임에서 나는 엘시에게 불만을 터뜨렸다.

"익숙해질 거다."

"그리고 어쨌든……." 이야기를 듣던 화이트 부인이 끼어들었다. "그 사람들은 경건하지가 않잖니."

나는 절망하지 않았다. 그 후에도 파이프 담배 청소 용구로 「욕망이라는 이름의 전차」를 만들었고, 쿠션 커버에 「나우 보이저」*의 주인공 베티 데이비스를 수놓았으며, 진짜 사

---

* 1942년작 영화로, 'Now, Voyager'라는 제목은 휘트먼의 시구에서 따

과로 빌헬름 텔을 만들었고, 무엇보다 뉴욕 크라이슬러 빌딩 바깥에 있는 헨리 포드를 감자로 조각한 것은 최고의 걸작품이었다. 어떤 기준으로 보아도 인상적인 목록이지만 나는 파도를 거슬러 가려는 크누트 대왕*만큼 희망적이거나 어리석었다. 내가 만든 것은 무엇이건 사람들은 전혀 감흥을 받지 못했다. 내가 성경 주제를 그만둬서 어머니를 화나게 한 것만 빼면 말이다. 「나우 보이저」는 어머니도 상당히 좋아한 영화였다. 그 영화가 상영될 때가 어머니의 연애 시절이었기 때문이다. 그렇지만 어머니는 내가 종이접기로 바벨탑을 만들어야 했다고 생각했다. 그건 너무 어렵다고 말했는데도 말이다.

"주님은 물 위를 걸으셨다." 내가 설명하려 할 때마다 이 말만 했다. 물론 어머니에게도 고민이 있었다. 많은 선교사들이 잡아먹히고 있었고, 이는 어머니가 그 가족들에게 끔찍한 사실을 알려 줘야 함을 의미했다.

"주님을 위한 일이지만 쉽지가 않구나." 어머니는 사망 통보를 해야 할 때마다 이렇게 말했다.

유대인들이 이집트를 떠날 때 낮에는 구름 기둥이, 밤에

온 것이다.

* 덴마크 왕가의 둘째 아들로 태어나 1016년 잉글랜드를 정복해 왕이 되었다. 1018년에는 형의 사망으로 덴마크 왕위까지 상속하고 1030년에 노르웨이 왕까지 겸했다. 잉글랜드 왕이 된 후 기독교로 개종했다.

는 불기둥이 그들을 인도했다. 그들에게는 이것이 문제로 보이지 않았지만 내게는 엄청난 문제였다. 구름 기둥은 안개다. 혼란케 하고 견디기 어려운 안개. 나는 기본 원리를 이해하지 못했다. 일상 세계는 낯선 개념들의 세계, 형태가 없고 그래서 공허한 세계였다. 나는 항상 그들 방식대로 사실들을 재배열해 봄으로써 최대한 나 자신을 위로했다.

하루는 사면체가 수학적 형태이며 고무줄 몇 개를 못에 걸어 잡아당겨서 사면체 모양을 만들 수 있음을 배웠다.

그렇지만 내가 알기로 사면체(Tetrahedron)는 황제인데…….

사면체 황제는 고무줄로 만든 궁전에서 살았습니다. 오른쪽으로는 분수가 솜씨 좋게 실크처럼 정교한 고무줄을 뿜어 냈고, 왼쪽으로는 음유시인 열 명이 고무 류트를 밤낮으로 연주했습니다.

황제는 모든 이들에게 사랑을 받았습니다.

살이 없는 개들도 잠들고, 극도로 경계하는 이들을 제외한 모든 사람들을 음악이 잠재운 밤에는, 이 막강한 궁전의 문이 닫히고 위대한 사면체 왕의 불공대천의 원수, 사악한 이등변삼각형이 들어오지 못하도록 빗장이 질러졌습니다.

그러나 낮에는 황제에게 온 선물이 운반되도록 보초들은 사대문을 다시 열었고, 평야에는 빛이 흘러넘쳤습니다.

많은 이들이 선물을 가져왔습니다. 너무도 결이 고와서 작은 온도 변화에도 분해될 수 있는 물건, 너무도 튼튼해서 도시 전체를 세울 수 있는 물건을.

그리고 사랑과 어리석음에 대한 이야기들을.

그러던 어느 날, 한 사랑스러운 여인이 황제에게 난쟁이가 작동하는 빙빙 도는 서커스를 가져왔습니다.

난쟁이들은 모든 비극과 여러 희극을 연기했습니다. 이들은 모두 동시에 연기를 해서 사면체 황제의 얼굴이 여러 개인 것이 큰 도움이 됐습니다. 그렇지 않았다면 피로로 죽었을지도 모르니까요.

난쟁이들이 한꺼번에 연기를 펼칠 때, 황제는 원한다년 극장 주위를 걸으며 모두 한번에 볼 수 있었습니다.

그는 주위를 빙빙 돌며 걸었습니다. 그리고 매우 귀중한 사실을 깨달았습니다.

어떤 감정도 최후의 것은 아님을.

3부

레위기

이단자들은 우리 집의 일상적이고 중대한 관심사였다. 어머니는 어디에서건 이단자들을 발견했고, 특히 옆집은 이단자들의 온상이었다. 옆집 사람들은 불경한 자들만이 할 수 있는 고문을 어머니에게도 가했지만 어머니도 나름의 대응 방법이 있었다.

옆집이 찬송가를 싫어해서 어머니는 촛대가 꽂히고 건반이 노란 오래된 업라이트 피아노를 즐겨 쳤다. 우리는 각자 『구원 찬송가집』(두꺼운 천으로 장정한 3실링짜리 낡은 찬송가집)을 한 권씩 갖고 있었다. 어머니가 연주할 때면 나는 화음을 넣었다. 내가 처음으로 배운 찬송가는 「구세주에게 도움을 청하라」라는 장엄한 빅토리아 시대 곡이었다.

어느 일요일 아침 우리가 막 성찬식에서 돌아왔을 때, 도와 달라고 흐느끼는 듯한 이상한 소리가 옆집에서 들려왔다.

나는 신경 쓰지 않았지만, 어머니는 전축 뒤에서 얼어붙더니 얼굴색이 변하기 시작했다. 「세계 선교 소식」을 듣기 위해 우리 집에 온 화이트 부인이 즉각 벽에다 귀를 갖다 댔다.

"무슨 일이에요?" 내가 물었다.

"나도 모르겠지만……." 큰 목소리로 화이트 부인이 속삭였다. "뭐든 경건한 것은 아닌 것 같구나."

여전히 어머니는 꼼짝하지 않았다.

"와인 잔 있어요?" 화이트 부인이 채촉했다.

어머니가 화들짝 놀란 표정을 지었다.

"약으로 와인을 마시기도 하잖아요." 화이트 부인이 서둘러 덧붙였다.

어머니는 높은 찬장을 열고 맨 위 선반에서 상자 하나를 내렸다. 이곳은 어머니의 전쟁 대비용 창고였고, 매주 거기에 넣을 새 통조림을 하나씩 샀다. 끔찍한 재앙을 대비해서 말이다. 상자 윗부분은 시럽에 재운 블랙 체리와 특별 할인 행사에서 구입한 정어리 통조림으로 가득 차 있었다.

"전 절대로 와인 잔을 쓰지 않아요." 어머니가 의미심장하게 말했다.

"물론 저도 그래요." 다시 벽에 몸을 붙이며 화이트 부인이 방어적으로 말했다. 어머니가 덮개로 텔레비전을 가리는 동안 화이트 부인은 와인 잔의 입구를 벽에 대고 잔 바닥에 귀를 댄 후 위아래로 미끄러지듯 움직였다.

"아무튼 이제 멈췄네요." 화이트 부인이 숨차 했다.

바로 그때 울부짖는 소리가 또다시 옆집에서 터져 나오기 시작했다.

이번에는 아주 또렷이.

"간음하고 있어!" 급히 손으로 내 귀를 막으며 어머니가 외쳤다.

"치워요!" 내가 소리쳤다.

강아지가 짖기 시작했고, 토요일에 야간 근무를 했던 아버지가 잠옷 바지만 입은 차림으로 내려왔다.

"옷 좀 입어요." 어머니가 비명을 질렀다. "옆집이 또 그 짓이에요."

나는 어머니의 손을 깨물었다. "내 귀 좀 가만히 두세요. 가려도 다 들린다고요."

"세상에, 일요일에." 화이트 부인이 큰 소리로 말했다.

그때 갑자기, 바깥에 아이스크림 차가 나타났다.

"가서 아이스크림 두 개 사 와라. 화이트 부인이 드실 웨이퍼하고." 10실링을 내 손에 쥐여 주며 어머니가 명령했다.

나는 뛰어나갔다. 나는 간음이 뭔지 잘 몰랐지만 「신명기」에서 읽은 적이 있어서 죄라는 것은 알고 있었다. 그런데 왜 그렇게 시끄러웠지? 대부분의 죄는 들키지 않게 조용히 행해지는데 말이다. 아이스크림을 산 나는 천천히 들어가기로 했다. 내가 돌아왔을 때 어머니는 피아노 뚜껑을 열어 놓고 화이트 부인과 함께 『구원 찬송가집』을 훑어보고 있었다.

나는 아이스크림을 나눠 주며 밝게 말했다. "멈췄네요."

"잠깐 동안이지." 어머니가 말했다.

다 먹자마자 어머니는 앞치마에 손을 문질렀다.

"「구세주에게 도움을 청하라」, 그 곡을 부를 거다. 화이트 부인, 바리톤을 맡으세요."

내 생각에 1절은 아주 훌륭했다.

> 유혹에 굴하지 말라, 굴하는 것은 죄이니.
> 승리할 때마다 다른 유혹도 이기게 도울 것이니.
> 씩씩하게 계속 싸워라, 어둠의 열정도 가라앉으리.
> 항상 예수께 의지하라, 그분께서 당신을 지탱해 주시리.

이 찬송가에는 감정을 고조하는 합창 부분이 있었고, 어머니는 이에 너무나 감동한 나머지 악보에서 완전히 벗어나 피아노 건반 전체를 누르는 듯한 거대한 화음을 만들어 냈다. 어떤 건반도 제외되지 않았다. 우리가 3절에 이르자 옆집에서 벽을 치기 시작했다.

"저 이단자들 소리 좀 들어 봐." 어머니가 환호하며 소리쳤다. 발로 딱딱한 페달을 광폭하게 눌러 대면서.

"다시 불러요."

그리고 우리는 1절로 되돌아갔다. 말씀에 미칠 지경이 된 이단자들은 최대한 벽을 두드리기에 좋은 뭉툭한 도구를 찾아 벽에서 급히 물러났다.

옆집의 몇 사람이 뒷마당으로 뛰어나와 벽 너머로 외쳤

다. "그놈의 소란 좀 멈춰!"

"세상에, 일요일인데도." 화이트 부인은 기겁을 하며 혀를 찼다.

어머니는 건반에서 물러나 성경 구절을 인용하기 위해 급히 뒷마당으로 뛰쳐나갔다. 어머니는 자신이 노려보는 주근깨투성이 아이가 옆집 큰아들임을 알아차렸다.

"주님, 도와주소서." 어머니는 기도했고, 이때 「신명기」의 한 구절이 섬광처럼 떠올랐다.

"여호와께서 애굽의 종기와 치질과 괴혈병과 개창으로 너를 치시리니 네가 치료함을 얻지 못할 것이며."(개정판에 나온 구절이다.)

그러고는 안으로 뛰어 들어와 뒷문을 쾅 하고 닫았다.

"자, 그러면⋯⋯." 어머니는 미소 지었다. "간단하게 저녁 먹을 사람?"

어머니는 스스로를 후방의 선교사라고 불렀다. 주님이 스프랫 목사나 '영광의 구세군'처럼 자신을 더운 지방으로 부르시지는 않았으나 대신 랭커셔의 거리와 샛길로 부르셨다고 했다.

"나는 항상 주님의 인도하심을 받아 왔다." 어머니가 나에게 말했다. "내가 위건에서 한 일을 보렴."

오래전, 개종한 직후, 어머니는 위건 우체국의 소인이 찍힌 이상한 봉투를 받았다. 악마가 새로 구원받은 이들을 어떻게 유혹하는지 알고 있었던 어머니는 이 봉투를 의심했다.

위건에서 어머니가 알고 있는 유일한 사람은 어머니가 다른 사람과 결혼하면 자살해 버리겠다고 협박했던 옛 애인뿐이었다.

"마음대로 해요." 협박에 응하지 않고 어머니는 이렇게 말했다.

이윽고 호기심에 못 이긴 어머니는 봉투를 뜯어 보았다.

편지는 피에르에게서 온 것이 아니라 유족회의 엘리 본이라는 목사에게서 온 것이었다.

문장(紋章)에는 산 주위에 모인 많은 영혼들이 있고 그 아래에는 작은 아치 모양으로 성경 구절 "바위에 묶여"가 적혀 있었다.

어머니는 계속 읽어 나갔다……

스프랫 목사가 위건을 떠나 아프리카로 가면서 어머니를 이 회관에 추천했던 것이다. 이들은 새 회계 담당자를 찾고 있었다. 전임 담당자였던 모드 버틀러 부인(처녀 때 성은 리처즈)이 얼마 전 결혼하여 모어컴으로 이사하게 된 것이었다. 부인은 유족들을 위한 게스트 하우스를 열 것이며 유족회에서 일하는 사람들 모두에게 특별 할인 요금을 제공할 예정이었다.

"그 자체로 아주 매력적인 일입니다." 목사가 상기시켰다.

어머니는 며칠간 위건에 머물면서 유족관에 대해 더 알아보라는 목사의 초대를 매우 영광으로 여기고 받아들이기로 했다. 그때 아버지는 일터에 나가 있었으므로, 어머니는 아

버지에게 주소와 메모를 남겼다. '주님의 일을 하러 위건으로 급히 떠나요.'

어머니는 삼 주간 돌아오지 않았고, 그 후에도 정기적으로 본 목사에게 가서 회계 감사를 하고 새 신도를 위한 행사를 도왔다. 사업 감각이 있는 덕분에 어머니가 감독하는 동안 그곳의 회원 수는 거의 두 배로 늘었다.

모든 구독 용지에는 여러 가지 유혹적 특가 제공이 실려 있었다. 찬송가집과 종교 의상 가격 할인. 매번 공짜 선물이 제공되는 소식지, 그리고 크리스마스 때는 공짜 레코드. 그리고 물론 모어컴 게스트 하우스 할인권.

어머니는 유족회 회원들만 사용할 수 있는 흥미로운 선물도 고안했다. 어떤 해에는 접어서 휴대할 수 있게 만든 말끔한 계시록 복사본을 마련했다. 구원받은 사람들이 재림을 둘러싼 징후들과 징조들을 늘 확인할 수 있게 한 것이었다. 다른 해에는 선교사들에게 찬조하기 위한 부족 모금함을 만들기도 했다. 내가 가장 좋아한 것은 슬라이딩 스케일 방식의 야외용 온도계였다. 베이클라이트 사에서 만든 이 견고한 기구의 한쪽 면에는 간단한 온도 게이지가 있었고, 반대편에는 슬라이딩 스케일이 있어 만약 당신부터 시작해 모든 사람이 주님께 두 영혼씩 인도했을 경우 한 해에 달성 가능한 전도 수치를 보여 줬다. 눈금에 따르면 단 십 년 안에 전 세계가 주님을 영접할 수 있었다. 이것은 소심한 사람들에게 대단한 격려가 되어서 어머니는 감사의 편지를 여러 통 받았다.

유족회는 일 년에 한 번 성수기 직전에 모어컴 게스트 하우스에서 정기 주말 집회를 열었다. 병조차 움츠러들며 꾀를 피우는 혹독한 겨울이 막 지난 부활절 즈음이 성수기였다. 물론 종종 1월에도 예기치 않게 인파가 몰려들 때가 있었으나, 일단 이제 모든 게 끝임을 알게 된 사람들이 얼마나 오래 버티는지는 놀라울 정도였다. 항상 종말에 대해 개인적인, 그리고 일반적인 관심을 갖고 있는 어머니에게는 필드 해변에서 파는 화환의 대부분을 만드는 친구가 하나 있었다.

"우리의 시대가 끝나고 있어." 그 친구는 겨울이 될 때마다 이렇게 말하면서 새 겨울 코트를 샀다.

"이번이 내가 코트를 살 수 있는 마지막 기회야." 그 아줌마는 또 이런 말도 했다. "요즘 사람들은 훨씬 오래 살아. 그리고 죽을 때 야단법석을 떨고 싶어 하지도 않고." 아줌마는 머리를 저었다. "안 돼, 장사가 영 예전 같지 않아."

아줌마는 때로 우리 집에 놀러 와 자고 갔는데 화환 끈과 스펀지, 그리고 카탈로그를 가져오곤 했다.

"우습지만 사람들은 항상 같은 걸 원해. 모험은 절대로 안 한다고. 뭐 얼마 전에 음악가 남편에게 선물하겠다고 해서 카네이션으로 바이올린을 만든 적은 있지만 말이야."

어머니가 동감하듯 고개를 끄덕였다.

그 아줌마는 차를 조금씩 마셨다.

"그래, 빅토리아 여왕, 대단한 장례식이었지."

아줌마는 과자 더미 아래에 있는 초콜릿 비스킷을 집어

들었다.

"물론 그땐 나도 젊었지. 우리 엄마는 말이야, 화환을 만드느라 손가락이 닳아서 뼈가 보일 정도였다니까. 그래도 그때는 화환이 화환다웠어. 하트 모양 꽃들, 화관, 가족용 깃 장식⋯⋯. 봐, 아직도 내 카탈로그에는 그런 것들이 있다고." 아줌마는 카탈로그를 집어 들고 우리에게 바랜 페이지를 보여 주었다. "그런데 지금은 아무도 원하질 않아."

아줌마는 비스킷 하나를 더 집었다.

"십자가 모양⋯⋯." 그녀가 씁쓸하게 말했다. "만드는 건 모두 십자가 모양 화관뿐이야. 나같이 기술 있는 사람이 만날 십자가가 뭐냐고."

"결혼식도 하시면 되잖아요?"

내가 아줌마에게 물었다.

"결혼식."

아줌마는 침을 뱉었다.

"결혼식은 뭐 하려고?"

"좀 더 다양한 화환을 만드시게요." 내가 제안했다.

"사람들이 결혼식 때 뭘 원할 것 같니?" 아줌마가 나에게 도전장을 내밀었다.

나는 알 수 없었다. 결혼식에 가 본 적도 없었다. 아줌마의 눈이 반짝이며 나를 내려다보았다.

"십자가야." 머그잔을 다시 채우며 아줌마는 나 대신 대답했다.

우리 교회 사람들 모두가 유족회 연회에 참가하기 위해 무리를 지어 모어컴에 내려간 주말, 아줌마도 거기에 와 있었다.

"계약 건 때문에 왔어." 아줌마가 우리에게 말했다.

근처 기숙 학교에 전염병이 돌았던 게 분명했다. 많은 학생들이 떠났고, 당연히 이들의 부모들에게는 화환이 필요했던 것이다.

"학교에서 기념물로 테니스 라켓 모양의 화환 두 개를 색상까지 똑같이 만들어 달라네. 미모사하고 장미를 이용해서 만드는 중인데, 아주 힘들어. 그래도 해 볼 만은 해."

"음, 돈이 꽤 되겠네?" 어머니가 말했다.

"욕실 공사비로 쓸 거야. 나처럼 기술 있는 여자에게 욕실도 없다니, 기절할 노릇이지."

나도 도울 수 없겠냐고 묻자 아줌마는 좋다고 했다. 그래서 우리는 함께 온실로 갔다.

"이걸 끼렴." 아줌마는 내게 손가락이 하나도 없는 장갑을 줬다. "저 장미부터 분류하거라."

아줌마의 손은 빨갛고, 미모사 꽃가루로 얼룩덜룩했다.

"네 엄마는 뭘 좋아할 것 같니?" 대화하려고 아줌마가 내게 물었다.

"음…… 제 생각에는 아주 웅장한 거요. 성경을 펼칠 때도 엄마는 「계시록」 편에서 펼쳐지길 원하실 거예요."

"그래, 그렇구나."

아줌마와 나는 아주 잘 지냈다. 수년 후, 나에게 주말 일자리가 필요하게 됐을 때도 아줌마가 도와주셨다. 아줌마는 장의사와 동업을 시작했고, 그래서 일괄 계약에는 특별 요금도 제공할 수 있게 되었다. 아줌마가 내게 말했다.

"이건 치열한 사업이야."

두 사람이 하기에는 일이 많아서 보통은 일손이 더 필요했다. 나는 따라가서 입관 준비와 화장하는 일을 도왔다. 처음에는 아주 서툴렀다. 립스틱을 광대뼈에 너무 많이 발랐던 것이다. 아줌마가 말했다.

"존중하는 마음을 좀 보여라. 죽은 사람에게도 자존심은 있는 법이야." 우리는 항상 장례식의 지시 사항들을 점검하는 목록을 작성했고, 곧 이것은 내가 전담해서 맡는 임무가 되었다. 나는 주위를 돌며 죽은 사람들이 원했던 물건이 모두 관에 잘 들어가 있는지를 확인했다. 기도서나 성경, 또는 결혼반지만을 요구하는 사람들도 있었지만 어떤 사람들은 정말로 이집트 사람처럼 굴었다. 우리는 사진첩, 최고의 옷, 아끼는 소설, 그리고 한번은 직접 쓴 소설을 준비해 주었다. 그 소설은 아돌프 히틀러라고 불리는 잠옷 한 벌과 함께 전화박스에서 보낸 일주일에 관한 이야기였다. 여주인공은 매듭이 있는 한 가닥의 끈이었다.

"별사람 다 있다니까." 그 책을 읽으며 아줌마는 말했다.

어쨌든 우리는 그 소설도 관에 넣었다. 새로 쓴 시들을 아내의 무덤 속에 던져 넣고는 육 년 후 그것을 꺼내기 위해 묘지를 파내는 허락을 받았다는 게이브리얼 로세티가 생각났다. 나는 이 일이 좋았다. 나무와 꽃에 대해 많이 배웠고, 마무리로 관 손잡이에 윤을 내는 것도 재미있었다.

"항상 최고로." 아줌마가 선포하듯 말했다.

한 해에는, 유족회가 우리 시에서 특별 회의를 열었다. 어머니는 참석자가 많도록 몇 주일간 홍보 활동을 벌였다. 메이와 앨리스는 집집마다 다니며 우편함에 초대장을 던져 넣었고, 주스버리 양이 오보에를 연주한다는 전단 광고도 냈다. 새로운 회원을 소개하고 격려하기 위한 공개 회의였다. 이 회의를 주최할 장소로 우리가 찾을 수 있는 곳은 인펀트 스트리트 모퉁이에 있는 레커바이트 홀뿐이었다.

"그곳도 괜찮을까?" 메이가 걱정스레 물었다.

"우리 속이 그리 검어 보이지는 않을 거예요." 어머니가 대답했다.

"그렇지만 거기가 경건할까요?" 화이트 부인이 강조했다.

"그건 주님이 결정하실 일이죠." 어머니는 매우 단호하게 말했고, 화이트 부인은 얼굴을 붉혔다. 나중에 우리는 그녀가 롤빵을 준비할 자원자 목록에서 자신의 이름을 뺀 것을 알았다.

회의는 토요일로 예약되어 있었는데, 인펀트 스트리트 근처에서는 토요일마다 항상 시장이 열렸다. 그래서 어머니는 나에게 오렌지 상자를 주며 무슨 행사가 진행되는지 모든 사람들이 알 수 있도록 외치라고 했다. 나에게는 곤혹스러운 시간이었다. 대부분의 노점상들은 내가 장사를 방해한다는 둥, 자신들은 거기에서 장사하기 위해 돈을 내는데 나는 내지 않았다는 둥 잔소리를 했다. 나는 그들의 학대에 개의치 않았다. 그런 것에는 아주 익숙했고, 개인적인 일로 생각하지도 않았다. 그러나 비가 내렸고, 나는 임무를 잘 수행하고 싶었다. 마침내는 공장 구역의 가게에서 나온 아크라이트 부인이 나를 안쓰럽게 여겼다. 그녀는 주말에는 여기에서 노점을 열었다. 급할 때는 해충에 대해 조언해 주기도 했지만 주로 애완동물용 먹이를 팔았다. 부인이 말했다.

"잠깐씩 쉬는 게 좋아."

그녀는 자신의 노점 안에 내 오렌지 상자를 들여놓아 주었고, 그래서 나는 더 이상 비에 젖지 않고도 안내 책자를 나눠 줄 수 있었다.

"니 엄만 미쳤다. 니도 알제." 부인은 계속 이렇게 말했다.

그녀가 맞는지도 몰랐다. 그러나 내가 어찌할 수 있는 것은 없었다.

2시가 됐을 때 나는 안도했고 다른 사람들과 안으로 들어갈 수 있었다.

"책자 몇 부나 나눠 줬니?" 문 옆을 맴돌던 어머니가 다그쳤다.

"전부요."

어머니의 목소리가 부드러워졌다. "그래, 잘했다."

바로 그때 누군가 피아노 연주를 시작해서 나는 서둘러

안으로 들어갔다. 안은 사도들의 그림이 많아 매우 음울했다. 설교는 완전함에 관한 것이었고, 바로 이 순간 나는 처음으로 신학적 의견 차이를 갖게 됐다.

목사는 이렇게 말했다. "완전함은 우리가 간절히 바라야 하는 것입니다. 이는 경건의 지위이며, 타락하기 전 남자의 지위였습니다. 완전함이 진실로 실현될 수 있는 곳은 천국이지만, 우리에게는 이에 대한 감각이, 축복이자 저주인, 맹렬하며 도저히 믿기지 않을 만큼 뛰어난 감각이 있습니다. 완전함이란⋯⋯."

목사는 공표했다. "흠이 없는 것입니다."

옛날 옛날 어느 숲속에 너무나도 아름다워 보는 것만으로도 아픈 사람이 낫고 곡식이 잘 자라날 징조가 되는 한 여인이 살았습니다.

그녀는 또한 매우 지혜로워 물리 법칙과 우주의 본질을 꿰뚫고 있었습니다. 그녀에게는 실을 잣고 물레를 돌리며 노래 부르는 것이 무엇보다 큰 기쁨이었습니다.

한편 숲 한쪽에 자리 잡은 도시에서는 위대한 왕자가 궁전의 복도를 슬프게 배회하고 있었습니다. 많은 이들이 그를 훌륭한 왕자이자 귀중한 지도자로 여겼습니다. 왕자는 외모도 근사했습니다. 가끔 성질을 부리긴 했지만요.

왕자는 걸어가며 그의 충실한 동료인 나이 든 거위에게 큰 소리로 말했습니다.

"아내를 얻을 수만 있다면……." 왕자는 한숨지었습니다. "어떻게 아내도 없이 이 왕국 전체를 다스리지?"

"위임하실 수도 있잖아요?" 뒤뚱거리면서 최대한 열심히 따라 걷던 거위가 제안했습니다.

"바보 같은 소리!" 왕자가 꾸짖었습니다. "진정한 왕자는 나 하나라고!"

거위가 얼굴을 붉혔습니다. 왕자님은 계속해서 말했습니다. "문제는 여자들은 많은데 특별한 뭔가가 없다는 거야."

"그게 뭔데요?" 거위가 헐떡거렸습니다. 왕자는 잠시 공중을 응시하더니 잔디밭 위로 몸을 던졌습니다.

"바지가 찢어졌는데요, 전하." 당황한 거위가 헛 하며 나무랐습니다.

그렇지만 왕자는 신경 쓰지 않았습니다.

"그 특별한 것은……." 왕자는 한 바퀴 구르고서 팔꿈치에 몸을 의지한 채 거위에게 똑같이 하라는 시늉을 했습니다.

"안팎으로 흠이 없는, 모든 면에서 결점이 없는, 그런 여자를 나는 원해. 완벽한 여자를 말이야."

그러고는 왕자는 잔디에 얼굴을 묻고 울기 시작했습니다.

거위는 이 표현에 아주 감동했고, 고문관을 찾기 위해 발을 질질 끌며 그 자리를 떠났습니다.

오랜 시간을 찾아 헤매던 거위는 로열오크 나무 아래에서 브리지 게임을 하는 고문관들의 무리에 발이 걸려 넘어졌습니다.

"왕자님이 아내를 원하십니다."

그들은 한 사람처럼 일제히 올려다 보았습니다.

"왕자님이 아내를 원하십니다." 거위가 되풀이했습니다. "그리고 그 아내는 안팎으로 흠이 없고, 모든 면에서 결점이 없어야 합니다. 완벽해야 합니다."

가장 나이 어린 고문관이 나팔을 꺼냈습니다. 꼭 울음소리 같았습니다. 그리고 이렇게 외쳤습니다. "왕자님의 완벽한 아내를 위하여."

삼 년간 고문관들은 신붓감을 찾아 헤매고 다녔지만 허사였습니다. 사랑스럽고 정숙한 여인들을 여러 명 데려왔지만 왕자는 그들 모두를 거절했습니다.

"왕자님, 전하는 바보예요." 하루는 거위가 참다못해 말했습니다. "왕자님이 원하는 사람은 존재할 수 없어요."

"존재해야 해." 왕자는 고집을 피웠습니다. "내가 원하니까 말이야."

"그 전에 왕자님이 먼저 죽을 걸요." 먹이 쟁반으로 돌아가며 거위가 어깨를 으쓱해 보였습니다.

"그래도 너보다는 오래 살 거다." 왕자는 침을 뱉고는 거위의 목을 잘라 버렸습니다.

어느덧 삼 년이 더 흘렀습니다. 그동안 왕자는 소일거리로 책을 쓰기 시작했습니다. 『완전함의 신성한 신비』라는 책이었습니다. 왕자는 책을 세 부분으로 나누어 썼습니다.

1부: 완전함의 원리. 성배(聖杯), 흠잡을 데 없는 삶, 갈멜산*에서의 최후의 호흡. 테레사 성녀**와 『영혼의 성』.***

2부: 완전함의 불가능성. 현생에서의 끊임없는 추구, 고통, 차선책을 선택한 대다수의 사람들, 이들이 퍼뜨리는 부패, 진지함의 중요성.

3부: 완벽한 존재들로 가득한 세상을 만들 필요성. 그리하여 지상 낙원이 실현될 가능성. 완벽한 인종. 하나의 목적을 갖도록 하는 권고.

왕자는 자신의 책에 매우 흐뭇해했고, 그의 모든 고문관들에게 한 부씩 주어 이들이 차선책밖에 안 되는 것으로 그의 시간을 낭비하지 않도록 했습니다. 고문관들 중 한 명이 차분하게 읽기 위해 멀리 떨어진 숲의 한쪽 구석까지 이 책을 가지고 갔습니다. 그는 학구적이지 않은 사람인 데다가 왕자의 글은 상당히 어려운 산문체였습니다.

그가 나무 아래 누워 있는데 어딘가에서 노래하는 소리가 들려 왔습니다. 호기심에, 그리고 음악을 사랑하는 사람이었기에 그는 누가 노래를 부르는지 찾아 나섰습니다. 한 작은 마을에서 어떤 여자가 실을 자으며 노래를 부르고 있었습니다.

---

*   이스라엘 하이파(Haifa)의 동남쪽에 있는 산. 구약 성서 「열왕기상」에 나온다. 선지자 엘리야와 바알의 추종자들이 대결을 벌인 장소.

**   '아빌라의 성녀'로 유명하며 가르멜 수도회의 수녀였다.

*** 테레사 성녀가 쓴 책.

고문관은 그녀가 지금까지 본 여자들 중에서 가장 아름다운 사람이라고 생각했습니다.

'게다가 바느질도 할 수 있다니.'

고문관은 여자에게 다가갔습니다. 그리고 정중하게 인사를 했습니다.

"아름다운 아가씨." 그가 말을 꺼냈을 때였습니다.

"대화를 나누고 싶으시다면 나중에 다시 오셔야겠네요. 저는 마감 시간까지 계속 일할 겁니다."

고문관은 아가씨의 대답에 깜짝 놀랐습니다.

"그렇지만 저는 왕궁에서 온 사람입니다."

고문관이 말했지만 아가씨는 꿈쩍도 하지 않았습니다.

"저는 마감 시간까지 일할 거예요. 원하시면 점심때 오세요."

"그럼 정오에 다시 오겠습니다." 고문관은 형식적으로 대답하고 당당한 걸음으로 떠났습니다.

한편 그 고문관은 만나는 사람마다 이 여인에 대해 물어보았습니다. 몇 살이지? 가족은? 그녀에게 피보호자가 있나? 영리한가?

"영리하냐고요?" 한 노인이 콧방귀를 뀌었습니다. "그 여자는 완벽해요."

"완벽이라고 했소?" 노인의 어깨를 흔들며 고문관이 다그쳤습니다.

"그래요." 노인은 큰 목소리로 말했습니다. "완벽하다고 했습니다."

정오가 되자마자 고문관은 여인의 집으로 가 쾅쾅 문을 두드렸습니다.

"치즈 수프 드실래요?" 고문관을 들어오게 하며 여인이 말했습니다.

"그런 건 상관없습니다." 고문관이 거절했습니다. "우리는 떠나야 합니다. 내가 당신을 왕자님께 데려다주리다."

"뭣 때문에요?" 국자로 자기가 먹을 수프를 푸며 여자가 물었습니다.

"왕자님이 당신과 결혼하고 싶어 할지 모르니까요."

"저는 결혼하지 않을 거예요."

고문관이 질겁하며 여인에게 고개를 돌렸습니다. "왜죠?"

"전 결혼에 관심이 없거든요. 자 그럼, 이 수프를 드실 건가요, 안 드실 건가요?"

"안 먹어요!" 젊은 고문관은 소리쳤습니다. "그렇지만 다시 오겠습니다."

사흘 후 숲속 마을은 발칵 뒤집혔습니다. 왕자와 수행원들이 도착한 것입니다. 왕자는 너무 오래 가만히 앉아 있었던 탓에 다리가 마비되어 가마에 실려 와야 했습니다. 전과 다름없이 실을 자으며 앉아 있는 여인의 모습을 보고 왕자는 침상에서 벌떡 일어났습니다. 그리고 울면서 이렇게 외쳤습니다. "내 병이 다 나았다. 저 여자는 분명 완벽해." 왕자는 무릎을 꿇고 여자에게 결혼해 달라고 간청했습니다.

신하들은 미소 지으며 서로의 얼굴을 마주 보았습니다.

그들은 이제 이 말도 안 되는 일을 모두 그만두고 오래오래 행복하게 살 수 있을 것입니다.

여인도 무릎을 꿇은 왕자에게 미소를 지으며 그의 머리카락을 어루만졌습니다.

"무척 다정하시군요. 그렇지만 저는 전하와 결혼하고 싶지 않아요."

모여 있던 신하들이 망연자실하여 숨을 멈췄습니다.

그리고 침묵.

간신히 일어난 왕자는 주머니에서 그의 책을 꺼냈습니다.

"결혼해야만 합니다. 전 당신에 관한 모든 것을 썼습니다."

여인은 다시 미소 지었고, 책 제목을 읽었습니다. 그러고는 인상을 찌푸렸고, 왕자에게 자신의 집 안으로 들어오라고 손짓을 했습니다.

사흘 낮과 사흘 밤 동안 신하들은 두려움에 떨며 야영을 했습니다. 오두막에서는 아무런 소리도 나지 않았습니다. 그러다 사흘째 되던 날, 씻지도 못한 지친 모습으로 왕자가 나타났습니다. 왕자는 주요 고문관들을 불러서는 그간 있었던 모든 일을 들려주었습니다.

그 여인은 진정으로 완벽했습니다. 의심의 여지가 없었습니다. 그러나 그녀에게 결점이 없는 것은 아니었습니다. 그가, 왕자가 틀렸던 것이었습니다. 자질과 강인함이 완벽한 균형을 이루었기에 그 여인은 완벽했습니다. 그녀는 모든 면에서 균형 잡혀 있었습니다. 완벽을 위한 탐구는, 그녀의 말에 따르면, 실은 균형과 조화를 위한 탐구였습니다. 그리고 그녀는 왕자에게 천칭자리와 저울, 물고기자리와 생선을 보여 주고, 마지막으로 자신의 두 손을 내밀었습니다. "여기에 단서가 있어요. 여기 이 최초이자 개인의 것인 저울 안에." 그녀가 말했습니다. "두 가지 원리가 있죠. 무게와 평형추."

"아, 그렇군요." 이때 고문관 한 사람이 끼어들었습니다. "운명의 구(球)와 운명의 수레바퀴 말씀이시군요."

왕자가 몸을 빙글 돌렸습니다.

"어떻게 알았소?" 왕자가 물었습니다.

고문관은 얼굴을 붉혔습니다. "저, 저의 어머님이 말씀해 주셨던 것이죠. 지금까지는 잊고 있었습니다."

"뭐, 어찌 되었건……." 왕자가 거만하게 말했습니다. "중요한 건 내가 틀렸다는 것이고 나는 새로 책을 쓸 작정이라는 겁니다. 그리고 죽은 거위에게 공개적으로 사과하려고 합니다."

"전하, 그럴 수는 없습니다."

고문관들은 동시에 숨을 죽였습니다.

"왜 안 되지?"

"왕자님이시니까요. 전하가 틀렸다는 것을 보일 수는 없습니다."

그날 밤 왕자는 해결책을 고민하며 천천히 숲을 거닐었습니다. 밤 12시 정각이 되자 등 뒤에서 소리가 들렸고, 검을 뽑아 든 왕자는 고문관들의 대표와 정면으로 마주쳤습니다.

"뤼시앵." 왕자가 탄성을 질렀습니다.

"전하." 고문관은 깊이 고개를 숙이며 대답했습니다. "제게 묘안이 있습니다." 그리고 사십오 분간 왕자의 귀에 속삭였습니다.

"안 돼." 왕자가 절규했습니다. "그럴 순 없어."

"전하, 그렇게 하셔야 합니다. 왕국의 운명이 걸려 있습니다."

"아무도 날 믿지 않을 거야." 왕자는 통나무 위에 앉아 흐느꼈습니다.

"사람들은 믿을 겁니다. 그래야만 하고, 항상 그래 왔습니다." 고문관이 담담하게 대답했습니다. "절 믿으십시오."

"그래야만 하나?" 왕자가 사납게 물었습니다.

"그래야만 합니다." 고문관의 목소리는 아주 단호했습니다.

밤이 흘러가는 동안 왕자의 마음은 사악한 쪽으로 굳었습니다. 동틀 무렵, 커다란 트럼펫 소리가 울렸고 왕자의 말을 듣기 위해 신하들과 마을 사람들 모두가 한자리에 모였습니다.

왕자는 깨끗이 씻은 모습으로 이들 가운데 서서 그 여인에게 앞으로 나오라고 요구했습니다.

여인이 집에서 나오자 첫 햇살이 그녀를 비추었고, 빈터 반대쪽까지 그녀의 모습이 횃불처럼 빛을 냈습니다. 놀라움에 웅성거리는 소리. 그날 여인은 그 어느 때보다도 아름다웠기 때문이었습니다. 왕자는 침을 꿀꺽 삼키고 연설을 시작했습니다.

"선량한 백성들이여, 여러분은 모두 과인이 완벽함을 찾아다닌 것을 알고 있다. 그리고 많은 이들이 내 책을 읽었기를 바란다. 나는 여기에서 내 탐구의 종결점을 찾고 싶었으나, 이제 완벽은 발견되는 것이 아니라 만들어지는 것임을, 이 지구상에 결점이 없는 것은 없다는 것을 안다……."

"그렇지만 완벽한 것은 있어요." 그 여인이 거리낌 없이 말했습니다. 그녀의 목소리는 맑고 낭랑했습니다.

"이 여자는……." 왕자는 계속했습니다. "최선을 다해 완벽함과 결함이 없는 것은 다르다는 것을 나에게 설득하려고 했다. 그런데 자신에게 결함이 없다면 왜 그런 수고를 해야 했을까?"

"제가 수고한 것은 없습니다." 여전히 낭랑하게 여인이 응답했습니다. "나를 찾아온 것은 바로 전하였어요."

군중 사이에 반대의 물결이 일었습니다. 갑자기 누군가 외쳤습니다.

"저 여자가 당신을 고쳤잖아요!"

"이단자의 속임수다!" 최고 고문관이 곧장 받아쳤습니다. "저 남자를 체포하라." 그리고 그 남자는 포박되어 끌려갔습니다.

"그렇지만 저 여자에게는 결점이 없어요." 또 다른 이가 소리쳤습니다.

"저도 결점이 있습니다." 여인이 조용히 말했습니다. "그것도 아주 많습니다."

"저 여자 입에서 직접 증거가 나왔다!" 최고 고문관이 비명을 지르듯 외쳤습니다.

그러자 여인은 한 발 앞으로 나와 사시나무 떨듯 몸을 떨기 시작한 왕자 앞에 섰습니다.

"전하께서 원하는 것은 존재하지 않아요." 여인이 말했습니다.

"저 여자 입에서 직접 증거가 나왔다!" 최고 고문관이 다시 비명을 질렀습니다.

여인은 신경 쓰지 않고 창백하게 질려 버린 왕자에게 계속해서 말했습니다.

"존재하는 것은 전하의 손 안에 있어요."

왕자는 기절했습니다.

"악마다, 악마야!" 고문관이 부르짖었습니다. "우리는 우리의 임무를 포기하지 않을 것이다."

"그 전에 당신이 먼저 죽을 거예요." 다시 안으로 들어가며 여인이 어깨를 으쓱해 보였습니다.

"당신보다 먼저는 아니야." 정신을 차리며 왕자가 외쳤습니다. "저 여자의 머리를 쳐라!"

그래서 그들은 여인의 머리를 쳤습니다.

흘러나온 피는 즉각 호수를 이루었고 고문관들과 신하들 대부분이 여인의 피에 빠져 죽었습니다. 왕자는 나무에 올라가 가까스로 목숨을 건졌습니다.

'정말이지 진저리나는 일이야.' 왕자는 생각했습니다. '그래도 내가 끔찍하게 사악한 것을 근절한 거야. 이제 내 연구를 계속해야 해. 그렇지만 아뿔싸, 이제 누가 내게 조언을 해 주지?'

바로 그때, 왕자는 아래쪽에서 나는 소리를 들었습니다. 내려다보자 오렌지를 팔고 있는 한 나이 든 남자가 보였습니다.

'좋은 생각이 났어.' 왕자는 탄성을 질렀습니다. '집에 가는 길에 오렌지를 한 줄 사야겠다.'

"노인장." 왕자가 불렀습니다. "내게 오렌지를 파시오."

노인은 오렌지 열두 개를 주섬주섬 꺼내 봉지에 담았습니다.

"다른 건 없소?" 기분이 나아진 왕자가 물었습니다.

"미안합니다. 저는 오렌지만 팔지요."

"저런." 왕자는 한숨지었습니다. "가는 길에 읽을거리가 있으면 좋을 텐데."

노인은 코를 훌쩍였습니다.

"잡지도 없소?"

노인은 고개를 저었습니다.

"정보지도?"

노인은 코를 훔쳤습니다.

"그럼, 그냥 가겠소." 왕자는 마음을 정했습니다.

"잠깐만요." 노인이 갑자기 말했습니다. "이게 있군요."

그는 주머니에서 가죽으로 장정한 책 한 권을 꺼냈습니다. "이게 전하께 맞을지는 모르겠지만 완벽한 사람이 되는

방법을 알려 줄 겁니다. 온통 완벽해진 남자에 관한 이야기
지요. 그렇지만 장비가 없으면 소용이 없습니다."

왕자는 그 책을 낚아챘습니다.

"좀 괴상하죠." 노인은 계속 말했습니다. "이 괴짜의 목에
는 볼트가 박혀 있고……."

그러나 왕자는 이미 가 버리고 없었습니다.

4부

민수기

땅에는 아직 덜 녹은 눈이 남아 있는 봄이었고, 나는 결혼하기 직전이었다. 순백의 드레스에 금관까지 쓰고 있었다. 내가 통로를 걸어 들어가는 동안 금관이 점점 더 무거워졌다. 드레스도 걷기에 점점 더 힘겨워졌다. 모두들 나를 쳐다보고 있지만 이를 눈치채지는 못하는 것 같았다.

여하튼 나는 제단까지 갔다. 신부님은 상당히 뚱뚱한 데다 풍선껌처럼 계속 부풀어 올랐다. 그리고 마침내 그 순간에 이르렀다. "이제 신부에게 키스해도 좋습니다." 신랑이 나에게로 몸을 돌린다. 그리고 여기에 여러 가지 변수가 있다. 때로 신랑은 장님이었고, 때로는 돼지였으며, 때로는 어머니였다. 어느 때는 우체국 아저씨였던 적도 있고 한번은, 안에 아무도 들어 있지 않은 그냥 옷 한 벌인 적도 있었다. 나는 어머니에게 이 꿈 얘기를 했다. 어머니는 내가 저녁때 정어리를 먹어서 그런 거라고 했다. 그다음 날 저녁 나는 소시지를 먹었지만 여전히 똑같은 꿈을 꿨다.

우리 골목에는 자신이 돼지와 결혼했다고 말하는 여자가 살았다. 내가 그녀에게 왜 돼지와 결혼했냐고 묻자 그녀는 이렇게 말했다. "너무 늦기 전에는 돼지인지 아닌지 절대 알 수 없단다."

바로 그거다.

내가 꿈에서 발견한 것을 그 여자는 삶에서 발견한 것이 확실했다. 그녀는 부지불식간에 돼지와 결혼한 것이다.

그 후로 나는 그 여자의 남편을 유심히 지켜봤다. 그를 돼지라고 말하기는 힘들었다. 그는 영리했다. 하지만 두 눈이 중앙으로 몰렸고 피부는 연한 분홍색이었다. 나는 옷을 입지 않은 그의 모습을 상상해 보려 했다. 끔찍했다.

내가 아는 다른 남자들도 별반 나을 것이 없었다. 우체국을 운영하는 남자는 대머리가 반짝였고, 사탕을 집기에 손이 너무 퉁퉁했다. 그는 나를 '아가'라고 불렀지만 어머니는 그래도 좋다고 하셨다. 그는 내게 사탕도 주었다. 이건 그나마 괜찮은 점이다.

하루는 그가 새로운 시도를 했다.

"사랑스러운 그대에게 하트 모양 사탕을." 이렇게 말하고서 껄껄 웃은 것이다. 그날 나는 신경질이 나서 내 강아지를 질식시킬 뻔했고, 당황한 어머니가 나를 집 밖으로 끌어냈다. 사랑스럽지 않았다, 나는. 그러나 나는 어린 소녀이고, 그러므로 나는 사랑스러웠으며, 여기 그걸 입증하는 사탕이 있었다. 봉지 안을 들여다보았다. 노란색과 분홍색과 하늘색과 오렌지색, 그리고 전부 하트 모양인 데다 죄 이런 글귀가 쓰여 있었다.

켄을 위해 모린이
잭과 질,* 변함 없이

집에 가는 길에 나는 '켄을 위해 모린이'를 깨물어 먹었다. 나는 혼란스러웠다. 모두들 항상 당신은 당신에게 딱인 남자를 만났다고 말한다.

어머니도 그런 말을 했다. 혼란스럽다.

이모도 그런 말을 했다. 더더욱 혼란스럽다.

우체국 남자는 사탕으로 이 말을 받아들이게 했다.

그렇지만 돼지에게 시집간 여자와 내 꿈에 대한 문제는 여전히 존재했다.

그날 오후 나는 도서관에 갔다. 커플들을 보지 않기 위해 일부러 멀리 돌아서 갔다. 커플들은 고통스러운 것 같은 희한한 소리를 냈고, 여자아이들은 항상 벽에 밀쳐져 있었다. 도서관에 오자 기분이 나아졌다. 이해할 때까지 믿고 볼 수 있는 단어들. 단어는 사람들처럼 문장 중간쯤에서 변할 수

* 갑돌이와 갑순이, 철수와 영희만큼 흔한 이름.

없었고, 그래서 거짓을 발견하기가 더 쉬웠다. 나는 동화집 한 권을 찾아내 「미녀와 야수」를 읽었다.

이 이야기에서는 아름답고 젊은 한 여인이 자신의 아버지가 맺은 엉터리 계약 때문에 희생양이 된다. 그 결과 그녀는 추악한 야수와 결혼하거나 아니면 가족의 명예를 영원히 실추시키게 되는 기로에 선다. 마음씨가 고운 여인은 복종한다. 결혼식 날 밤, 그녀는 야수와 침대에 들어간다. 모든 것이 너무도 추악한 야수에게 동정을 느낀 여자는 야수에게 살짝 키스해 준다. 즉각 야수는 잘생긴 젊은 왕자로 변하고, 두 사람 모두 행복하게 산다.

나는 돼지에게 시집간 그 여자도 이 이야기를 읽었는지 궁금했다. 읽었다면 무척 실망했을 것이다. 빌 삼촌은 또 어떤가. 못생긴 데다 털이 수북하다. 그런데 그림을 보면 변신한 왕자들에게는 털이 전혀 없는 듯했다.

나는 천천히 책을 덮었다. 내가 우연히 무시무시한 음모에 걸려든 것이 분명했다.

세상에는 여자들이 있다.

세상에는 남자들이 있다.

그리고 야수, 즉 짐승들이 있다.

짐승과 결혼하면 어떻게 될 것인가?

키스가 항상 도움이 되는 것은 아니다.

게다가 짐승들은 간교하다. 이들은 당신과 나처럼 변장을 한다.

「빨간 모자」의 늑대처럼 말이다.

왜 아무도 내게 말해 주지 않았을까? 다른 사람은 아무도 모르는 것일까?

전 세계에 걸쳐, 아무것도 모르는 순진한 여자들이 계속 짐승과 결혼하고 있다는 말인가?

나는 할 수 있는 한 마음을 가라앉히려 했다. 목사는 남자지만 치마를 입는다. 그래서 목사는 특별한 거다. 그렇지만 그런 남자가 많을까? 그것이 걱정이었다. 여자들은 많고, 대부분 결혼한다. 여자끼리 결혼할 수 없다면 (아이를 가져야 하기 때문에 그럴 수 없다고 생각했다.) 여자들 중 일부는 필연적으로 짐승과 결혼하게 될 것이다.

내 생각에는 우리 가족도 상황이 좋지 않았다.

짐승을 식별하는 방법이 있기만 하다면 배급 제도 같은 것을 실시할 수도 있을 것이다. 동네 전체가 짐승으로 가득하다는 것은 공평하지 않다.

그날 밤 우리는 비틀* 게임을 하러 이모 집에 가야 했다. 이모는 교회 비틀 게임 팀에 속해 있어서 연습이 필요했던 것이다. 이모가 카드를 만지고 있을 때 내가 물었다. "왜 그렇게 많은 남자들이 사실은 짐승인 거예요?"

이모가 웃었다. "그런 걸 알기에 넌 너무 어려."

---

*   카드나 주사위에서 이긴 사람이 벌레의 머리나 몸통 등을 차례로 그려 나가다가 제일 먼저 벌레 전체를 완성하면 승리하는 게임.

엿듣던 이모부가 내 쪽으로 건너오더니 얼굴을 가까이 댔다.

"여자들은 우리 남자들을 그런 방식으로만 사랑하려 하지." 이모부는 뾰족한 턱을 내 얼굴에 문질렀다. 나는 이모부가 미웠다.

"그만둬요, 빌." 이모가 이모부를 밀어내 버렸다. "걱정하지 마라, 아가." 이모가 달랬다. "너도 익숙해질 거야. 난 결혼하고서 일주일 동안 웃고, 한 날 동안 울고 나서야 마음을 진정시키고 살 수 있었단다. 남자들은 달라, 다를 뿐이야. 그들만의 방식이 따로 있단다." 나는 이제는 경마 정보란에 코를 박고 있는 이모부를 쳐다보았다.

"이모부 때문에 아프잖아." 내가 비난조로 말했다.

"난 그런 적 없다." 이모부가 씩 웃었다. "그건 가벼운 애정 표시지."

"그거야 당신이 만날 하는 소리지." 이모가 반박했다. "이제 조용히 하든지 아니면 나가요."

이모부가 슬며시 사라졌다. 나는 내심 이모부한테 꼬리가 달렸을 것이라고 짐작했다.

이모가 카드를 펼쳤다. "네가 남자 친구가 생길 때까지는 시간이 충분해."

"남자 친구를 원하지는 않는 것 같아요."

"원하는 것하고 갖게 되는 것은 별개지. 기억해 두렴." 잭 카드를 내려놓으며 이모가 말했다.

이모는 짐승에 대해 알고 있다고 말하려던 걸까? 나는 몹시 침울해져서 비틀의 다리를 엉뚱한 방향에다 놓기 시작했다. 덕분에 벌레의 모양이 엉망이 되었다. 급기야는 이모가 일어서서 한숨을 쉬었다. "너도 집에 가는 게 좋겠다."

나는 조니 캐시의 프로그램을 듣고 있던 어머니를 데리러 응접실로 갔다.

"가요, 끝났어요."

어머니는 천천히 코트를 입었고 휴대용 성경을 집었다. 우리는 함께 길을 나섰다.

"엄마한테 할 말이 있어요, 시간 괜찮아요?"

"그럼." 어머니가 말했다. "오렌지 먹자꾸나."

나는 내 꿈과 야수 이론, 그리고 내가 얼마나 이모부 빌을 싫어하는가를 설명했다. 하지만 어머니는 계속해서 「죄 짐 맡은 우리 구주」를 흥얼거렸고, 나에게 오렌지를 까 주며 건기만 했다. 어머니가 껍질 까는 것을 멈춤과 거의 동시에 나는 말을 멈췄다. 내게는 마지막 질문이 하나 남아 있었다.

"왜 아빠랑 결혼했어요?"

어머니가 나를 물끄러미 보았다.

"실없는 소리 그만해라."

"실없는 소리가 아니에요."

"네게는 가족이 있어야 하니까. 게다가 네 아버지는 착한 분이야. 의욕적인 사람은 아니지만 말이다. 넌 걱정하지 마라. 너는 주님께 바친 아이다. 너를 얻자마자 선교 학교에 네 이름을 적어 두었단다. 제인 에어와 세인트 존 리버스를 기억하렴." 어머니의 눈에 꿈꾸는 듯한 표정이 나타났다.

나는 물론 제인 에어를 기억했다. 그러나 어머니가 모르는 것은 이제 난 어머니가 『제인 에어』의 결론을 고쳐 말해 왔다는 것을 안다는 것이었다. 『제인 에어』는 성경 외에 어머니가 가장 좋아하는 책이었고, 어머니는 내가 아주 어렸을 때 이 책을 반복해서 읽어 주었다. 나는 글은 몰랐어도 어디에서 책장이 넘어가는지는 알았다. 나중에 글을 깨치고 나서 호기심이 생긴 나는 그 책을 직접 읽어 보기로 했다. 일종의 그리움의 순례였다. 도서관 뒤쪽 구석에서 책을 읽던 그 무시무시한 날, 나는 제인이 세인트 존과 결혼한 것이 아니라는 것, 제인이 로체스터에게 돌아갔다는 사실을 알아냈다. 카드 한 벌을 찾다가 내 입양 서류를 발견했던 그날과 비슷한 충격이었다. 이후로 나는 절대 카드놀이를 하지 않았고, 『제인 에어』도 절대로 읽지 않았다.

우리는 침묵을 지키며 걸음을 계속했다. 어머니는 내가 만족스러워하는 줄 알았지만, 나는 어머니에 대해 의아해하고 있었다.

빨래하는 날, 나는 여자들의 대화를 엿듣기 위해 쓰레기통에 숨었다. 넬리는 뒷골목을 가로질러 놓인 못과 못에, 가지고 나온 빨래줄을 맸다. 그녀는 구입한 물건을 들고 힘겹게 언덕을 올라가는 도린에게 손을 흔들고, 차 한잔하며 얘기나 하자고 했다. 수요일마다 도린은 특별 할인된 다진 고기를 사기 위해 정육점에 줄을 섰다. 그럴 때마다 도린은 기분이 나빴다. 그녀는 노동당 당원이었고 평등한 분배와 평등한 권리를 신봉했기 때문이다. 도린이 자기 앞에서 스테이크 고기를 사던 여자 얘기를 하자 넬리는 작고 덥수룩한 그녀의 머리를 저었다. 그리고 버트가 죽은 후로는 자신도 형편이 어렵다고 말했다.

"버트?" 도린이 내뱉었다. "그 남자는 관에 들어가기 십 년 전부터 죽어 있었어." 그러고는 넬리에게 과일 맛이 나는 작은 사탕을 내밀었다.

"죽은 사람을 나쁘게 말하고 싶지는 않아." 불편한 듯 넬리가 말했다. "사람 일은 모르는 거잖아."

도린은 콧방귀를 뀌고 뒤쪽 계단에 힘겹게 쭈그리고 앉았다. 치마가 너무 꽉 끼었지만 그녀는 항상 줄어든 것인 척했다.

"살아 있는 사람을 나쁘게 말하는 건? 내 남편 프랭크는 천하에 쓸모없는 인간이야."

넬리는 깊게 숨을 들이쉬며 와인 맛 껌을 하나 더 가져갔다. 넬리는 동네 술집에서 파이와 콩 요리를 나르는 사람이 혹시 프랭크가 만나는 여자 아니냐고 물었다. 거기까지는 도린도 생각 못 했지만, 이제 보니 남편이 집에 늦게 올 때 왜 항상 음식 냄새가 났는지 설명되는 것 같았다.

"그 남자와는 절대 결혼하지 말았어야 했어." 넬리가 꾸짖었다.

"결혼할 때는 그가 어떤 사람인지 몰랐지, 안 그래?" 그리고 도린은 넬리에게 전쟁이 어떠했고, 그녀의 아버지가 프랭크를 얼마나 좋아했으며, 그때는 결혼이 얼마나 현명해 보였는지를 말했다. "나도 생각은 해 봤어야 했어. 세상의 어떤 남자가 청혼하러 와서는 청혼은 않고 여자 아버지와 술만 마시겠어? 나는 한껏 차려입고 앉아서 엄마와 엄마 친구하고 카드놀이를 했다니까."

"그럼 어딜 데려가거나 하지도 않았어?"

"그랬지. 토요일 오후마다 개 경주장에 갔지."

한동안 두 사람은 말없이 앉아 있었다. 다시 도린이 입을 열었다.

"지금껏 애들 보고 살았지. 나는 십오 년 동안 프랭크를 무시했어."

"그래도 넌 건너편 사는 힐다만큼 나쁘진 않잖아. 힐다 남편은 한 푼만 있어도 술을 마신대. 그리고 힐다는 감히 경찰에 신고도 못 해." 넬리가 도린을 안심시켰다.

"만약 내 남편이 날 건드리면 그날로 그 자식을 감방에 처넣어 버릴 거야." 도린이 엄숙하게 말했다.

"과연 그럴 수 있을까?"

도린은 말을 멈추고 구두로 흙을 긁었다.

"담배 한 대 피워." 넬리가 건넸다. "제인 얘기나 좀 해 봐."

제인은 도린의 딸로 이제 막 열일곱 살이 된 대단히 학구적인 소녀였다.

"만약 그 애가 남자 친구를 만들지 않으면 사람들이 수군 거릴 거야. 제인은 늘상 수전의 집에서 숙제하면서 시간을 보낸다고. 아님 그 애가 나한테 말만 그렇게 했거나."

넬리는 제인이 수전한테 가는 척하면서 몰래 남자아이를 만날지도 모른다고 생각했다. 도린이 고개를 저었다. "거기 가는 거 맞아. 수전 어머니한테 물어봤어. 조심하지 않으면 사람들이 우리 애들도 만화 가게 하는 두 여자와 비슷하다고 생각할 거야."

"그럼 넌 그 두 사람이 무슨 짓이라도 한다는 거야?"

"그 두 사람이 새 침대를 사는 걸 맞은편 사는 퍼거슨 부인이 봤대. 더블 침대 말이야."

"그게 어때서? 나하고 버트는 한 침대에서 지냈지만 아무 짓도 안 했어."

그건 전혀 문제가 되지 않지만 여자 두 명의 경우는 다르다고 도린이 말했다.

뭐가 다르지? 나는 쓰레기통 안에서 궁금해했다.

"네 딸은 대학에 갈 수 있으니까 곧 집을 떠날 거잖아. 그 아인 영리해."

"프랭크가 가만있지 않을 거야. 그 사람은 손자를 원한다고. 이만 가야겠어. 안 그러면 저녁을 못 지을 거고, 그러면 그 남자 또 술집에서 파이하고 콩 요리를 먹겠지. 핑곗거리 주고 싶지 않아."

도린은 힘겹게 일어났고 넬리는 집게로 빨래를 고정하기

시작했다. 나는 안전할 때 쓰레기통에서 기어 나왔다. 그 어느 때보다도 혼란스럽고 먼지를 잔뜩 뒤집어쓴 상태였다.

내가 선교사가 될 운명인 것은 좋은 일이었다. 이후로 얼마 동안 나는 남자 문제는 제쳐 놓고 성경 읽기에 집중했다. 마침내는 나도 다른 모든 이들처럼 사랑에 빠질 거라고 생각했다. 그리고 그 후 몇 년 뒤, 무심코, 나는 사랑에 빠졌다.

어머니가 함께 시내에 가자고 했다.

"전 안 가요."

"우비 입어라."

"안 가요, 비 오잖아요."

"나도 알아. 그리고 나도 젖고 싶은 건 아니야." 어머니는 비옷을 내게 던지고 자신은 스카프를 매기 위해 거울로 돌아섰다. 나는 강아지가 박스에서 나오도록 발로 차고 끈을 잡아당겼다. 어머니가 나를 곁눈질했다. "그냥 놔둬. 데려가 봐야 밟히기나 하지."

"그렇지만……."

"놔둬!" 어머니는 한 손에는 핸드백을, 그리고 다른 손으로는 나를 잡고 버스 정류장까지 질질 끌고 갔다. 가는 내내 배은망덕하다고 불평하면서. 우리가 버스에 탔을 때, 그 금지된 만화 가게를 운영하며 지역 팀에서 볼링 선수로도 활동 중인 이다와 메이가 함께 있는 게 보였다.

"저기 봐, 루이가 꼬마와 함께 왔네." 메이가 즐겁게 반겼다.

"이제 꼬마가 아니지." 이다가 말했다. "분명 열네 살은 넘었을 텐데. 이 코코넛 마카롱 하나 드세요." 이다가 구겨진 봉지를 내밀었다.

"고마워요." 어머니가 말하며 하나를 집었다.

"시내에 가는 거야?"

메이가 묻자 어머니는 끄덕였다.

"근데 말야, 과일이 싼 게 없어. 변변찮은 스페인산 과일뿐이야."

"우린 다진 고기 사러 가." 핸드백을 몸에 붙이며 어머니가 말했다. 어머니는 돈 얘기 하는 것을 좋아하지 않았다.

"근데 싼 게 없어서……" 메이가 되풀이했다. "뭐가 있는지 말해 줄게." 메이가 앞으로 기댔고 그녀의 가슴과 좌석 사이에 내 머리카락이 끼었다.

"메이." 나는 숨을 몰아쉬었다.

"메이 이모." 어머니가 말을 잘랐다.

"3시에 트리켓 가게에서 만나 홀릭스* 한잔해." 메이가 즐거워하며 몸을 뒤로 기댔고, 내 머리도 자유로워졌다.

"이봐, 루이. 얘 털갈이하네." 메이가 어머니를 쿡 찌르더니 자신의 코트에 붙어 있던 내 머리카락을 흔들었다.

"저 나이에는 그렇죠." 이다가 끼어들었다. "별일 아니에요."

버스가 불바르(大路)로 진입했다. (어머니는 파리의 추억 때

---

*   영국의 맥아 음료.

문에 큰길을 항상 불바르라고 불렀다.) 메이와 이다는 내장 가게로 갔고, 어머니는 신문 가게에 들어갔는데 어머니가 보는 《밴드 오브 호프》 리뷰를 주인이 깜박 잊고 남겨 놓지 않았다. 나는 바보처럼 새 우비를 사 줄 수 있냐고 물었다. 그러나 돌아온 건 "지금 입고 있는 우비가 너희 아버지보다 더 오래갈 거다."라는 응답이었다.

우리는 다음으로 시장에 갔다. 정육점 주인이 한때 어머니의 애인이었던 덕분에 어머니는 언제나 다진 고기를 싸게 살 수 있었다. 어머니는 정육점 주인이 악마라고 했지만, 다진 고기를 싸게 가져가는 것은 포기하지 않았다. 그가 포장하는 동안 내 우비 소매가 고기 거는 고리에 걸려 그만 떨어져 나갔다.

"엄마……." 내가 뜯긴 소매를 어머니에게 흔들어 보이며 울먹였다.

"이런." 어머니가 소리쳤다. 그리고 접착테이프를 꺼내 소맷자락에 감기 시작했다. 바로 그때 우리는 마을에서 노래를 가르치고 주로 막스 앤드 스펜서에서 쇼핑을 하는 클리프턴 부인과 마주쳤다.

"지넷 팔에 무슨 문제라도 있어요?"

"소매만 좀……." 최대한 표준 억양으로 발음하며 어머니가 대답했다.

"아, 내 생각에는 새것이 필요할 것 같은데요, 안 그래요?"

어머니는 장바구니를 들고 있는 팔의 위치를 바꿨다.

"필요 없어요!" 내가 불쑥 소리쳤다. "전 이 옷이 정말 좋거든요."

클리프턴 부인이 나를 혐오스럽다는 듯 보았다.

"나는 그렇게 생각하지 않……."

"오늘 오후에 새걸로 살 겁니다." 어머니가 단호하게 말했다. "그럼 잘 가세요." 어머니는 돼지고기 덩어리 옆에 클리프턴 부인을 남겨 놓은 채 앞장서서 나를 끌고 갔다.

"웬 창피냐." 한숨 돌리자마자 어머니가 낮은 소리로 꾸짖었다. "할아버지가 뭐라고 하시겠니?"

"할아버진 돌아가셨어요."

"그런 말이 아니잖니."

"클리프턴 부인은 주제넘어요, 난 그 여자가 싫어요."

"조용히 해. 그 여자한텐 멋진 집이 있어."

내가 그 이상 반항하기도 전에 어머니는 잡동사니와 중고품을 파는 가게 안으로 나를 밀어 넣었다.

"여긴 우비가 하나도 없는 걸요." 조금은 안도한 내가 두리번거리면서 말했을 때였다.

"아, 저기 있다." 어머니가 의기양양하게 답했다. 어머니는 낙인 찍힌 양처럼 한면에 '떨이'라고 적힌 종이 상자들이 잔뜩 쌓인 곳을 뒤지기 시작했다.

"이거 입어 봐라."

나는 그 옷을 입었다.

너무 컸다.

"봐라, 모자도 달렸구나."

어머니는 형태 없는 비닐 조각을 내 손이 있으리라 생각되는 곳으로 밀어 넣었다.

"어디가 앞이에요?" 나는 덫에 걸린 기분이었다.

"어느 쪽이건 널 젖지 않게 해 줄 거야."

나는 전에 보았던 「아이언 마스크」라는 영화가 생각났다.

"이건 좀 커요." 나는 용기를 냈다.

"네가 좀 더 자라면 그 옷이 딱 맞을 거야."

"그렇지만 엄마……."

"좋아, 이걸로 하자."

"그렇지만 엄마."

그 우비는 연한 분홍색이었다.

우리는 말없이 생선 가게로 걸어갔다.

난 어머니가 미웠다.

새우를 보았다.

새우도 온통 분홍색이었다.

내 옆에는 바텐베르크 케이크를 든 여자가 있었다.

케이크는 분홍색 당의와 작은 분홍색 장미로 장식되어 있었다.

속이 울렁거렸다.

그때 누군가도 나처럼 구토증을 느끼고 있었다. 어린 소년이었다. 그의 어머니가 그 애를 때렸다.

'쌤통이다.' 야비하게도 나는 이렇게 생각했다.

구토물 위에 내 모자를 떨어뜨려 볼까 하는 생각도 들었으나 그래도 어머니는 내게 그 모자를 쓰게 할 것이 뻔했다.

비참한 기분이었다. 존 키츠는 비참한 기분이 들 때면 깨끗한 셔츠로 갈아입었다.

그러나 그는 시인이었다.

수족관을 보기 위해 일부러 생선 가게 뒤편으로 가 보지 않았더라면 나는 멜라니를 보지 못했을 것이다.

멜라니는 커다란 대리석 판에 청어를 올려놓고 뼈를 발라내고 있었다. 얇고 녹슨 칼로 도려낸 창자는 양철통에 던져 넣었다. 그녀는 다듬은 생선을 기름종이 위에 쌓았고, 네 마리째마다 파슬리를 놓았다.

"나도 해 보고 싶다."

내가 말하자 멜라니는 미소만 지을 뿐 일을 계속했다.

"재밌니?"

여전히 그녀는 아무 말도 없었다. 그래서 나는 비닐 우비를 입은 사람에게 가능한 범위 안에서 최대한 신중히 물탱크 반대편으로 살짝 다가갔다. 눈 위를 덮은 우비 모자 때문에 앞이 잘 보이지 않았다.

"생선 미끼 좀 얻을 수 있을까?" 내가 물었다.

그녀가 올려다보았다. 그리고 나는 그녀의 눈이, 옆집 고양이처럼 사랑스러운 회색임을 알아보았다.

"일하는 곳에서는 친구랑 같이 있으면 안 되는데."

"그렇지만 난 네 친구가 아니잖아." 내가 불쑥 지적했다.

"아니지, 그렇지만 주인은 친구라고 생각할 거야."

"음. 그렇담 친구가 되면 어떨까." 내가 제안했다.

그녀는 잠시 나를 물끄러미 보고 나서 눈을 돌렸다.

"이제 가자꾸나." 갑자기 물레고둥 쟁반 쪽에서 나타난 어머니가 재촉했다.

"어항에 넣을 새 물고기 사도 되요?"

"입 하나 더 늘리지 않아도, 지금 있는 것들 먹일 돈도 충분치 않다. 그놈의 강아지에도 만만치 않게 돈이 든다고."

"작은 걸로, 부채꼴 모양 꼬리 가진 거 하나만요."

"안 된다고 했다." 그리고 어머니는 트리켓 가게 쪽으로 성큼성큼 걸어갔다.

나는 학대받는 기분이었다. 만약 어머니가 다른 아이들이 읽기 교육을 받은 것과 똑같이 나를 가르쳤다면 이런 집착 같은 건 하지 않았을 것이다. 나는 애완용 토끼와 이상한 벌레에도 행복해했을 것이다.

뒤쪽을 돌아보았다.

멜라니는 가고 없었다.

우리가 트리켓 가게에 도착했을 때 메이와 이다는 이미 와 있었다.

이다는 경마 정보지를 보면서 라즈베리 크림을 먹고 있었다.

"봐, 왔어." 우리가 들어서자 이다가 메이를 슬쩍 찔렀다.

어머니가 털썩 앉았다.

"난 볼일 다 봤어."

"홀릭스 좀 갖다줘요." 메이가 웨이트리스에게 외쳤다. 웨이트리스는 담배를 내려놓더니 맞은편으로 왔다. 묘하게 각도가 휜 그녀의 안경이 반창고로 이어져 있었다.

"뭘 한 거야?" 메이가 추궁했다. "방금 전만 해도 이러지 않았잖아."

"모나가 안경 위에다 새로 나온 쇠고기 버거를 올려놓는 바람에 이렇게 됐어." 벽에 등을 대고 편한 자세를 취하며 웨이트리스가 짜증 난다는 듯 대답했다.

"요즘은 버거를 벽돌처럼 딱딱하게 냉동한다니까."

웨이트리스가 테이블을 행주로 탁 쳤다.

"벽돌처럼 인공적이라고."

웨이트리스가 재털이를 닦았다.

"냉동에 무슨 문제가 있다는 건 아니지만, 너무 심하니 말이야."

"심하지." 메이가 동의했다. "심해."

"오늘 아침엔 그 클리프턴 여사가 여기 왔어." 웨이트리스가 계속했다. "그 여자 아주 잘났어. 잡동사니만큼 평범하고 말이야. 잡동사니로 온갖 호사를 누리는 것만 다르지만." (어머니 얼굴이 발개졌다.)

"내가 그 여자에게 이렇게 말했지. 도린, 여기에서 반값에 살 수 있는 걸 막스 앤드 스펜서에다 무슨 돈을 그리 주는 건가요?"

이다가 동의의 말을 중얼거렸다.

"그런데 그 여자가 뭐라고 대꾸했는지 알아?"

메이가 모르지만 짐작이 간다고 말했다.

"그 여자가 말하길, 정말 웃겨서, 저는요, 제가 좋다고 생각하는 물건으로만 냉장고를 채우고 싶어요, 그림스디치 부인."

"쳇, 정말 잘난 여자라니까." 메이가 흥분했다. "너보고 그림스디치 부인이라고 했어? 베티라고 부르는 게 뭐가 어때서?"

"맞아." 이다가 끼어들었다. "베티가 뭐 어떻다고?"

그리고 모두들 한마디씩 낮은 목소리로 서들었다.

어머니는 입이 근질근질해졌다.

"그림스디치 부인……." 어머니가 입을 열었다.

"베티가 뭐가 어때서?" 웨이트리스가 주위를 둘러보며 언짢은 얼굴을 했다.

어머니가 도움을 구하기 위해 이다를 쳐다보았으나 이다는 경마 정보지를 보느라 정신이 없었다.

"로버 대 리버풀 경기." 이다가 메이에게 말했다. "어떻게 될까?"

베티가 끼어들었다.

"자, 이제 뭘 드실 거지? 나도 시간 남아도는 사람 아니야. 설거지할 잔이 한가득이라고."

어머니는 눈에 띄게 괴로워했다.

"사람들이 잔에다가 침이니 뭐니 온갖 것을 뱉어 놓는다고. 보기만 해도 속이 거북하다니까."

베티가 나를 쳐다보았다.

"너 토요일에 여기에서 일할래?"

어머니 얼굴이 환해졌다.

"그래요, 지넷에게는 일이 필요해요."

"음. 그럼 지금 시작해도 되겠네. 그렇지, 베티?" 이다가 경마 정보지 저편에서 말했다.

"그럼." 베티가 말했다. "저기 닦을 잔이 가득한걸."

그래서 나는 당장 일에 착수했다. 그동안 어머니와 이다 그리고 메이는 경마 승자를 맞추는 용지를 작성하고 홀릭스를 마셨다. 난 일이 싫지 않았다. 잔에 침이 그리 많지도 않았고, 더욱이 일하는 동안 생선 가게와 멜라니를 생각할 수 있었다.

그 주와 그다음 주에도 나는 거기에 갔다. 그저 멜라니의 모습을 지켜보기 위해서였다.

그러던 어느 날, 멜라니의 모습이 더 이상 보이지 않았다.

난 그저 물레고둥만 물끄러미 보고 또 보는 수밖에 없었다.

물레고둥을 지켜보는 동안 묘하게 위안이 되었다.

물레고둥은 공동체 생활이라는 개념 없이 아주 조용히 번식한다.

그러나 이들에겐 개별적 존엄감이 강하다.

식초 쟁반에 얼굴을 묻을 때조차도 귀족적인 면이 있다.

모두 그렇다고 할 수는 없지만.

'난 왜 이렇게 느끼는 거지?' 문득 의아한 생각이 들었다.

그리고 위로 삼아 구운 감자를 사 먹으러 막 되돌아가려고 할 때 가게 쪽으로 걸어오는 멜라니가 보였다. 나는 곧장 멜라니에게 다가갔다. 그녀는 약간 놀란 표정이었다.

"안녕, 네가 일을 그만둔 줄 알았어."

"그만둔 거 맞아. 요즘은 토요일에만 도서관에서 일해."

다음엔 어떤 말을 해야 하나? 무슨 말을 해야 멜라니를 잡아 둘 수 있을까?

"구운 감자 먹지 않을래?" 내가 대담하게 제안했다.

멜라니가 미소 지었다. 그리고 그러겠다고 해서 우리는 감자를 가지고 가게 앞에 있는 벤치로 갔다. 내가 지나치게 긴장한 탓에 내 감자는 비둘기가 거의 다 먹어 버렸다. 그녀는 날씨와 그녀의 어머니에 대해 말했고 아버지는 없다고 했다. "나도 아빠가 없어." 나는 그녀를 위로하고 싶었다. "없는 거나 다름없어." 그러고 나서 나는 우리 교회와 어머니, 그리고 내가 주님께 바쳐진 것에 대해 설명해야 했다. 잠시 이런 대화가 우스꽝스럽게 여겨졌으나, 그건 내가 긴장한 탓임을 스스로도 느꼈다. 그녀에게 교회에 다니냐고 묻자, 그녀는 다니긴 하지만 독실하진 않다고 했다. 그래서 나는 내일 우리 교회로 나오라고 그녀에게 제안했다.

"멜라니." 마침내 나는 용기를 쥐어짜 물었다. "어떻게 그렇게 웃기는 이름을 갖게 됐어?"

그녀가 얼굴을 붉혔다. "내가 갓 태어났을 때 멜론처럼 생겼대."

"걱정 마." 내가 그녀를 안심시켰다. "이젠 그렇지 않으니까."

멜라니가 처음으로 우리 교회에 왔을 때는 그리 성공적이지 못했다. 난 핀치 목사가 지방 순회 중임을 잊고 있었다. 한쪽에는 지옥에 떨어진 자들의 겁에 질린 모습이, 다른 한쪽에는 천상의 주인이 그려진 낡은 베드퍼드 승합차를 타고 핀치 목사가 도착했다. 위쪽 문과 앞쪽 덮개에는 목사가 직접 초록색으로 새긴, "천국에 가시겠습니까, 지옥에 가시겠습니까? 선택은 당신의 몫입니다."라는 문구가 있었다. 이 승합차에 자부심이 대단했던 목사는 승합차 안팎에서 일어난 숱한 기적에 대해 말했다. 안에 좌석이 여섯 개나 있어서 성가대가 함께 다닐 수 있었고, 악마가 누군가를 태웠을 때를 대비한 커다란 비상 약 통과 악기를 넣을 공간도 충분했다.

"불길은 어떻게 하나요?" 우리가 물었다.

"소화기를 사용합니다." 목사가 설명했다.

우리는 매우 감동받았다.

뒷문 맞은편으로 무너질 듯한 십자가 하나가 고정되어 있었고, 모든 활동이 끝난 후에 목사가 손을 씻을 수 있도록 아주 작은 세면대 하나도 있었다.

"물이 핵심입니다." 그가 우리에게 상기시켰다. "예수께서 돼지들에게 바다 속으로 뛰어들라 명하신 것과 똑같이, 저는 이 수도에서 악귀를 씻어 냅니다."*

---

*   예수가 어떤 남자에게 깃들어 있던 마귀들을 돼지 떼 안으로 쫓아낸

우리가 한참 동안 침이 마르도록 승합차를 칭송한 후에야 핀치 목사는 우리를 다시 교회 안으로 인도했다. 그리고 그의 성가대에게 자신이 최근에 작곡한 찬송가를 불러 달라고 했다. "제가 샌드배치 고속도로 주유소를 떠나려는 순간 주께서 제 머릿속에 떠오르게 한 곡입니다." 노래 제목은「당신에게 성령(Spirit)이 깃들 때 술(Spirits)은 필요치 않습니다」였다. 1절은 이렇게 시작됐다…….

어떤 남자들은 위스키에 손을 대고, 어떤 여자들은 진에 손을 대고,
그러나 성령을 마시는 것보다 더 좋은 환희는 없다네.
어떤 남자들은 맥주를 좋아하고, 어떤 이들은 와인을 좋아하네,
그러나 충만하고 싶다면, 성령에게 입을 열라.

성가대는 1절부터 6절까지 모두 불렀고, 핀치 목사가 봉고*로 반주하는 합창 부분에 합류하도록 우리 모두에게도 악보가 한 장씩 돌려졌다.
합창 부분은 이렇게 진행됐다…….

나에게는 위스키도 아니요, 드라이진도 아니요, 럼과 코카인도 아니요,
내 안에는 브랜디 소다가 아닌 멋진 성령께서 불을 붙이시네.

후 바다에 빠뜨려 몰살한 사건을 가리킨다.
＊ 라틴 음악에 쓰이는 두 개가 한 쌍을 이루는 작은 드럼.

우리는 흥겨운 시간을 보냈다. 데니가 자기 기타를 꺼내 흥을 돋우고 메이는 그녀의 탬버린에 달린 열두 개의 바를 두드렸다. 얼마 지나지 않아 우리는 모두 길게 줄을 지어 시계 방향으로 교회를 돌며 합창 부분을 질리도록 거듭해서 불렀다.

"주님께서 역사하시고 계십니다." 손바닥으로 봉고를 때리며 핀치 목사가 득의양양하게 말했다. "주님을 찬양하라."

"너무 무리하지 마세요." 핀치 목사를 필사적으로 따라가며 피아노를 치던 핀치 부인이 조바심을 냈다. "누가 목사님 봉고 좀 뺏으세요." 그러나 아무도 그러지 않았고, 로스웰 부인이 걸려 넘어지고 나서야 마침내 우리는 노래를 멈추었다.

바로 그때서야 나는 멜라니가 합창에 합류하지 않았음을 눈치챘다.

"자, 이제 설교 시간입니다." 핀치 목사가 외쳤고, 우리 모두 즐거운 시간을 위해 다시 자리 잡았다. 목사는 그의 순회 때의 행적에 관해, 몇 명의 영혼이 구원을 받았으며, 악마의 영향을 받았던 선한 영혼 중 얼마나 많은 이들이 다시금 안식을 찾았는지에 대해 말했다.

"저는 자랑을 일삼는 사람이 아닙니다." 그가 우리에게 상기시켰다. "주님께서 제게 강력한 능력을 주신 것입니다."

우리는 웅얼거리며 동조했다. 그리고 목사가 지금도 북서부를 관통하여 퍼지는 악마라는 전염병을 묘사할 때는 충격을 받았다. 랭커셔와 체셔가 특히나 황폐화되었다고 했다.

바로 전날 목사는 체들흄에 사는 한 가족 모두를 깨끗이 해 주었다.

"고통받고 있었습니다, 그들은. 고통받고 있었습니다. 왜 그런 줄 아십니까?" 목사가 한 걸음 물러섰다. 우리는 숨소리도 내지 않았다. "그릇된 정욕."

전율이 좌중을 흔들었다. 우리들 모두 그 말의 뜻을 확실히 알지는 못했지만 모두들 그것이 무시무시한 것임은 알고 있었다. 내가 멜라니 쪽을 곁눈질했다. 그녀는 곧 아파 누울 듯한 표정이었다.

'분명 성령이 임한 거야.' 나는 이렇게 생각하고 그녀의 손을 살짝 쥐었다. 그러자 멜라니는 벌떡 일어나 나를 노려보았다. '그래, 성령이 확실해.'

너무나도 훌륭한 설교의 막바지에 이르러 핀치 목사가 호소하기 시작했다. 그는 죄지은 자는 모두 손을 들라고, 그리고 바로 거기서 용서를 구하라고 촉구했다. 우리는 고개를 숙여 기도했고, 이따금 눈을 가늘게 뜨고 기도가 먹히는지 위를 슬쩍 훔쳐 보았다. 문득 내 손에 다른 손이 느껴졌다. 멜라니였다.

"내가 할게." 그녀가 낮게 속삭이더니 팔을 공중으로 추켜올렸다.

"예, 당신의 손이 보이는군요." 핀치 목사님이 알아보았다.

기쁨의 물결이 교회 전체에 흘렀다. 다른 사람은 없었기에 멜라니가 예배 마지막에 집중적인 주목을 받았다.

그녀가 원하는 바가 아니었다. "끔찍한 기분이었어." 나중에 멜라니가 털어놓았다.

"걱정 마라." 지나가던 앨리스가 슬쩍 말했다. "그건 동종 요법이야."

불쌍한 멜라니, 그녀는 그런 것이 뭔지 몰랐다. 그녀는 단지 자신에게 예수가 필요함을 알았을 뿐이다. 그리고 나에게 자신의 자문이 되어 달라고 요청했고, 나는 그녀의 어머니가 클럽에 일하러 나가는 월요일마다 멜라니의 집에 들르기로 했다. 우리는 함께 출발했다. 나는 구름을 타고, 멜라니는 성령의 선물에 대한 책자와 새로 전도된 이들을 위한 조언으로 가득 찬 핸드백을 들고. 시 공회당에 이르렀을 때 핀치 목사의 차가 우리들 옆을 쏜살같이 지나갔다. 기독교 방송을 최대한 크게 틀고, 창문은 활짝 연 채. 차 지붕 위에서는 깃발 하나가 의기양양하게 펄럭였다.

"저건 목사님의 구원 깃발이야." 내가 멜라니에게 말했다. "구원된 사람이 있을 때마다 깃발을 높이 올리셔."

"버스 타자." 멜라니가 대꾸했다, 약간 절실하게.

그렇게 해서 그 후 월요일마다 나는 멜라니의 집에 들렀고, 우리는 함께 성경을 읽은 뒤 보통 삼십 분씩 기도를 드렸다. 나는 기뻤다. 그녀는 내 친구였고, 나는 엘시를 빼고는 이에 익숙치 않았다. 이번은 엘시와는 달랐다. 나는 집에서 늘상 멜라니 얘기를 했고, 어머니는 전혀 반응이 없었다. 그러던 어느 날 어머니가 나를 부엌으로 내몰더니 심각하게 할 말이 있다고 했다.

"내 생각에는 네가 눈여겨 보는 남자아이가 교회에 있어, 그렇지?"

"뭐라고요?" 완전히 얼떨떨해진 내가 되물었다.

어머니는 새로 전도된, 스톡포트에서 우리 동네로 이사 온 그레이엄을 말하는 것이었다. 나는 그레이엄에게 기타를 가르쳤고, 규칙적인 성경 공부의 중요성을 이해시키려고 노력 중이었다.

"너한테 피에르에 대해, 그리고 어떻게 내가 그와 좋지 않다고 할 결말에 이르렀는지에 대해 말할 때가 된 것 같구나." 어머니는 매우 엄숙하게 얘기를 계속했다. 그러고는 우리 둘이 마실 차 한 잔씩을 따르고 로열 스콧 한 갑을 뜯었다. 내 마음은 기대감으로 잔뜩 부풀어 올랐다.

"내가 자랑스럽게 여기는 일은 아니다. 그리고 이번 한 번만 말할 거야."

어머니는 예전에 고집이 센 아가씨였고, 파리에서 가르치는 일을 했다. 당시로서는 아주 과감한 일이었다. 어머니는 생제르맹 거리에 살며 크루아상을 즐겼고 청결하게 살았다. 그때는 주님과 함께하지 않았지만 수준 높은 삶이었다. 그러던 어느 화창한 날, 어머니는 강을 향해 걷다가 경고도 없이 피에르를 만났다. 아니, 차라리 피에르가 자전거에서 뛰어내려 양파를 건네면서 어머니를 그가 본 가장 아름다운 여인이라고 불렀다고 해야겠다.

"당연히 나는 우쭐해졌다."

주소를 교환한 두 사람은 서로 구애하기 시작했다. 어머니가 전에는 알지 못했던 느낌을 경험하게 된 것이 바로 그때였다. 속이 부글거리고 귓속이 윙윙거리는 어떤 아찔함. 피에르와 함께일 때뿐 아니라, 언제 어디에 있을 때나 찾아왔던 그 느낌.

"사랑에 빠진 것이 틀림없다고 생각했지."

그러나 피에르는 그리 똑똑하지 않았고, 어머니가 무척 아름답다고 감탄하는 것 외에는 별로 말도 없었기 때문에 어머니는 혼란스러웠다. 피에르가 잘생겼냐고? 천만에. 잡지를 들여다보면서 어머니는 그가 잘생긴 사람도 아님을 깨달았다. 그러나 그 감정은 사라지지 않았다. 그러던 어느 조용한 저녁, 식사가 끝난 후, 피에르는 어머니를 붙잡고 그날 밤 자신과 함께 있어 달라고 애원했다. 다시 부글거림이 시작됐다. 피에르가 어머니를 품에 안았을 때, 어머니는 자신이 다른 남자를 절대 사랑하지 않을 것이며, 오늘 밤 피에르와 머물 것이고 이후에 그와 결혼하게 되리라 확신했다.

"주님 용서하소서. 그렇지만 그때 난 그렇게 느꼈지."

어머니는 감정에 복받쳐 말을 중단했다. 나는 담배를 건네주며 얘기를 끝내 달라고 애원했다.

"본론은 아직 시작하지도 않았다."

나는 어머니가 비스킷을 씹는 동안 최악의 상황을 곰곰이 생각해 보았다. 어쩌면 나는 주님의 아이인 것이 아니라 프랑스 남자의 딸일지도 몰랐다.

피에르와 함께 지낸 며칠 후, 어머니는 죄의식에 시달리다 충동적으로 병원에 갔다. 어머니가 소파에 누워 있는 동안 의사는 어머니의 배, 가슴을 찌르며 아찔한 느낌이나 복부에 거품이 이는 느낌이 없었냐고 물었다. 어머니는 수줍어하며 자신은 사랑에 빠졌으며, 종종 이상한 느낌이 들긴 했지만 그것 때문에 병원에 온 건 아니라고 설명했다.

"사랑에 빠지는 것은 무방합니다만……." 의사가 말했다. "위에 종양도 있군요."

어머니가 얼마나 경악했을지 상상해 보라. 어머니는 병을 고치기 위해 자신의 모든 것을 양보했다. 약을 먹고, 식이요법에 따르고, 방문하러 오겠다는 피에르의 간청도 거절했다. 두말할 나위 없이, 다음번 우연히 두 사람이 다시 만났을 때 어머니에게는 아무 느낌도, 전혀 아무런 느낌도 없었다. 그래서 어머니는 그를 피하기 위해 즉시 그 나라를 떠났다.

"그러면 나는……?" 내가 입을 뗐다.

"그런 문제는 없었다." 어머니가 재빨리 말했다.

한동안 우리는 말없이 앉아 있었다. 그러다 어머니가 말했다.

"그러니까 조심해. 네가 심장이라고 생각하는 것이 다른 기관일 수도 있어."

'그럴 수도. 엄마, 그럴 수도 있겠죠.' 나는 생각했다. 어머니는 일어섰고 내게 할 일을 찾으라고 했다. 나는 멜라니를 만나러 가기로 했다. 그러나 내가 문을 열려는 순간 어머니가 경고의 한마디를 던졌다.

"어느 누구도 네 아랫부분을 만지게 하지 마라." 그러면서 어머니는 앞치마 주머니 부분을 가리켰다.

"알았어요, 엄마." 나는 온순하게 대답하고 집을 나섰다.

멜라니 집에 이르렀을 때는 날이 저물고 있었다. 가려면 교회 마당을 지나가야 했는데, 때로 나는 새 무덤에 놓인 꽃을 훔치곤 했다. 멜라니는 꽃을 보면 항상 기뻐했고, 나는 그 꽃이 어디에서 난 것인지 절대 말하지 않았다. 멜라니는 어머니도 없고 집에 혼자 있기가 싫으니 자고 가지 않겠냐고 물었다. 나는 이웃집에 전화를 걸었고, 양배추를 다듬다 전화 받으러 불려 온 어머니와 한참 실랑이를 벌인 후에야 승낙을 받아 냈다. 우리는 평소대로 성경을 읽었다. 그리고 주님께서 우리를 함께하게 해 주셔서 너무나 기쁘다고 서로에게 말했다. 멜라니가 한참 동안 내 머리를 쓰다듬었고 그러다 우리는 포옹했고, 물속으로 빠져드는 느낌을 받았다. 그때 나는 덜컥 놀랐으나 멈출 수 없었다. 나의 배 안에서 뭔가가 꾸물꾸물 움직이고 있었다. 내 안에 문어가 있었다.

그리고 저녁이 되었고 다시 아침이 밝았다.

그 후로 우리는 모든 일을 함께했다. 나는 틈만 나면 멜라니와 붙어 있었다. 어머니는 내가 그레이엄과 덜 만나는 것에 안도하는 듯했고, 한동안은 내가 멜라니와 보내는 시간에 대해 언급하지 않았다.

"네 생각에는 이게 그릇된 정욕인 것 같니?" 한번은 내가 멜라니에게 물었다.

"그런 것 같지는 않아. 핀치 목사님 말에 따르면 그건 끔찍한 거야." 분명 멜라니 말이 맞다고 나는 생각했다.

멜라니와 나는 추수 감사절 연회 준비에 자원했고, 하루 종일 교회에서 일했다. 모두들 도착해 감자 파이가 돌아가기 시작했을 때, 우리는 발코니에 서서 사람들을 내려다보았다. 우리들의 가족. 그들은 안전했다.

연회장에 테이블이 준비되었다. 손님들은 거위를 가장 잘 요리하는 방법에 대해 논쟁을 벌였다. 이따금 일어나는 진동이 샹들리에를 흔들어 미세한 석고 가루가 셔벗 위로 떨어졌다. 놀라서라기보다는 재미있다는 듯 손님들이 위를 쳐다보았다. 그곳은 추웠다. 매우 추웠다. 누구보다 여자들의 고생이 가장 심했다. 그들의 드러난 어깨, 삶은 달걀처럼 하얀 어깨. 바깥에서는 강이 미라가 되어 하얀 눈 밑에 누워 있었다. 이들은 선택된 사람들이었고, 군사들은 홀에 쌓인 짚 위에서 잠들었다.

바깥은 일렁이는 횃불들.

웃음이 홀 안으로 표류해 들어간다. 선택된 자들은 항상 이런 식이다.

나이 들고, 죽고, 다시 시작하고. 부지불식간에.

아버지와 아들. 아버지와 아들.

항상 이런 식이었다. 어떤 것도 끼어들 수 없다.

아버지, 아들, 그리고 성령.

바깥에서는, 반역자들이 이 겨울 궁전으로 밀어닥치고 있다.

5부

신명기

율법의 마지막 전서

시간은 위대한 둔화제다. 사람들은 잊고, 지겨워하고, 늙고, 떠난다. 영국에는 모든 사람들이 나무 보트를 만들어 바다로 나가 튀르키예인들에게 대항하는 문제에 심취했던 시대가 있었다. 그것이 시들해지자 살아남은 농부들은 다리를 절며 땅으로 되돌아갔고, 살아남은 귀족들은 서로를 모함하는 계략을 세웠다.

　물론 이것이 이야기 전부는 아니지만, 이야기란 이런 것이다. 우리는 우리가 의지하는 것을 이야기로 만든다. 이것이 우주를 설명되지 않는 상태로 두면서 동시에 우주를 설명하는 방식이다. 우주의 모든 것을 살아 있는 상태로 유지하고 시간에 가두지 않는 방식이다. 똑같은 이야기도 사람마다 모두 다르게 말한다는 것은 모든 사람들이 하나의 이야기를 다르게 본다는 것을 상기시킬 뿐이다. 어떤 사람들은 하나의 진리를 찾을 수 있다고 하고, 어떤 사람들은 모든 것이 증명될 수 있다고 말한다. 나는 이들을 믿지 않는다. 확실한 단 한 가지는, 매듭으로 가득한 실타래처럼 모든 것이 너무도 복잡하다는 것이다. 모두 거기에 있으나 시작 부분을 찾기가 힘들고 끝을 가늠하는 것은 더더욱 불가능하다. 우리가 할 수 있는 최선은 실뜨기에 감탄하는 것, 어쩌면 매듭을 더 많이 만드는 일일 것이다. 역사는 흔들기 위한 해먹이고 놀기 위한 게임인 것이다. 고양이들이 노는 것처럼. 실타래를 발로 잡고, 물고, 다시 풀고, 잠들 때, 실은 여전히 매듭으로 가득한 타래다. 아무도 개의치 않을 것이다. 이런 역사로 돈을 많이 버는 사람들도 있다. 출판사들이 곧잘 그랬다. 어린아이라 하더라도 총명하다면 정상에 오를 수 있다. 역사라는 이야기를 이렇게 줄여 버리는 것은 모든 목적에 부합하는 비오는 날의 오락거리다.

사람들은 사실인 역사와 사실이 아닌 이야기로 구분하기를 좋아한다. 무엇을 믿고 무엇을 믿지 않아야 할지를 구별하기 위해서다. 매우 흥미로운 일이다. 매일매일 요나가 고래를 삼키는 이때에, 고래가 요나를 삼켰다는 것을 아무도 믿지 않으면 어쩐다? 나는 이제 사람들을 이해할 수 있다. 이들은 냄새 나는 생선 중에서도 가장 냄새가 지독한 생선 이야기만으로 게걸스레 배를 채운다. 왜냐고? 그런 게 역사니까. 무엇을 믿어야 할지를 아는 것은 유리하다. 역사는 제국을 세웠고 사람들을 제국에 소속되게 했다. 자본과 돈이라는 밝은 영역에…….

흔히 역사는 과거를 부인하는 수단이다. 과거를 부인하는
것은 과거의 본래 모습을 인정하지 않는 것이다. 우리 생각
에 그럴듯하다고 보일 때까지 그 정신을 억지로 끼워 맞추
고, 기능하게 하고, 빨아먹기 위해. 우리는 나름대로 모두 역
사가들이다. 그리고 섬뜩한 방식이긴 하나 폴 포트*는 우리
들 모두보다 더 정직했다. 그는 과거를 모두 생각지 않기로
했다. 과거를 객관적 견해로 다룬다는 속임수를 버린 것이
다. 캄보디아에서는 도시들이 불타 없어지고, 지도는 버려지
고, 모든 것이 사라졌다. 서류도 없다. 아무것도. 용감한 신세
계. 구세계들은 경악했다. 우리는 손가락질했다. 그러나 큰
벼룩의 등에도 피를 빠는 작은 벼룩이 있기 마련이다.

사람들은 과거가 너무 복잡하면 아무렇지도 않게 결말을
지워 버리곤 했다. 살이 탈 것이며, 감자가 탈 것이며, 그리고
기억도. 이게 뭐지? 잊어버려야만 함을 이해하지 못하는 바
보들의 두서 없는 이야기. 또 우리는 결말을 짓지 못하면 아
예 이야기 자체를 바꿔 버린다. 죽은 자는 말하지 않는다. 죽
은 것에는 어떤 매력적인 것이 있다. 죽은 것은 살아 있는 것
과 관련되는 그 지겹고도 어지러운 것들(쓰레기와 불만과 애
정의 필요) 없이도 그 모든 감탄할 만한 삶의 특징들을 보유

---

*   크메르 루주 게릴라의 수장. 사 년간의 공포 정치로 캄보디아 인구의 4분
의 1에 가까운 170만 명을 굶주림, 고문, 처형, 중노동으로 사망하게 했다.

한다. 우리는 죽은 것을 경매에 붙일 수도, 박물관에 보관할 수도, 수집할 수도 있다. 지식욕이 왕성하면 일단 자리에 앉아서 무슨 일이 벌어지는지 지켜보아야 하기 때문에 차라리 신기한 것을 수집하는 사람이 되는 편이 훨씬 안전하다. 지식욕이 왕성한 사람들은 언제나 위험에 노출되어 있다. 추위를 무릅쓰고 기다려야 할 때도 있고 낚싯대보다 더 비싼, 당신을 자연의 품으로 데려다줄 유리 보트에 투자해야 한다. 지식욕이 왕성하면, 지금 바다 밑에서 인어와 함께 사는 모든 남자들처럼, 결코 집으로 돌아오지 않게 될 수도 있다.

아니면 아틀란티스를 발견했던 사람들처럼.

선조 순례자들이 항해를 시작했을 때는 이들을 미치광이들로 보는 사람도 많았다. 역사는 이제 그렇지 않다고 결론지었다. 탐험가가 된 지식욕에 불타는 사람들은 기억이나 이야기 이상의 것을 가지고 돌아와야 한다. 이들은 감자나 담배, 무엇보다도 금을 가지고 집으로 돌아와야 한다.

그러나 행복은 감자가 아니다.

엘도라도는 스페인산 금 이상의 것이었으며, 그러므로 존재할 수 없었다. 집에 돌아온 이들은 의미 없는 환상 때문에 미치고 말았다. 그러므로 현명한 자들, 신기한 물품 수집가들은 죽은 것들로 자신의 주위를 채우고 과거, 살아 움직이며 존재했던 과거를 회상할 것이다. 신기한 물품 수집가는 다양한 기차의 모습이 상영되는 비디오가 설치된 버려진 기차역에 산다. 그들은 살아 있는 죽은 자들의 원조다.

과거는 과거이기에 한때는 휘어질 수 있던 것이 이제는 겨우 펴 늘려질 수 있을 뿐이다. 전에는 마음을 바꿀 수 있었던 것이, 이제는 변화를 겪을 수 있을 뿐이다. 렌즈는 채색되고, 기울어지고, 부서질 수 있다. 중요한 것은 질서가 널리 보급되는 것…… 우리가 18세기의 신사이며 마차가 알프스를 덜커덩거리며 넘어갈 때 커튼을 내리고 있다면, 우리는 우리가 하는 일이 무엇인지 알아야 한다. 존재하지 않는 질서를 가장하면서, 존재할 수 없는 안전을 만들기 위해서 말이다.

이야기 속에서 질서와 균형이 발견된다.

역사는 성 조지다.

역사책을 보면서 나는 종이 두 쪽과 활자 사이에 놓인 혼란스러운 세계를 압축하기 위해 들인 가공의 노력을 생각하며 깜짝 놀라고 만다. 이는 비판의 여지가 없는 진실이다. 신도 이것을 보셨다. 신은 알고 계신다. 그러나 나는 신이 아니다. 그래서 누군가 내게 그들이 듣거나 본 것을 말하면, 나는 그것을 믿는다. 또한 나는 함께 봤으나 같은 식으로 보지 않은 이들도 믿는다. 나는 서로 다른 평가들을 한자리에 놓을 수 있으며 한결같은 기적을 믿느니 내가 직접 만든 겨자소스를 샌드위치에 뿌려 먹을 것이다.

내장을 굴러다니는 문명이라는 절인 쇠고기. 변비는 2차 세계대전 이후로 크나큰 문젯거리가 되었다. 섬유질이 충분치 않은 데다 지나치게 정제된 음식만 먹었기 때문이다. 항상 외식을 한다면 무엇이 속으로 들어오는지 결코 확신할 수 없으며, 그 음식에 대해 받은 정보는 하나도 도움이 되지 않는다.

썩은, 그리고 썩어 가는.

여기 참고할 것이 있다. 당신의 치아를 보존하고 싶다면, 샌드위치를 직접 만들도록…….

6부

여호수아서

"거기," 진공청소기를 내려놓으며 어머니가 딱 부러지게 말했다. "거기다 관을 보관하세요. 죄의식 느끼지 마시고요. 먼지 하나 없어요."

화이트 부인이 행주를 흔들며 로비에서 나왔다. "걸레받이는 모두 닦았는데, 내 허리가 예전 같지 않아."

"그렇겠죠." 고개를 저으며 어머니가 답했다. "우리를 시험하려고 생긴 일이에요."

"적어도 경건한 일이지." 화이트 부인이 말했다.

응접실은 확실히 아주 깨끗했다. 문으로 고개를 내민 나는 모든 시트커버가 우리 집 최고품으로, 즉 프랑스 친구들이 준 선물이자 어머니의 혼수품 중 가장 훌륭한 것으로 바뀐 것을 알아챘다. 놋쇠 그릇들에서는 윤이 났고, 스프랫 목사가 준 악어 모양 호두까기 인형은 벽난로 선반 위에서 위용을 뽐내고 있었다.

'이게 웬 소동이지?' 나는 호기심이 일었다. 달력을 점검해 보았지만 내가 아는 한 신방일도 아니었고 일요일로 예정된 목사의 방문일도 아니었다. 부엌에 들어가니 화이트 부인이 건포도가 가득한, 버터를 펴 바른 동그랗고 납작한, 슬픈 케이크를 만들고 있었다.

한동안 부인은 내가 들어온 것을 눈치채지 못했다.

"안녕하세요." 내가 불쑥 말했다. "무슨 일이에요?"

화이트 부인이 고개를 돌리더니 희미하게 놀란 소리를 냈다. "너 바이올린 연습할 시간 아니니?"

"취소됐어요. 여기 다른 사람도 있어요?"

"네 어머니는 나가셨다." 부인은 약간 긴장한 듯했으나, 그녀는 원래 자주 그랬다.

"그럼 전 강아지랑 산책이나 하고 올게요." 나는 결정했다.

"난 화장실에 좀 가야겠구나." 뒷문으로 사라지며 화이트 부인이 말했다.

"휴지가 없는데……." 하지만 이미 부인은 사라진 뒤였다.

나는 강아지를 데리고 언덕 위로 출발했다. 도시가 완전히 평평해 보일 때까지 오르고 또 올랐다. 강아지는 참호 쪽으로 달렸고, 나는 치과나 레커바이트 홀 같은 여러 이정표들을 찾아보았다. 그날 밤 멜라니를 보러 가도 좋을 것 같았다. 나는 어머니에게 가능한 한 많은 것을 얘기했으나, 모든 것은 아니었다. 어머니가 정말로 이해하지는 못할 거라는 느낌이 있었다. 더욱이 나 자신도 나에게 어떤 일이 벌어지는 건지 확신할 수 없었다. 내가 살아오면서 두 번째로 경험하는 불확실함이었다.

나에게 불확실성이란 다른 사람들이 남아프리카 땅돼지에게서 느끼는 그런 것이었다. 원래는 자신에게 없는 개념이나 간접적 설명을 통해 인식되는 미묘한 그 무엇. 그때 내 머리와 복부에 느껴졌던 감정은 그 지독한 사건이 일어난 날 느꼈던 것과 같았고, 교회 제의실의 차 항아리 옆에 서서 주스버리 양이 "물론 그 아이도 확실치 않은 심정이었을 거예요."라고 말하는 것을 들었던 때와 같은 종류의 느낌이었다. 나는 매우 당황스러웠다. 불확실성이란 이단자들이 느끼는 것이었고, 나는 신의 아이였기에.

그 지독한 사건이란 내 친모가 나를 되찾으러 왔던 일을 말한다. 나는 내 출생 배경에 뭔가 이상한 점이 있다는 것을 눈치채고 있었고, 한번은 휴가용 서랍 안에 차곡차곡 쌓인 옷가지 아래에서 숨겨진 입양 서류를 발견한 적도 있었다. "형식적인 거다." 그때 어머니는 나를 내쫓으며 이렇게 말했다. "넌 언제나 내 아이야. 주께서 너를 내게 주셨다." 그 뒤로 나는 어느 토요일, 문 두드리는 소리가 날 때까지 그 문제에 대해서는 다시 생각하지 않았다. 내가 나가 보기 전에, 나보다 문에서 더 가까운 응접실에서 기도하던 어머니가 먼저 문으로 갔다. 나는 어머니를 따라 거실로 내려갔다.

"누구예요, 엄마?"

어머니는 대답하지 않았다.

"누구냐고요?"

"내가 부를 때까지 들어가 있어라."

나는 슬그머니 거실을 나왔다. 여호와의 증인이거나 노동당에서 나온 사람일 거라고 생각했다. 머지않아 목소리가, 화가 난 목소리가 들렸다. 어머니가 문밖에 있던 사람들을 안으로 들이는 것 같았다. 이상한 일이었다. 어머니는 이단자들을 집에 들이는 것을 싫어했다. 그들은 나쁜 기운을 남긴다고, 어머니는 늘 말했다.

그 간음 사건 때 화이트 부인이 했던 행동이 생각났다. 나는 전쟁 용품 찬장 안 구석, 말린 달걀 뒤로 손을 뻗어 와인잔 하나를 찾아서는 그걸 벽에다 댔다. 효과가 있었다. 단어 하나하나까지 다 들을 수 있었다. 오 분 후 나는 잔을 치웠고, 강아지를 안은 채 울고, 울고 또 울었다.

마침내 어머니가 들어왔다.

"갔다."

"그 사람이 누군지 나도 알아요. 왜 나한테 말 안 했어요?"

"너하고는 상관없는 일이야."

"그 사람은 내 엄마라고요."

이 말을 하자마자 머리를 붕대로 압박하는 것 같은 충격이 느껴졌다. 나는 리놀륨 바닥 위에 누워서 위를 올려다보았다.

"네 엄마는 나야." 어머니는 아주 차분히 말했다. "그 사람은 그냥 애를 낳아 준 것뿐이다."

"난 그분이 보고 싶었어요."

"그 사람은 갔어. 그리고 이제 다시는 오지 않을 거다." 어머니는 돌아서서 부엌으로 들어가더니 문을 잠가 버렸다. 나는 생각할 수도 숨을 쉴 수도 없었다. 그래서 뛰기 시작했다. 아래로는 도시가, 그리고 위로는 언덕이 길게 늘어진 길을 뛰어 올라갔다. 부활절 기간이었고, 언덕 위에 놓인 크고 검은 십자가가 불쑥 모습을 드러냈다. "왜 나한테는 말 안 했어요!" 나는 칠이 된 나무토막에 대고 소리 지르고, 힘이 빠져 저절로 늘어질 때까지 손으로 나무토막을 내리쳤다. 시내를 내려다보았을 때 변한 것은 하나도 없었다. 작은 형상들이 위아래로 꾸물거리며 움직였고 정미소 굴뚝은 보통 때처럼 연기를 뿜어냈다. 엘리슨의 셋집에서는 사람들이 장을 열고 있었다. 어떻게 이럴 수 있지? 나는 이 익숙한 풍경을 보느니 차라리 새로이 도래한 빙하기와 마주하고 싶었다.

그날, 결국 집으로 돌아왔을 때 어머니는 텔레비전을 보고 있었다. 어머니는 그 일에 대해 다시는 한마디도 꺼내지 않았고, 나도 그러지 않았다.

멜라니를 알게 된 것은 너무나 행복한 일이었는데, 왜 난 그리도 불편한 느낌을 받았던 것일까? 그리고 왜 난 어머니에게 지난밤 어디서 잤는지 말하지 않았던 걸까? 우리 교회에서는 낮이건 밤이건, 신도들의 집에서 시간을 보내는 것이 일상적이었다. 엘시가 아프기 전까지 나는 그녀와 많은 시간을 함께 보냈고, 내가 가지 않는 밤이면 내가 어디에 있는지 엘시도 알고 있었을 것이다. 때로 멜라니와 나는 함께 엘시의 집에서 지냈다. 길고 잠 없는 밤을. 빛이 창문을 채우고 엘시가 우리에게 커피를 가져다줄 때까지.

"도대체 너희들은 무슨 얘기를 그렇게 하니?" 우리가 하품을 하면서도 아침을 먹는 내내 속닥거리자 엘시가 나무랐다. "하기야, 나도 그랬지만."

이제는 엘시가 입원했기 때문에 우리는 더욱 조심해야 했다. 한번은 멜라니가 우리 집에 자러 왔는데, 어머니는 그때 내 방에다 캠프용 침대를 아주 신중히 설치했다.

"이런 거 필요 없어요."

내 말에 어머니는 단호하게 대답했다.

"아니, 필요할 거다."

「세계 선교 소식」이 끝난 새벽 2시경, 우리는 어머니가 천천히 계단을 올라오는 소리를 들었다. 우리는 재빨리 움직이는 데 익숙해진 상태였다. 어머니는 얼마간 문 앞에 서 있다가 갑자기 문을 열었다. 나는 어머니의 잠옷 가운 밑에 달린 레이스만 볼 수 있었다. 아무도 움직이지 않았다. 이윽고 어머니는 문 앞을 떠났지만 밤새도록 불을 끄지 않았다. 얼마후 나는 어머니에게 내 감정을 말하기로 결심했다. 내가 얼마나 멜라니와 함께 있고 싶은지, 멜라니에게는 무슨 말이든 할 수 있으며, 나에게는 그런 친구가 필요하다는 것을 설명했다. 그리고, 그리고…… 그러나 그건 아무리 애를 써도 말이 되어 나오지 않았다……. 어머니는 아주 조용히 듣고 있었다. 이따금 머리를 끄덕였고, 그래서 나는 어머니가 일부는 이해했다고 생각했다. 설명을 끝내고 나는 어머니에게 가볍게 입을 맞추었는데, 이것이 어머니를 조금은 놀라게 했던 것 같다. 우리는 화가 났을 때를 빼고는 신체 접촉이 거의 없었던 것이다. "이제 자라." 성경을 들며 어머니가 말했다.

그때부터 우리는 거의 대화를 나누지 않았다. 어머니는 뭔가에 몰두한 듯했고, 내게도 나만의 걱정거리가 있었다. 그날 처음으로, 어머니는 예전의 엄마가 되었다. 부지런하고 화이트 부인이 주위에 있으면 눈에 띄게 함께하길 원하는 어머니. 나는 무슨 일 때문에 어머니의 기분이 좋아졌는지 궁금해서 다시 언덕 아래를 향해 발걸음을 옮겼다. 강아지는 뒤에서 원을 그리며 쫓아왔다.

"다녀왔습니다!" 매트에 신발 밑창을 닦으며 큰 소리로 외쳤다. 고요했다. 응접실 커피 테이블 위에 성경이 있고 그 위에 말씀 상자가 있는 것으로 보아 어머니는 방금 전까지 응접실에 있었던 게 분명했다. 어머니는 쪽지 하나를 꺼내 놓은 상태였다. 말려 있는 종이 쪼가리 하나가 보였다. '주님은 당신의 힘이요 방패라.' 화이트 부인의 코트가 안 보이는 대신 그녀의 행주가 의자 위에 남아 있었다. 나는 행주를 부엌으로 가져갔다. 찬장에 메모가 있었다. '화이트 부인 댁에서

잔다. 아침에 교회로 와라.'

어머니는 일 때문에 위건에 갈 때를 제외하고는 절대 다른 사람 집에서 자는 법이 없었다. 멜라니와 함께 있을 수 있으니 나에게는 좋은 일이었지만. 나는 강아지에게 밥을 먹이고, 씻고, 출발했다. 여느 때처럼 버스 탈 돈이 없었기 때문에 몇 마일을 걸어 공동묘지를 지나친 다음 발전소 뒤쪽으로 돌아갔다.

멜라니는 정원을 손질하고 있었다.

"오늘 밤 너희 어머니 뭐 하셔?" 내가 물었다.

"클럽에 가셨다가 아이린 이모네로 가실 거야."

"넌 뭐 하고 싶니?" 잡초 몇 개를 뽑으며 나는 다시 물었다.

멜라니는 그 사랑스러운 고양이 같은 회색 눈으로 나를 보며 미소 지었고, 자신의 고무장갑을 잡아당겼다.

"탕피에 넣게 뜨거운 물을 올려놓을게."

우리는 그날 밤 우리의 계획에 대해 많은 얘기를 나눴다. 멜라니는 진심으로 선교사가 되기를 바랐다. 나에게는 그것이 정해진 일이었지만.

"왜 넌 선교사 되기를 꺼리는 거야?" 멜라니가 궁금해했다.

"난 더운 곳이 싫어. 그냥 그 때문이야. 작년에 페잉턴에 갔다가 일사병에 걸렸거든."

갑자기 대화가 끊겼다. 나는 그녀의 골격이 그리는 근사한 선과 복부의 삼각형 근육을 눈으로 더듬었다. 친밀함의 어떤 면이 이를 이렇게도 불온하게 만드는 것일까?

다음 날 아침 식사를 하면서 멜라니는 앞으로 대학에 가서 신학을 공부할 계획이라고 했다. 나는 현대의 이단자들 때문에 좋은 계획이 아니라고 생각했다. 멜라니는 다른 사람들이 세상을 어떻게 이해하는지 알아야 한다고 생각했다.

"그렇지만 너도 그 사람들이 틀렸다는 건 알잖아." 내가 고집을 부렸다.

"알아, 그렇지만 재미있을 거야. 서두르자, 교회에 늦겠어. 너 오늘 설교하는 날 아니지?"

"응. 설교하기로 되어 있었는데 바뀌었어."

우리는 부산스럽게 부엌을 빠져나왔고 나는 그녀에게 키스하기 위해 계단 위에 섰다.

"난 주님을 사랑하는 만큼이나 너를 사랑해." 나는 웃어 보였다.

나를 바라보는 멜라니의 눈이 잠시 흐려졌다. "난 모르겠어."

우리가 교회에 도착했을 때는 첫 찬송이 진행 중이었다. 어머니가 나를 노려보았고, 나는 미안한 시늉을 했다. 슬그머니 자리에 앉자 옆에 앉아 있던 주스버리 양이 내게 침착하게 있으라고 했다.

"무슨 말이에요?" 내가 속삭였다.

"이따가 나한테 와. 얘기 좀 하자." 그녀가 숨죽여 말했다. "사람들 눈에 띄지 않을 때 말이야."

난 주스버리 양이 제정신이 아니라고 결론지었다. 교회는 평소처럼 사람들로 가득했고, 다른 사람과 눈이 마주칠 때마다 그들은 미소 짓거나 고개를 끄덕였다. 찬송이 끝났을 때 나는 약간 더 멜라니와 붙도록 몸을 비틀고서 주님의 말씀에 집중하려 노력했다. 나는 생각했다. '그래. 멜라니는 주님이 보낸 선물이야. 그리고 이 선물에 감사하지 않는 것은 배은 망덕한 거야.' 한창 이런 명상에 깊이 빠져 있을 때 문득 뭔가 심상치 않은 일이 벌어지고 있음을 깨달았다. 교회가 아주 조용하게 가라앉아 있고 목사가 낮은 설교대에 서 있었다. 어머니와 함께. 어머니가 흐느껴 울고 있었다. 나는 손가락 마디가 마비되는 듯한 고통을 느꼈다. 멜라니의 반지 때문이었다. 이때 주스버리 양이 나에게 일어서라고 재촉하며 말했다. "침착해, 침착해." 나는 멜라니와 함께 앞으로 걸어 나갔다. 순간적으로 흘끗 본 멜라니의 얼굴은 창백했다.

"이 하느님의 아이들이, 사탄의 주문에 걸렸습니다."

목사가 시작했다. 내 목에 놓인 목사의 손은 뜨겁고 무거웠다. 모여 있는 모든 사람들이 밀랍 인형처럼 보였다.

"하느님의 이 아이들이 욕망의 죄악에 빠졌습니다."

"잠깐만요……." 내가 입을 열었으나 목사는 신경 쓰지 않았다.

"이 아이들은 마귀들로 가득 차 있습니다."

경악의 탄식이 교회 전체에 흘렀다.

"전 아니에요!" 나는 소리쳤다. "멜라니도 아니고요."

"사탄의 목소리를 들어 보십시오." 목사가 나를 가리키며 교인들에게 말했다. "최고였던 자들이 어떻게 최악이 되는지를."

"무슨 말씀이에요?" 절망하며 내가 물었다.

"네가 이 여자를 남자와 아내에게 예정된 사랑으로 사랑하는 것을 부인하느냐?"

"아니요. 예. 제 말은, 전 물론 멜라니를 사랑해요."

"내가 너에게 사도 바울의 말씀을 읽어 주겠다." 목사는 선포하고 정말로 그렇게 했으며, 그릇된 정욕과 마귀의 표시에 대해 더 많은 말을 했다.

"깨끗한 자들에게는 모든 것이 깨끗하나……." 내가 그에게 소리쳤다. "그건 당신이에요, 우리가 아니라!"

목사가 멜라니에게 고개를 돌렸다.

"이 죄 지음을 그만둘 것을 약속하고 주님께 용서를 빌겠느냐?"

"예." 멜라니는 주체할 수 없이 떨고 있었다. 나는 그녀가 하는 말을 거의 알아들을 수 없었다.

"그러면 화이트 부인과 함께 제의실로 들어가라. 어른들이 너를 위해 기도해 주실 거다. 진정으로 회개하는 자에게는 늦지 않았다."

목사가 이번엔 나에게로 고개를 돌렸다.

"전 멜라니를 사랑해요."

"그럴 수 없다."

"저는 그래요, 그렇다고요. 가게 해 주세요." 그러나 목사는 나의 팔을 단단히 붙들고 놓지 않았다.

"우리 교회는 네가 고통에 빠지는 것을 가만히 보고만 있지 않을 거다. 가서 기다려라, 우리가 너를 도울 테니."

나는 거리로 뛰쳐나갔다, 고통으로 사나워진 채. 주스버리 양이 나를 기다리고 있었다.

"진정해." 그녀가 기운을 돋우며 말했다. "가서 커피 좀 마시자. 그리고 어떻게 해야 할지 정하는 거야." 나는 그녀를 따라갔다. 오직 멜라니와 그녀의 사랑스러움만을 생각하면서.

주스버리 양의 집에 도착하자 그녀는 가스레인지에 주전자를 거칠게 올려놓고는 나를 불 옆으로 밀어붙였다. 난 이가 달달 떨려서 말도 할 수 없었다.

"내가 너를 안 지 꽤 여러 해가 지났지. 넌 항상 고집불통이었어. 왜 좀 더 조심하지 않았니?"

나는 그저 불길 속을 바라보았다.

"네가 네 엄마한테 설명하려 하지만 않았어도 괜찮았을 걸. 아무도 굳이 파헤치지 않았을 거다."

"엄마는 괜찮아요." 나는 기계적으로 중얼거렸다.

"네 엄만 제정신이 아니야." 주스버리 양이 매우 확고하게 말했다.

"엄마에게 다 말하지는 않았어요."

"네 엄마는 세속적인 여자야. 너는 절대 그걸 인정하려 들지 않겠지만. 네 엄마는 감정, 특히 여자들의 감정을 잘 알아."

이건 내가 자세히 말하고 싶은 것이 아니었다.

"누가 당신한테 말한 거죠?" 불현듯 내가 물었다.

"엘시."

"엘시요?" 이건 너무했다.

"엘시는 너를 보호하려 한 거야. 엘시가 얼마 전 병에 걸렸을 때 내게 말해 줬어."

"왜죠?"

"나의 문제이기도 하니까."

그 순간 나는 악마가 와서 나를 데려가 버릴 거라고 생각했다. 어지러웠다.

도대체 이 사람이 무슨 얘기를 하는 거지? 멜라니와 나는 특별해.

"마셔."

그녀가 내게 잔을 주었다. "브랜디야."

"좀 눕고 싶어요." 나는 힘없이 말했다.

얼마나 오래 잤는지는 모른다. 깨어났을 땐 커튼이 쳐져 있었고, 어깨가 아주 무겁게 느껴졌다. 처음에는 머리가 왜 아픈 건지 기억할 수 없었다. 잠시 후 배 속의 공포가 차츰 분명해지자 나는 그날 아침의 일을 다시 검토하기 시작했다.

주스버리 양이 들어왔다.

"좀 나아졌니?"

"별로요." 나는 한숨지었다.

"이게 도움이 될지 모르겠구나."

주스버리 양은 내 머리와 어깨를 두드리기 시작했다. 그녀가 내 등을 더 잘 두드릴 수 있도록 나는 엎드렸다. 그녀의 손이 점점 더 낮은 곳으로 미끄러져 내려왔다. 그녀가 갑자기 내 위로 몸을 굽혔다. 내 목에 그녀의 숨결이 느껴졌다. 불쑥 나는 몸을 돌려 그녀에게 키스했다. 우리는 사랑을 나누었고 나는 그것을 증오했고 또 증오했다. 그러나 멈출 수는 없었다.

내가 집으로 슬그머니 들어온 것은 아침나절이었다. 나는 아무도 모르게 곧상 학교로 길 계획이었다. 어머니는 침실에 있을 거라고 생각했다. 그러나 아니었다. 응접실에서 진한 커피 향과 목소리가 새어 나왔다. 발끝으로 살금살금 지나가면서 보니 응접실에서 기도 모임이 진행되고 있었다. 나는 물건을 챙기고 모두 가방에 싼 후 밖으로 나가려 했다. 하지만 나오는 길에 그들에게 붙잡히고 말았다.

"지넷!" 어른들 중 한 명이 외치더니 나를 응접실로 끌고 들어갔다. "우리의 기도가 응답을 받았다."

"어젯밤 어디에 있었지?" 어머니가 퉁명스럽게 물었다.

"기억이 안 나요."

"주스버리 양 집에 있었겠지."

"아니요." 나는 모두에게 말했다. "거기는 아니에요."

"그게 무슨 문제가 되겠습니까." 목사가 재촉했다. "이제 지넷은 여기에 있습니다. 그리고 너무 늦은 것도 아닙니다."

"저 학교에 가야 해요."

"그럴 필요 없다, 그럴 필요 없어." 목사가 미소 지었다.

"이리 와서 앉아라."

어머니는 멍하니 내게 비스킷 접시를 건넸다. 오전 8시 30분이었다.

어른들은 이날 밤 10시가 되어서야 집으로 돌아갔다. 그들은 나의 머리 위에서 기도하고, 나에게 손을 올리고, 주님 앞에서 나의 죄를 회개하라고 촉구하며 그날 하루를 보냈다. "이 아이에게서 떠나라, 떠나라, 사탄아." 목사는 계속 이렇게 말했다.

어머니는 끊임없이 차를 끓여 냈지만 설거지하는 것은 잊었다. 응접실은 찻잔으로 가득했다. 누군가 잔을 깼고, 화이트 부인이 그 위에 앉았다가 살을 베었다. 그러나 이들은 기도를 멈추지 않았다. 나는 여전히 아무 생각도 할 수 없었다. 멜라니의 얼굴과 멜라니의 몸만을 볼 수 있을 뿐이었다. 그리고 때때로 내 위로 몸을 굽힌 주스버리 양의 윤곽도.

밤 10시가 되자 목사는 깊은 한숨을 들이쉬며 나에게 마지막 기회를 주었다.

"할 수 없어요. 그냥 안 돼요." 나는 말했다.

"내일모레 다시 오겠습니다." 목사는 어머니에게 따로 말했다. "그건 그렇고, 지넷을 이 방 밖으로 나오지 못하게 하세요. 그리고 음식도 주지 마시고요. 다시 본래의 모습으로 돌아가기 전에 힘을 좀 빼야 합니다."

어머니는 고개를 끄덕이고, 끄덕이고, 끄덕였다. 그리고 나를 가두었다. 어머니는 내게 담요 한 장만 던져 주고 전구

마저 가져가 버렸다. 그다음 서른여섯 시간 동안 나는 악마와 다른 것들에 대해 골똘히 생각했다. 나는 악마가 약점이 있는 곳이면 어디에나 들어온다는 것을 알고 있었다. 나에게 악마가 들렸다면 나의 약점은 멜라니다. 그러나 멜라니는 아름답고 착하고 나를 사랑했다.

진정 사랑이 악마의 것이란 말인가?

어떤 종류의 악마지? 귀에다 덜거덕 소리를 내는 갈색 악마? 나무 피리에 맞추어 춤추는 붉은 악마? 병을 일으키는 물의 악마? 변장을 하는 오렌지 악마? 고양이에게 벼룩이 있듯이 모든 사람에게는 악마가 있다.

'신도들이 엉뚱한 장소를 찾고 있는 거야.' 나는 생각했다. '만약 그들이 내 악마를 손에 넣고자 한다면 나부터 손에 넣어야 할걸.'

나는 윌리엄 블레이크를 생각했다.

'만약 그들이 내 악마를 앗아 가도록 내버려 둔다면, 나는 내가 겨우 찾아낸 것을 포기해야 할 거야.'

"넌 그럴 수 없어." 내 팔꿈치 쪽에서 어떤 목소리가 말했다.

커피 테이블에 기대고 선 오렌지 악마였다.

'내가 드디어 미쳤군.' 나는 생각했다.

"미치는 게 당연하지." 악마가 같은 어투로 동의했다. "그러니까 그걸 최대한 활용하라고."

난 긴 의자에 털썩 주저앉았다. "네가 원하는 게 뭐지?"

"난 네가 원하는 것을 정하도록 돕고 싶을 뿐이야." 그리고 그 괴물은 깡총깡총 뛰어 벽난로 선반 위로 올라가더니 스프랫 목사의 놋쇠 악어 위에 앉았다.

"네가 올바로 지적했듯 모든 사람들에게 악마가 있어." 괴물이 말했다. "그렇지만 모두가 그걸 알지는 못해. 그리고 모두가 그걸 활용하는 방법을 아는 것도 아니지."

"악마는 사악해, 안 그래?" 내가 걱정스레 물었다.

"꼭 그렇지는 않아. 그저 다를 뿐이야. 그리고 어렵지. 너 오라가 뭔지 알지?"

내가 고개를 끄덕였다.

"음…… 악마는 사람들이 지닌 오라의 색에 의존하거든. 너의 오라는 오렌지야. 그래서 날 갖고 있는 거야. 너희 어머니의 오라는 갈색이야. 그래서 그렇게 묘하지. 그리고 화이트 부인의 오라는 악마라고 할 수가 없어. 우리는 너를 하나로 유지해 주려고 여기 온 거야. 네가 우리를 무시하면 넌 결국 두 부분으로, 아니면 여러 부분으로 나뉘고 말 거야. 모순적인 부분들로."

"그렇지만 성경에서는 악마가 계속 추방당해."

"네가 읽은 것을 전부 믿지는 마."

다시 아프기 시작했다. 그래서 나는 양말을 벗은 다음 진정하기 위해 발가락을 입에 물었다. 발가락에서는 다이제스티브 비스킷 맛이 났다. 그리고 나서 창가로 가 팡 터지는 소리를 듣기 위해 제라늄 봉오리 몇 개를 벌렸다. 내가 다시 자리에 앉았을 때 그 오렌지 악마는 아주 환하게 빛을 내며 손수건으로 악어 호두까기 인형을 닦고 있었다.

"너는 남자야, 여자야?"

"그런 건 상관없어, 안 그래? 결국 그건 너의 문제야."

"내가 계속 널 데리고 있으면 어떤 일이 벌어지지?"

"넌 무척 힘겹고, 전과 다른 시간을 보내게 될 거야."

"그만한 가치가 있을까?"

"그건 너의 결정에 달렸어."

"멜라니와 계속 함께할 수 있을까?"

그러나 악마는 사라지고 없었다.

목사와 어른들이 다시 왔을 때 나는 차분하고 기운이 났으며, 받아들일 준비가 돼 있었다.

"저 회개할게요." 그들이 응접실에 들어오자마자 나는 말했다. 목사는 놀란 것 같았다.

"확실하니?"

"확실해요." 나는 이 일을 가능한 한 빨리 해치우고 싶었다. 게다가 이틀 동안 아무것도 먹지 못했다. 어른들이 모두 기도하기 위해 무릎을 꿇었고, 나도 그들 옆에 무릎을 꿇었다. 어른들 중 한 명이 방언을 시작했고, 바로 그때 내 목덜미에 따끔한 느낌이 들었다.

"가 버려." 나는 숨죽인 목소리로 속삭였다. "사람들이 널볼 거야." 나는 한쪽 눈을 뜨고 주위를 살펴보았다.

"아니. 이 사람들은 말만 많지 아무것도 보지 못해." 악마가 대꾸했다.

"난 널 없애려는 게 아니야. 이게 내가 생각해 낼 수 있는 최선의 방법이라고."

"아, 그거 훌륭하군." 오렌지 악마가 트릴로 노래했다. "난 그냥 지나가는 길이었어."

이 무렵 어른들은 모두 「죄 짐 맡은 우리 구주」를 부르고 있었고 나도 함께 부르는 것이 현명하겠다고 생각했다. 모든 것이 일사천리로 끝났다. 어머니는 큰 고깃덩어리를 오븐에 넣었다.

"일요일에 네가 직접 간증하기 바란다." 나를 안으며 목사가 말했다.

"예." 포옹에 찌그러진 채 내가 말했다. "멜라니는요?"

"멜라니는 한동안 다른 데 가 있을 거야." 화이트 부인이 끼어들었다. "회복해야지. 몇 주 후면 멜라니가 얼마나 건강해졌는지 볼 수 있을 거다."

"어디 갔는데요?" 내가 강하게 물었다.

"넌 걱정하지 마라." 목사가 위로했다. "멜라니는 주님이 안전하게 돌봐 주실 거다."

사람들이 모두 떠나자마자 나는 곧장 주스버리 양에게로 갔다.

"멜라니 어디 있는지 알아요?"

주스버리 양이 활짝 문을 열었다. "조금 있다가 말해 줄게."

멜라니는 헬리팩스에 있는 친척 집에 머물고 있었다. 나는 어머니에게 그날 밤은 교회에서 지내야겠다고 말했다. 어머니는 수긍하는 듯했다. 나는 주스버리 양에게 그녀의 차로 내가 있어야 할 곳, 40킬로미터 떨어진 그곳으로 데려다달라고 했다.

"아침 7시에 데리러 오세요."

주스버리 양은 입술을 깨물며 고개를 끄덕였다.

"알죠? 전 멜라니를 꼭 봐야 해요. 안전한지 확인해야 해요."

어스름해지자마자 나는 현관 초인종을 눌렀다.

"여기 멜라니 있나요?" 문에 나온 여자에게 물었다. "저는 멜라니 학교 친구예요."

"있다, 들어와라."

"아뇨, 괜찮아요. 그냥 메모나 전해 주려고요. 멜라니가 나온다면요." 멜라니가 문으로 왔다. 멜라니는 나를 보자마자 문을 닫으려 했다.

"너한테 꼭 할 말이 있어." 나는 애원했다. "삼십 분쯤 있다가 위층으로 올라와. 난 지금 올라가서 기다릴게." 멜라니가 고개를 끄덕이곤 내가 지나갈 수 있도록 비켜 주었다. 그녀가 아주 큰 소리로 "잘 가."라고 말하고 문을 닫는 소리가 들렸다. 아무도 의심하지 않는 듯했다.

일종의 위기였다. 다시 한번 나는 잠에 빠졌다.

내 앞에 거대한 바위로 만들어진 원형 경기장이 있었다. 군데군데 허물어지긴 했지만 여전히 둥그렇게 보이는 경기장이었다. 맨 끝에서 트럭을 가득 메웠던 남자들과 여자들이 잔디밭에 내리고 있었다. 대부분 신체 일부가 절단된 사람들이었고, 모두들 목 주위에 번호표를 달고 있었다. 그리고 보안원이 말하는 것이 들렸다. "이게 너희들의 새 주소다." 죄수들은 매우 조용했고, 저항도 없이 거대한 석탑을 향해 행진했다. 석탑 귀퉁이마다 죄수들 목에 걸린 번호에 상응하는 번호가 표시되어 있었다. 석탑 가운데에서는 철제 나선형 계단이 한없이 위로 뻗어 올라갔다. 나는 사람들 여럿을 따라 올라가기 시작했다. 우리가 번호 달린 귀퉁이를 지나갈 때마다, 그곳에 갇힌 죄수들이 우리를 밀어내려 했다. 계단이 유리문 앞에서 멈추었을 때에는 나만 유일하게 남아 있었다. 문에는 '서점: 영업 중'이라고 적혀 있었다. 안으로 들어갔다. 카운터에 여자 한 명, 책을 사는 여러 사람들과 구경하는 사람들, 그리고 『베오울프』*를 번역하는 일군의 젊은 여자들이 있었다.

"안녕." 점원이 불렀다. "구경하는 사람 역할이 끝나고 다음 단계로 이동할 때 저 소녀들 중 한 명의 일을 맡지 그러니?"

"여기가 어디죠?"

"최후의 결정을 내리지 못한 사람들 모두가 있는 곳. 이곳은 잃어버린 기회의 도시야. 그리고 이곳은 마지막 실망의 방이고. 넌 원하는 만큼 올라갈 수 있어. 그러나 네가 이미 근본적인 실수를 저질렀다면 넌 여기, 이 방에서 끝나게 돼.

* 고대 영어로 쓴 영국의 영웅 서사시.

너는 네 역할을 바꿀 수는 있지만 절대로 네 환경을 바꿀 수는 없어. 이제 그러기에는 너무 늦었거든. 미안, 난 이제 책 사는 사람이 될 차례야."

"지넷." 멜라니의 목소리가 들렸다. "너 열이 있는 것 같아."

멜라니는 차를 마시며 내 옆에 앉아 있었다. 피곤으로 지친 얼굴은 공기가 빠진 풍선처럼 쭈글쭈글해 보였다. 내가 그녀의 뺨을 만지려 하자 멜라니는 움찔하며 몸을 뺐다.

"신도들이 너한테 무슨 짓을 한 거야?" 내가 물었다.

"아무것도. 난 회개했어. 신도들이 노력해야 한다고, 그리고 일주일 간 멀리 가 있어야 한다고 했어. 우리는 이제 만날 수 없어. 그건 잘못이야." 그녀는 누비이불을 잡아당기기 시작했고 나는 더 이상 견딜 수가 없었다. 우리는 울다가 잠이 들었다. 그러나 밤 어느 쯤에 나는 그녀에게 손을 뻗었고 키스하고 또 키스했다. 우리 두 사람 모두 뒤엉킨 몸과 부어오른 얼굴로 땀을 흘리며 올 때까지. 주스버리 양이 차의 경적을 울리는 소리가 들렸을 때 멜라니는 아직 잠들어 있었다.

선열이 다시 날 찾아왔다.

"저 애 성질머리 때문이에요." 어머니가 공언했다.

분명 신도들은 신께서 내게 쓴 악마를 모두 제거해 주셨다고 믿었고, 병이 낫는 대로 교회에 갔을 때 내 귀환을 환영해 줄 것이 틀림없었다.

"주님께서는 모든 걸 용서하시고 잊으신다." 목사가 내게 말했다.

아마도 주님은 그럴 것이다. 그러나 어머니는 그렇지 않
았다. 내가 떨면서 응접실에 누워 있을 때 어머니는 내 방에
들어가 나의 편지, 카드, 내가 쓴 글을 모조리 찾아내 뒷마당
에서 태워 버렸던 것이다. 배신에는 여러 종류가 있지만, 어
디에서 발견하건 배신은 배신이다. 어머니는 그날 밤 편지
이상의 것을 태웠다. 어머니는 몰랐을 테지만, 그녀는 이제
더 이상 나의 여왕, 백색 여왕이 아니었다. 담장은 보호하고
동시에 제한한다. 무너지는 것도 담장의 본질인 것이다. 담
장이 무너지는 것은 당신이 자기만의 트럼펫을 불 줄 알게
된 결과다.

금지된 도시는 이제 약탈당했고 지붕 없는 탑들은 모두
사라졌다. 돌 하나만 던져도 아미앵*으로부터 흑태자**를
분리하고, 조각돌 하나로도 오늘날의 전사를 쓰러뜨릴 것이
다. 침을 흘리며 벤치에 모인 늙은 남자들은 그들의 연인의
집이 한때 어디에 있었으며 그녀의 정원이 어떻게 가꾸어져
있었는지, 그들이 얼마나 서둘러 매일 연인의 집 앞으로 달
려갔는지 당신에게 말해 줄 것이다.

---

   *   프랑스의 북부 도시. 옛부터 북쪽 방위 거점으로서 요새화되어 왔다.
 **   영국 왕 에드워드 3세의 장자로 검은 갑옷을 입은 데서 붙은 별칭. 백
       년 전쟁에서 무용을 떨쳤다.

그녀의 마음은 돌과 같았네.

누가 처음으로 돌을 던지겠는가?

당신은 동쪽에 있는 세상 끝에서는 돌사자를, 그리고 서쪽 끝에서는 돌로 만든 그리핀을 찾게 될 것이다. 북쪽에서는 자갈 섞인 모래 해변이 당신을 기다릴 것이다. 두려워 말라. 이들은 고대인들. 이들은 세월에 시달렸고 지혜로우니, 이들을 존중하라. 이들은 영속되는 실체가 아니다. 영혼을 담은 육체야말로 진정한 하나의 신이다.

뼈를 변화시키는 것이 돌의 본질이다.

언젠가는 선택해야 할 것이다. 당신 혹은 담장을.

험프티 덤프티 담장 위에 앉아 있네.

험프티 덤프티 와장창 떨어져 부서졌네.

잃어버린 기회의 도시는 담장을 선택한 사람들로 가득하네.

왕의 모든 기병을 데려오고

왕의 모든 보병들을 불러 모아도,

깨진 험프티 덤프티 다시 붙일 수는 없다네.*

그렇다면 온몸을 무장하지 않고 이 땅을 배회할 필요가

---

*   마더 구스 동요집에 나오는 시를 차용했다. 험프티 덤프티는 달걀 모양의 인물.

있을까?

분필로 그린 원과 이 돌담장을 구별할 필요가 있다.

집 없이 살 필요가 있을까?

물리학과 형이상학을 구별할 필요가 있다.

그러나 많은 원리들이 사실은 동일하다.

그렇다, 동일하다. 그러니 내부의 도시에서는 모든 것들이
변했다.

육체를 위한 담장 하나, 영혼을 위한 원 하나.

"여기 있다." 내 옆구리를 푹 찌르며 어머니가 말했다. "과
일이야. 너 또 자면서 중얼거리더구나."

오렌지가 담긴 사발이었다.

나는 가장 큰 것을 꺼내 껍질을 벗겼다. 껍질이 고집스럽
게 붙어 있어서 곧 나는 잔뜩 골이 난 채 패배감을 느끼며 누
워서 숨을 헐떡였다. 포도나 바나나면 어때서? 나는 마침내
외피를 벗겨 내고, 두 손으로 과일을 양쪽으로 갈랐다.

"좀 나아졌니?" 가운데에 그 오렌지 악마가 앉아 있었다.

"난 죽을 거야."

"아니야, 넌 사실 회복되고 있어. 사소한 환각 몇 개만 빼
면 말이야. 기억해, 넌 지금 선택을 한 거야. 되돌아갈 수는
없어."

"무슨 말이야? 난 어떤 선택도 하지 않았어." 나는 몸을 일
으키기 위해 안간힘을 썼다.

"잡아." 악마가 외쳤고, 그리고 사라졌다. 내 손에는 울퉁불퉁한 갈색 자갈 하나가 쥐여 있었다.

그해 여름 나는 다시 예전의 나로 돌아갔다. 멜라니는 대학에 들어가기 전 여행을 떠났고, 나는 모두와 함께 계획한, 블랙풀에서 벌일 천막 전도 기간에 설교할 내용을 준비했다. 아무도 그 사건을 입에 담지 않았고, 아무도 주스버리 양이 오보에를 들고 떠난 것을 눈치채지 못한 것 같았다. 어머니는 새벽부터 우리를 불러 모으거나 추수 감사절 때 쓸 통조림을 모으는 것으로 대부분의 시간을 보냈다. 어머니는 다른 교회 여자들을 설득해서 숨겨 놓은 거대한 전쟁 대비용 찬장에 기부하도록 하는 것을 자신의 주요 활동으로 삼았다. "때가 되면 그 사람들이 내게 고마워할 거다." 어머니는 항상 이렇게 말했다.

어느 화창한 토요일, 우리는 버스에 우르르 올라타 블랙풀로 출발했다.

"엘시가 아코디언을 갖고 왔다면 좋았을 텐데." 로스웰 부인이 푸념했다.

"지금 있는 곳에 계시는 게 더 나아요." 어머니가 다소 모나게 대답했다.

전에는 이런 말이 내게 아무 의미도 없었겠지만 이제는 나도 호락호락하지 않았다. 나는 종종 어머니를 심문해 볼까, 그래서 세상을 어떻게 이해하는지 사람들 앞에서 말하게 해 볼까 하고 생각했다. 전에는 우리가 똑같이 사물을 본다고 생각했지만, 알고 보니 우리는 지금껏 다른 행성에 있었다. 나는 경마지를 보는 메이를 거들기 위해 버스 뒤쪽으로 갔다. 내가 그쪽으로 간 것에 어머니는 무시당한 기분이 들었는지 《밴드 오브 호프》에 몸을 파묻었다.

"네 엄마 진짜 웃긴다." 메이가 심술궂게 말했다.

이제는 나도 동의하는 쪽이었다.

그날 밤 열린 우리의 첫 집회는 대단히 성공적이었다. 나는 본격적으로 설교에 임했고, 대개 그렇듯 많은 사람들이 주님을 영접했다.

"재능을 하나도 잃지 않았어, 안 그래?" 메이가 어머니를 보며 빙그레 웃었다.

"내가 제때 잡아 줘서지." 이게 어머니가 말할 수 있는 전부였다. 그리고 어머니는 게스트 하우스로 돌아갔다. 어머니와 다른 사람 몇 명이 떠난 후에도 나머지 사람들은 계속해서 주님을 찬양하기로 했다. 우리는 탬버린과 합창 악보를 꺼냈고 밤이 깊어지도록 찬송가를 불렀다. 밤 11시 무렵이 되자 천막이 크게 출렁거리면서 바깥 공터로부터 소란스러운 소리가 들렸다.

"성령이야!" 메이가 소리쳤다.

"내 귀에는 경건하게 들리지 않는데." 화이트 부인이 단언했다.

"어떻게 해야 하죠?" 새로 개종한 사람 중 한 명이 나에게 속삭였다. 나는 그녀에게 팔을 둘렀다. 그녀의 몸은 매우 부드러웠다. "제가 나가 볼게요." 나는 사람들을 안심시켰다.

"주님이 오신 거라면 보지 마라." 내가 천막 문으로 사라질 때 메이가 강조했다.

주님은 아니었다. 근처 기숙사에서 머무는 성난 남자 다섯 명이었다. 랜턴을 들고 있던 이들은 나를 향해 종이 몇 장을 흔들었다.

"네가 책임자냐?"

"예, 그렇다고 할 수 있죠. 제가 이 기도 집회를 지도하고 있어요. 들어오세요." 이들은 나를 따라 천막 안으로 들어왔다.

"우린 기도 집회 같은 거엔 관심 없고⋯⋯." 그들 중 한 사람이 말을 꺼냈다.

"주님께서 당신한테 천벌을 내릴 거예요." 이제 막 잠에서 깬 로스웰 부인이 뱉듯이 말했다.

"우리의 관심사는⋯⋯." 우리를 노려보며 그 남자가 계속했다. "점잖은 사람에게 걸맞은 점잖은 잠이야. 우리는 여기 휴가차 왔다고. 예수쟁이들이 죽은 사람도 벌떡 일어날 정도로 손뼉 치고 소리치는 건 달갑지 않아."

"최후의 날에 죽은 자들이 일어나 걸을 것이고, 당신들은 염소들과 함께 있을 거야." 메이가 경멸조로 말했다.

"이봐요." 다른 한 사람이 앞으로 나오면서 메이에게 종이를 쑥 내밀었다. "여기 기숙사 규정을 보면 11시 이후에는 소란 피우지 말라고 쓰여 있다고. 당신들이 있는 이곳은 엄연한 기숙사 부지야."

"와서 저희와 함께하세요." 내가 제안했다.

"이봐, 우리는 그놈의 웨이크필드라는 곳에 있는 로프 공장에서 일 년 내내 일하는 사람들이야. 좀 평화롭자고 여기 온 거라고. 그러니까 그만해." 잠시 침묵이 흐른 후 이윽고, "아니면 혼날 줄 알아. 망할 놈의 잠 좀 자자."

"그러니까," 화이트 부인이 숨을 들이쉬었다.

"소용없어요." 내가 말했다. "내일 다시 시작하면 돼요. 짐 꾸리죠?" 그래서 신도들은 기쁨이 만들어 내는 소음을 포기했고, 나와 새로 전도된 케이티만이 등불을 끄기 위해 남았다.

어머니와 내가 머무는 게스트 하우스로 돌아왔을 때, 어머니는 베개에 등을 기대고 누워 스프랫 목사가 보내 준 새 책을 읽고 있었다. 『백인 남자가 두려워 걷지 않는 곳』이라는 책이었다.

"너 아니?" 어머니가 말했다. "인디언들이 먹는 음식을 흰 쥐에게 먹였더니 쥐들이 다 죽었다는구나."

"그래서요?"

"그러니까 주님께서 기독교 국가들을 돌보신다는 거지."

"제 생각에는 쥐한테 핫팟을 먹여도 별로 다르지 않을 것 같은데요."

"쯧쯧, 주님의 선량하심에 감사해라. 이제 난 자야겠다." 그러고서 어머니는 침대 머리맡의 작은 전등을 끄고 코를 골기 시작했다.

나에게는, 생각할 다른 일들이 있었다.

그다음 날 우리는 모두 탑 아래에서 저녁 집회를 알리는 안내 책자를 나누어 줄 예정이었다. 메이는 "너희는 여호와를 만날 만할 때에 찾으라(Seek ye the lord while he may be found)."라고 쓰인 커다란 광고판을 가져왔다. "이 글귀에 내 이름(may)이 있으니까. 이걸 메고 다니는 건 내가 할 일이야." 자부심을 보이며 그녀가 모든 이들에게 일러 두었다. 안내 책자를 나누어 주는 동안 우리 일은 상당히 잘 풀렸다. 길에서 세 명을 전도한 데다, 밤에 집회에 오겠다고 약속한 사람도 있었다. "오후에는 쉽시다." 목사가 모두에게 말했다.

"동물원에 갈까?" 메이가 기세등등하게 물었다. "작은 원숭이들을 보고 싶어."

"지넷은 나하고 탑에 올라갈 거예요." 어머니가 뻣뻣하게 공표했다. "거기서 유명한 영화배우들 전시회를 한대요."

"전 산책로로 산보 갈 거예요." 난 두 사람에게 이렇게 말하고 먼저 출발했다.

케이티는 휴대용 의자에 앉아 태양을 보고 있었다.

그녀는 아이스크림을 먹고 있었다. 즐거운 것 같았다.

"안녕." 나는 그녀 옆에 앉았다. "이 근처에서 묵고 있니?"

"아니, 전차로 왔어, 오늘 밤에 늦지 않으려고."

"우리 교회에서 멀지 않은 곳에 살지?"

"안 멀어, 우리가 사는 곳은 오스왈드트위슬이거든. 버스만 타면 되는 거리야."

"그럼 우리 돌아가서도 종종 만나자."

그녀는 잠시 나를 쳐다보았다. 난 돌아가서 복음 천막을 살펴보는 것이 좋을 것 같다는 생각이 들었다…….

영광스러운 한 주였다. 주님을 영접한 영혼 중 많은 수가 우리 교회 본당 가까이 살았다. 먼 곳에서 온 사람들에게는 가까운 집회 장소를 안내하는 소개장이 주어졌다. 집회 마지막 날에는 해변에서 야외 감사 예배를 열었다. 로스웰 부인이 성령과 교류하겠다고 혼자 해변으로 이탈하지만 않았어도 모든 것이 완벽하게 마무리됐을 예배였다. 로스웰 부인은 연로하고 귀가 먹은 데다 너무도 심취해 있어서 밀물이 밀려오는 것을 알지 못했다.

"다 모인 거죠?" 우리가 줄지어 버스에 오를 무렵 목사가 머릿수를 셌다. "깃발은 누가 갖고 계시죠?"

"저요." 메이가 외쳤다.

"그럼 갈까요?" 우리가 고용한 운전기사 프레드가 물었다. "로스웰 부인이 없어요." 앨리스가 빈 좌석을 가리켰다.

주위를 둘러보았다. 기적이 아니었다면 우리는 파도 아래로 가라앉으며 손을 흔드는 로스웰 부인을 제때 알아보지 못했을 것이다.

"손을 흔드는 건가요?" 메이가 걱정스럽게 물었다.

"물에 빠진 거 같은데요!" 외투와 넥타이를 벗으며 프레드가 외쳤다. "걱정하지 마세요. 이래 봬도 제가 젊었을 때 상이란 상은 다 휩쓸었답니다." 프레드는 곧 우레 같은 소리를 내며 파도를 뚫고 들어갔다. 즉시 목사는 모두 기도하도록 지시했고, 화이트 부인이 「우리에게는 닻이 있습니다」를 부르기 시작했다. 3절에 이르자마자 프레드가 로스웰 부인을 어깨에 메고 다시 나타났다.

"프레드, 부인 속옷이 보여요." 속옷을 최대한 잡아당기며 어머니가 혀 차는 소리를 냈다.

"속옷이 문제예요? 내 청색 스웨이드 신발은 어떻고요?"

신발은 엉망이 되어 있었다.

"부인은 아직 살아 계신 거죠?" 목사가 참을 수 없는 듯 대화를 중단시켰다.

"예, 저 살아 있어요." 프레드의 척추 중간쯤에서 로스웰 부인의 비탄에 잠긴 목소리가 들렸다. "이번에는 천국에 가는 줄 알았더니만."

"그렇지만 도와 달라는 신호를 보냈잖아요."

"아니, 작별 인사로 손을 흔든 거였어."

"제가 그렇다고 했잖아요."

"누가 수건 좀 갖다주세요." 목사가 조용히 시켰다. "그리고 이 불쌍한 양반에게 운전을 허락해 줍시다."

프레드는 보상금이 어쩌고 하다가 왜 자신이 쓸데없이 신경 썼는지 모르겠다고 중얼거리면서 질벅거리는 소리와 함께 운전석에 앉았다. 갑작스레 몰려오는 피곤을 느끼며 우리는 출발했다.

추수 감사절이 지나갔고, 어머니는 전쟁 대비용 찬장에 보관할 통조림을 기록적으로 많이 얻어 냈으며, 남아도는 것이 많아 가난한 이들에게 나누어 주었다. 하지만 모든 사람이 만족한 것은 아니었다.

"블랙 체리하고 소금물에 절인 마름 네 통으로 뭘 하라는 거야?" 아버지가 봉지를 건넸을 때 넬리가 막무가내로 불평했다. "옛날에는 빵하고 과일하고 괜찮은 야채를 받았는데. 이건 요새 새로 유행하는 건가 보네."

어머니는 이 말을 듣고 분노했고, 자신의 기도 명단에서 넬리 이름을 가위표로 지워 버렸다. 대신 아버지가 자신의 기도 명단에 넬리를 올렸기 때문에 넬리는 결국 기도 대상에서 빠지지 않았다. 이제 차츰 바람이 세지고 밤이 길어지고 있었다. 우리는 어떻게 하면 크리스마스 메시지를 가장 잘 전달할 수 있을 것인가로 생각을 돌렸다. 여느 때처럼 우리는 시 공회당 밖에 기둥을 세우고 소나무 아래에서 캐럴을 부를 예정이었다. 이는 구세군과 정기적으로 리허설을 해야 한다는 것을 의미했고, 우리 탬버린 연주자들이 어김없이 박자를 놓치기 때문에 항상 문젯거리였다. 올해 구세군 사령관은 우리가 찬송을 고수하고 싶어 하는지 궁금해했다.

"사람들이 듣기 좋다고 했잖아요." 메이가 사령관에게 상기시켰다.

사령관이 조심스레 찬송을 문자 그대로 해석하지는 말자고 제안하자 일대 소란이 일었다. 우선 그것은 이단적이었다. 게다가 무례한 행동이었다. 그다음으로는 우리 무리 사이의 의견이 일치하지 않음을 의미했다. 우리 중 일부는 일견 일리 있는 말이라고 생각했고, 일부는 분노했다. 우리가 차와 비스킷이 돌아갈 때까지 논쟁을 벌이자 사령관이 알아서 결론을 내렸다. 탬버린을 연주하고 싶은 사람은 누구라도 자신의 교회에서는 그렇게 해도 좋으나, 구세군과의 리허설과 캐럴을 부를 때에는 허용하지 않겠다는 것이었다.

"그럼 난 빠지겠어." 메이가 말했다.

우리는 서로 멀뚱멀뚱 쳐다보았다.

"그럼 우리 모두 가겠어요." 나는 사령관에게 말했다. "차 잘 마셨습니다."

퀘이커 교도 집회실 문 앞에서 우리는 메이가 울고 있는 것을 발견했다.

"메이, 울지 말아요." 누군가 메이를 안아 주었다.

"아무것도 아닌 걸 가지고 그러세요."

"내가 얼마나 연습했는데." 메이가 흐느꼈다.

"구세군일 뿐이에요, 우리에겐 그 사람들 필요 없어요."

"모두 저희 집으로 갑시다." 화이트 부인이 제안했다. "그리고 계획을 세웁시다."

그날 밤 화이트 부인 집에서 우리는 주님이 우리를 인도하고 계시며, 여성부 성가대와 남성부 성가대가 성가대에 합

류할 것이며, 시 공회당에 우리의 자리를 마련하고, 고속도
로와 길에도 나갈 것임을 확실히 했다. 우리에게는 탬버린
연주자(모두 메이가 지도한) 넷과 나의 기타와 만돌린, 그리고
너무 춥지만 않다면 쓸 수 있는 소형 오르간이 있었다.

"어차피 트럼펫은 필요 없어."

다음 문제는 누가 성탄극 각본을 쓰느냐였다. 고등 교육
을 받은 어머니가 해야 한다고 만장일치로 결정됐다.

"루이는 계산도 어찌나 잘하는지." 메이가 존경스러운 듯
말했다.

어머니는 얼굴이 발개지며 할 수 없다고 했다가, 마침내
수락했다. 어머니는 타이핑용 종이와 새 사전을 사들이고,
아버지와 나에게 최선을 다해 달라고 했다. 그녀에게는 이행
해야 할 주님의 일이 있었던 것이다. 그다음 날 온종일 어머
니는 응접실에서 샌드위치와 베들레헴의 겨울 풍경 그림에
둘러싸여 글을 끄적이고 한숨을 내쉬었다. 4시에 어머니는
두툼한 봉투를 내 손에 쥐여 주며 항공 우편으로 보내라고
했다.

"스프랫 목사님께 마지막으로 보내는 날이다." 그러고는
자러 가 버렸다.

나는 성경 공부 반에서 교리를 가르치느라 정신이 없어서
어머니에게 많은 신경을 쓰지 못했다. 케이티는 여름에 전도
받은 이후로 계속해서 교회에 나왔고, 활동적인 새 신도였
다. 특히나 나에게 도움이 되었다. 내 설교가 구역 소식지에

실릴 때에는 종종 타이핑을 해 주기도 했다. 내 눈엔 오랫동안 오렌지 악마가 보이지 않았고, 그래서 내 삶이 다시 정상으로 돌아왔다고 느꼈다.

곧 성탄극을 상연하는 일요일이 됐다. 아이들은 몇 주씩 연습했고 아버지는 연극 무대 장치를 만들었다. 어머니는 새 모자를 썼고 나는 대사를 알려 줄 판자를 들고 케이티 옆에 앉았다. 교회는 자식들이 연기하는 것을 보러 온 이단자들로 가득했다. 해충 가게의 아크라이트 부인도 와 있었다. 1막 「작은 망아지」는 잘 진행됐다. 그리고 「여인숙에는 빈방이 없고」가 진행 중일 때였다. 옆문이 살짝 열리더니 누군가가 소리 내지 않도록 조심하며 슬그머니 들어왔다. 나는 눈을 가늘게 뜨고 어둠 속을 노려보았다. 낯익은 모습이었다.

"아, 요셉. 마구간에서 자야 하나 봐요."

그 앉은 모습이 왠지……

"걱정 마오, 마리아."

목동들이 초롱불을 들고 종종걸음 칠 때 머리의 후광이 더 자세히 보였다.

그날 저녁 내가 들은 마지막 대사는 "두려워 마오, 내가 당신에게 크나큰 기쁨의 소식을 가져오겠소."였다. 예배당 뒤편에 멜라니가 와 있었다.

예배가 끝나자마자 나는 승리감에 찬 어머니를 버려 두고 집으로 왔다. 나는 두려움에 떨었다. 나에게 멜라니는 죽은 사람이었다. 아무도 멜라니 얘기를 꺼내지 않았고, 멜라니 어머니는 교회에 나올 사람이 아니기 때문에 멜라니를 기억할 일도 없었다. 9시에 문 두드리는 소리가 났다. 나는 누군지 알고 있었지만, 진정으로 캐럴을 부르는 사람들이기를 기도하면서 동전 몇 개를 준비한 뒤 문을 열었다.

"안녕." 그녀였다. "들어가도 돼?"

나는 멜라니가 들어오도록 비켜 주었다. 그녀는 살이 좀 올랐고 상당히 평온해 보였다. 거의 삼십 분 동안 그녀는 자신의 수업, 친구, 휴가 계획에 대해 수다를 떨었다. 그녀와 산책이라도 나가고 싶었느냐고?

전혀.

그녀는 자신의 어머니가 곧 멀리 남쪽으로 이사할 것이라고 했다. 멜라니가 전력소 뒤에 있는 것은 이번이 마지막일 것이다. 내가 그녀의 어머니를 찾아가 작별 인사를 했을까?

아니.

마침내 멜라니는 장갑과 베레모를 쓴 뒤 아주 가볍게 나에게 작별 키스를 했다. 아무 느낌도 없었다. 그러나 그녀가 가자 나는 무릎을 턱 아래로 모으고, 주님께 나를 자유롭게 해 달라고 기도했다.

고맙게도 바쁜 시기였다. 그다음 날 구세군이 허락한다면 교회 신도 모두가 시 공회당에서 캐럴을 부를 예정이었다. 처음에는 아주 멋진 시간을 보냈다. 메이가 탬버린에 달 새 리본을 사 왔고, 어머니는 기독교인 낚시 협회가 빌려 준 커다란 녹색 우산 밑에서 오르간을 연주했다.

"「호랑가시나무와 담쟁이덩굴」 어때요?"

"너무 이교도적이야."

"「우리의 세 왕」은요?"

"그럼 네가 먼저 시작해라."

그렇게 우리는 노래했다. 그날 우리는 많은 군중을 모았다. 어떤 이들은 비웃었지만, 대부분은 통에 기부금을 넣고 아는 노래를 함께 따라 불렀다. 멜라니가 겨우살이 가지를 들고 서 있는 것이 보였다. 그녀는 사람들 머리 위를 가로질러 손을 흔들었지만, 나는 못 본 척했다. 곧 구세군이 도착해 그들의 연주대를 세웠다. 그들은 드럼까지 가져왔다. 사람들은 지켜보며 기다렸다. 십 분도 안 돼 두 팀이 열렬하게 캐럴을 불렀다. 어머니는 최대한 힘껏 페달을 밟아 댔고, 메이는 너무 세게 탬버린을 쳐서 살갗이 벗겨졌다. 생선 시장 옆에 있는, 손으로 돌리는 풍금 옆에 서 있던 사람들 모두가 무슨 일인지 알아보려고 뛰어왔다. 누군가는 연신 사진을 찍었다.

"저 망할 드럼 때문이야." 메이가 숨을 헐떡이며 말했다. "우리는 이길 수 없어." 우리 쪽에서 먼저 웅성거림이 일었고, 트리켓 가게에 가서 몸을 좀 녹이자는 데 모두 동의했다. 우리가 떼 지어 들어가는데 클리프턴 부인이 찻주전자를 앞에 놓고 혼자 앉아 있는 게 보였다.

"여기 좀 앉아도 돼요?"

메이가 숨을 헐떡이며 의자에 몸을 들이대면서 말했다.

"어차피 전 가려던 참이었어요." 막스 앤드 스펜서 쇼핑백을 집어 들며 클리프턴 부인이 선언했다. "이리 와, 토토." 그렇게 그녀와 그녀의 발바리는 종종걸음으로 떠났다.

"시건방진 것." 메이가 콧방귀를 뀌었다. "이봐, 베티. 홀릭스하고 이놈의 물건 고칠 테이프 좀 갖다 줘." 그녀는 결딴난 탬버린을 베티에게 흔들어 보였다.

"오후는 좀 조용히 보내 볼까 했더니만." 우리가 작은 카페를 가득 채우자 베티가 신경질 내며 말했다. "자, 이건 여러분 모두가 마실 차예요. 그리고 식사는 안 됩니다."

어머니가 우산과 손풍금을 들고 들어왔으므로 나는 여길 떠나는 것이 상책이라고 생각했다. 버스 정류장으로 가는 길에 내 어깨에 누가 손을 올리는 것이 느껴졌다. 멜라니였다. 여전히 평온한 미소를 머금은 채 나와 같은 버스를 탈 기미였다.

"오렌지 먹을래?" 차분한 침묵 가운데 우리가 가까이 앉자 그녀가 말했다. 멜라니가 껍질을 벗기려 할 때 나는 그녀의 팔을 잡았다.

"아니, 난 곧 차를 마실 거라서. 오렌지 까지 마."

멜라니는 다시 웃으며 이 얘기 저 얘기를 늘어놓았다. 드디어 내가 내릴 정류장이 되었다. 멜라니는 몇 마일을 더 가야 했다. 나는 벌떡 일어나 뛰어내렸고, 최대한 빨리 달렸다. 멜라니는 위층 좌석에 앉아 여전히 온화한 얼굴로 바라보고 있었다.

갑작스레 신경이 날카로워진 나는 다시 병에 걸릴까 걱정이 되었으나 그날 밤 성경 공부를 지도해야 했다. 먼저 와 있던 케이티가 내 근심스러운 얼굴을 보더니 도와주고 싶어했다. 이번 주말에 우리 동네에 와서 함께 지내자." 케이티가 제안했다. "텐트에서 자야겠지만 그리 춥지는 않을 거야." 나는 오랫동안 집을 떠나 본 적이 없었다. 시도해 보는 것도 좋을 듯했다.

유프라테스강의 강둑에는 교묘하게 담장을 두른 비밀의 화원이 있다. 출입구가 있긴 하지만 경비가 서 있어서 들어갈 방법은 없다. 안에는 모든 식물이 과녁처럼 점점 더 큰 원을 그리며 자라고 있다. 중심에는 해시계가 있고 그 한가운데에 오렌지 나무 한 그루가 있다. 이 과일 나무는 선수들을 넘어뜨리는 반면 다른 식물들은 선수들의 상처를 치료한다. 모든 참된 탐구는 이 정원에서 끝나며, 이곳에서는 쪼개진 과일이 피를 쏟아 내고, 반쪽으로 갈라진 과일은 여행자들과 순례자들이 사용하는 사발이 된다. 이 과일을 먹는 것은 이 정원을 떠나야 함을 의미한다. 이 과일은 다른 것, 다른 소망을 말하므로. 어둑해질 무렵 당신은 당신이 사랑하는 곳에 작별을 고한다. 다시 돌아올 수 있을지 모르는 상태로, 돌아오더라도 지금과 결코 똑같을 수 없음을 아는 상태로. 어느 날 당신이 우연히 입구 문을 열었을 때, 당신은 자신이 벽 건너편에 있는 것을 발견할 수도 있을 것이다.

"내가 가스를 가져올게." 케이티가 말했다. "춥지 않을 거야."

실제로 우리는 춥지 않았다. 그날 밤도, 그리고 그 후 우리가 함께한 몇 년간도. 그녀와의 관계는 나에게 가장 복잡하지 않은 사귐이었고, 그 때문에 나는 그녀를 사랑했다. 그녀는 걱정이라곤 없는 듯했고, 자신은 끝내 부인했지만 나는 텐트에서 자자는 그녀의 제안이 미리 계획되었던 것이라 생각한다.

"정말 네가 원하는 거 맞지?" 멈출 생각은 없이 내가 중얼거렸다.

"응, 그래." 그녀는 소리쳤다. "맞아."

대화가 너무 당황스러운 쪽으로 발전되어 우리는 재빨리 얘기를 멈추었다. 케이티는 기쁨에 차 있었다. 그녀는 늘 앞줄에 앉았지만, 나는 설교할 때는 그녀를 보지 않으려고 조심했다. 우리는 진실로 영적인 차원을 공유했다. 나는 그녀에게 많은 것을 가르쳤고, 그녀는 모든 노력을 교회 일에 쏟았다. 좋은 시절이었다. 깨끗한 자들에게는 모든 것이 깨끗하나…….

멜라니와 함께했던 부활절과 내가 아팠던 후로 일 년이 지났을 때였다. 다시 부활절이 돌아왔고 영국 교회는 십자가를 지고 언덕길을 구불구불 올라가고 있었다. 종려주일 날, 중대한 발표거리를 가지고 멜라니가 빛나는 얼굴로 돌아왔다. 그녀는 그해 가을에 한 군인과 결혼한다고 했다. 그 남자는 조국이라는 대의를 위해 싸우며 자신의 사사로운 이익을 위해서는 싸우지 않는다고 했다. 그러나 나에게는 그저 역겨울 따름이었다. 나는 남자들과 싸우지 않았다. 그때는 그럴 이유가 없었다. 우리 교회의 여자들은 강하고 잘 조직되어 있었다. 권력의 측면에서 말하자면, 나에게는 무솔리니도 만족할 만큼의 권력이 있었다. 그러므로 나는 멜라니가 결혼하는 것에 반대하는 것이 아니었다. 다만 그 남자와 결혼하는 것에 반대했다. 멜라니는 평온했다. 소로 변해 버린 것이 아닌가 할 정도로 평온했다. 난 너무 화가 나서 멜라니와 대화해 보려 했지만 그녀는 다른 곳에 머리를 두고 온 것 같았다. 그녀는 내게 별일 없냐고 물을 뿐이었다.

"무슨 일?"

멜라니가 얼굴을 붉혔다. 나는 멜라니건 다른 그 누구에게건 케이티와 나 사이의 일을 말할 의도가 없었다. 본질적으로 은밀하다거나 죄짓는 일이라서가 아니라, 그런 일을 밝히는 것이 어떤 결과를 가져왔는지 충분히 기억하기 때문이었다. 멜라니는 다음 날 떠났다. 그 남자와, 그리고 그 남자의 부모님과 지내기 위해. 두 사람이 그 남자의 흉물스러운 강철 오토바이를 타고 떠나기 바로 직전, 그는 나의 팔을 토닥이며 자신도 알고 있으며 우리 둘 모두를 용서한다고 말했다. 내가 할 수 있는 것은 하나밖에 없었다. 입안의 침을 모두 모아 뱉는 것. 그리고 난 그렇게 했다.

7부

판관기

"이제 내가 너에게 경고를 하겠노라." 발로 땅을 구르며 여왕이 외쳤다. "너와 네 머리 둘 중에 하나는 제거되어야 한다."

어머니는 내가 거처를 옮기기 바랐고, 목사와 신도들 대부분이 이를 지지했다. 아니, 어머니가 그렇다고 말했다. 내가 어머니를 병들게 하고, 우리 집을 병들게 하고, 교회에 악을 가져온다고 했다. 이번에는 도망칠 방도가 없었다. 나는 곤경에 처했다. 일단 성경 책을 들었다. 언덕만이 내가 갈 유일한 장소인 듯했다. 언덕 꼭대기에 바람을 피할 만한 돌 더미가 있었다. 우리 강아지에게는 이 돌 더미가 오줌 싸는 장소 아니면 나와 술래잡기하는 곳일 뿐이었지만. 강아지가 귀를 늘어뜨리고 촉촉한 눈으로 계속 서 있어서 결국 나는 녀석을 내 상의 속에 넣고 안아 들었다. 곧 우리 둘 모두 몸이

따뜻해졌다. 귀가 뾰족하고 갈색과 검정색이 뒤섞인, 작고 무모한 랭커셔 양치기 개였다. 녀석의 잠자리는 엄청나게 큰 알자스산 바구니였고, 이것이 녀석에게는 문젯거리였을 것이다. 녀석은 자신의 실제 크기가 얼마나 되는지 알지 못하는 것 같았다. 다른 개와 마주칠 때마다 싸워 댔고, 지나가는 사람들에게 시도 때도 없이 짖어 댔던 것이다. 한번은 내가 고드름을 따려다가 채석장에 떨어져 다시 올라올 수 없게 된 적이 있었다. 땅이 계속해서 무너져 내렸디. 녀석은 입에 거품을 물고 멍멍 짖더니만 나를 도우러 뛰어내려 왔다. 지금 우리는 다른 위기에 처해있었다.

이 모든 게 내가 옳지 않은 사람을 사랑한다는 사실 때문인 듯했다. 이 한 가지만 제외하면 모든 면에서 올바른 사람 말이다. 다른 여자에 대한 낭만적 사랑은 죄였다.

"남자들 흉내나 내다니." 어머니가 혐오감을 드러내며 말했다.

자, 내가 남자들 흉내를 내는 것이었다면 어머니가 혐오감을 느끼는 것도 지당할 것이다. 나에게 남자들이란 우리 주변에 있는 어떤 '것'으로, 특별히 흥미롭지는 않지만 상당히 무해했다. 나는 한 번도 남자들에게 일말의 관심을 보인 적이 없었고, 내가 치마를 절대 입지 않는 것만 빼면 남자들과 나 사이에는 사소한 공통점 하나 보이지 않았다. 그때 불현듯 자신의 남자 친구와 함께 우리 교회에 왔던 남자가, 그 유명한 사건이 기억났다. 그 두 남자는 손을 맞잡고 있었다. "저 사람은 여자로 태어났어야 했는데." 어머니가 말했더랬다.

그건 단연코 진실이 아니었다. 그 당시 내게 성 정치학이라는 개념은 없었지만, 동성애가 코뿔소보다도 여자들과 동떨어진 것임은 알고 있었다. 이제는 나도 성 정치학에 대한 많은 개념을 확실히 알고 있기에, 이 초기 관찰 내용은 유효하다. 의미의 그늘들이 있긴 하지만 남자는 남자다. 어떤 장소에서 만나건. 어머니는 계몽된 사람인 동시에 반동적이었기에 나에게 항상 문젯거리를 주었다. 어머니는 결정론과 태만을 믿지 않았다. 사람은 남들과 자기 자신을 스스로가 원하는 것으로 만들 수 있다고 어머니는 믿었다. 누구라도 구원받을 수 있으며 누구라도 악마의 구렁텅이에 빠질 수 있었다. 그것은 각자의 선택이다. 우리 교인들 중 일부는 나 자신도 어쩔 수 없었을 것이라는 명백히 의심스러운 근거로 나를 용서한 반면(이들은 해블록 엘리스*의 글을 읽었고 성도착에 대해 알고 있었다.) 어머니는 내 사랑을 자신의 영혼을 판악의적 행동으로 보았다. 처음에는 내게도 단지 우발적 사건이었다. 그 사건은 내가 나 자신의, 그리고 다른 사람들의 태도에 대해 좀 더 신중히 생각하게 할 기회가 되었다. 그 퇴마 의식 이후 나는 내 세상을 그와 아주 유사한 다른 세상으

* Havelock Ellis(1897~1939). 영국의 의사이자 우생학자, 사회 개혁가. 영국에서 동성애에 관한 의학 교과서를 처음 썼으며, 트랜스젠더의 심리학뿐 아니라 다양한 성 행위와 성향에 관해 연구했다.

로 대체하려 했으나 그럴 수 없었다. 나는 신을 사랑했고 교회 또한 사랑했지만 이를 더욱더 복잡한 것으로 이해하게 되었다. 내가 선교사가 되려는 의도가 없다는 것도 도움이 되지 않았다.

"네가 지금까지 뭣 때문에 훈련받은 건데!" 어머니가 울부짖었다.

"여기서도 설교할 수 있잖아요."

"그래, 결혼도 하고 속세 일에 파묻히겠지." 어머니는 부아를 냈다.

난 분명 결혼하지 않을 텐데 이상한 일이었다. 처음에 난 어머니가 기뻐하리라 생각했던 것이다. 어머니의 마음은 내가 이해하기엔 참으로 복잡했다.

아서왕의 기사 중 가장 젊었던 퍼시벌 경은 마침내 카멜롯을 출발하여 길을 떠났다. 아서왕은 그에게 가지 말라고 간청했다. 그는 이것이 예사 탐험이 아님을 알고 있었다. 어느 축제일에 성배가 나타난 이후로 분위기가 바뀌어 있었다. 기사들은 형제였고, 이들은 가웨인 경과 경이 녹색 기사의 땅에서 세운 공적을 비웃었다. 이들은 하나같이 용감했다. 이들의 충성은 왕에게…… 오직 왕에게 바쳐졌다. 원탁과 높은 담으로 둘러싸인 성은 이제 거의 상징이나 다름없었다. 한때 이들은 고기이고 술이었다. 그러나 랜슬롯과 보어스에게는 과거뿐 아니라 미래에도 배신이 있었다. 랜슬롯은 미칠 지경이 되어 떠나 버렸다. 어딘가에서 그도 성배를 찾고 있을 것이다. 아서왕에게 보고서가 도착했다. 보고서를 가져온 남자들처럼 멋대로 각색되고, 일관성 없고, 남루한 글들이었다. 홀은 비어 있다. 곧 적이 올 것이다. 전에는 빛나는 검을 받치는 돌이 있었고 사람들의 마음이 이 돌에 고정되어 있어 누구도 검을 꺼낼 수 없었다.

아서왕은 넓은 계단에 앉는다. 원탁은 과녁처럼 점점 더 큰 원을 그리며 자라는 식물로 장식되어 있다. 중앙에는 해시계가 있고 그 한가운데 가시로 만든 왕관이 있다. 이제는 먼지가 수북하다. 모든 것은 먼지로 돌아가는 법.

아서왕은 빛과 웃음이 넘쳤던 예전을 생각한다.

여자가 한 명 있었다. 아서가 그녀를 떠올린다. 그러나 오, 퍼시벌 경, 다시 와서 수레바퀴를 돌려 주오.

케이티와 나는 함께 집을 떠나 모어컴에 있는 유가족들을 위한 게스트 하우스에서 일주일을 지냈다. 성수기가 아니어서 가족을 잃은 슬픔이 있건 없건 누구나 갈 수 있었다. 겨울에는 항상 규정이 엄격했다. 케이티의 가족이 근처 캠프에서 휴가를 보내고 있었으므로 우리는 안전하다고 생각했다. 나는 조심스레 모든 편지를 토요일에 일하는 가게의 로커에 보관했고, 내가 감지하는 한 우리는 의심받지 않았다. 그런데 휴가 첫날 밤 우리는 방심하고 말았다. 일주일 내내 우리 둘만 있게 됐다는 생각에 너무 흥분해서 문 닫는 것을 잊은 것이다. 케이티가 나를 침대로 밀어붙였고, 그때 나는 희미한 한 줄기 빛이 침대 모서리 옆에 놓인 양탄자를 채색하는 것을 눈치챘다. 목이 따끔거렸고 입술이 말랐다. 누군가 문가에 서 있었다. 우리는 움직이지 않았고, 잠시 후 불빛이 사라졌다. 케이티 쪽으로 픽 쓰러지면서 나는 그녀의 손을 꼭 쥐었고, 방도를 생각해 내야겠다고 다짐했다.

우리는 결국 생각해 냈다. 그 계획은 나의 찬란한 경력 중에서도 최고로 환상적이었고 케이티의 견해로도 완벽했다. 나에게는 희망이 없었다.

아침 식사 시간에 우리는 어머니의 옛 친구이자 유족회의 전 재무 담당이었던 분의 사무실로 소환됐다.

"나는 진실을 원한다." 우리 두 사람 중 누구도 보지 않으며 그녀가 말했다. "그리고 날 속일 생각은 하지 말아라."

나는 그녀에게 멜라니와 나의 관계는 결코 끝나지 않았다고 말했다. 멜라니가 몇 달 동안 계속 나에게 편지를 보냈고, 결국 사랑 때문에 괴로운 내가 케이티에게 멜라니와 만날 수 있도록 좀 도와 달라고 간청한 것이라고 했다.

"전 이곳이 안전하다고 생각했어요." 울면서 내가 말했다.

그녀는 나를 믿었다. 믿고 싶어 했다. 나는 그녀가 케이티 가족에게는 이야기할 생각이 없음을, 가능한 한 빨리 나의 어머니만 뒤집어 놓을 것임을 알고 있었다. 나에게 모든 책임을 돌리면 어머니는 뒤집힐 것이다. 그녀는 나에게 짐을 싸서 아침까지 떠날 준비를 하라고 했다. 그녀는 자신의 편지가 나보다 먼저 우리 집에 도착하기를 바랐다. 케이티는 안전했다. 중요한 건 그것이었다. 케이티는 나처럼 고집이 세고 쉽게 분노하는 성격이었지만, 나와는 달리 우리 교회의 어두운 면을 감당할 수 없었다. 전에 그녀가 교회에 발길질하는 것을, 걷어차고 우는 것을 본 적이 있었다. 나는 신도들이 그녀에게 퇴마 의식을 할 수 없게 하려고 단단히 마음먹은 터였다. 나는 그날 하루를 기도하며 보내도록 예정되어 있었고 멜라니는 떠난 것으로 했다. 그리고 난 케이티와 침대에서 하루를 보냈다. "이제 어떻게 할 거야?" 다음 날 이른 아침, 해변을 함께 거닐 때 케이티가 자신의 팔을 내 팔에 끼워 넣으며 물었다.

해변은 파도에 밀려와 헐떡이는 작은 물고기로 가득했다. 내가 케이티를 두고 떠나갈 때 그녀는 울었다. 나는 어떤 일이 있을지 예상할 수 없었지만, 다시는 이런 일을 겪지 않을 것임은 알고 있었다. 나는 주머니에 손을 넣어 울퉁불퉁한 갈색 자갈을 만지작거렸다.

예상대로 집 안 풍경은 가관이었다. 어머니는 부엌에 있는 접시를 모조리 깨트려 놓았다.

"저녁은 없어요." 야간 근무를 끝내고 들어온 아버지에게 어머니가 말했다. "먹을 거라곤 없다고요." 아버지는 피시앤칩스 가게로 가서 카운터에 앉아 식사를 했다.

"그래, 내가 바보지." 어머니가 버럭 소리 질렀다. "널 계속 데리고 있으면서, 더 많은 시험을 보게 했는데, 그게 다 무슨 소용이지?" 어머니가 나를 흔들었다. "무슨 소용이냐고?" 나는 빠져나왔다.

"저 좀 혼자 있게 내버려 두세요."

"곧 혼자 있게 될 거다." 그러고서 어머니는 전화기로 가더니 목사에게 전화했다.

돌아와서는 나에게 침실로 가라고 명령했고, 거기에 복종하는 것이 상책인 듯했다. 내 침대는 비좁았다. 나는 침대에 누웠다. 나 자신을 용서할 수도, 어머니를 용서할 수도 없었다. 사이사이 규칙적으로 어머니가 주님에게 계시를 내려 달라며 기도하는 소리가 들렸다. 분명히 목사가 도착했으며 어머니는 이에 기뻐했을 테지만, 내 생각에 어머니는 좀 더 스펙터클한 것, 예를 들면 집의 나머지는 다 안전하고 나와 내 침실만 불길에 휩싸이는 그런 것을 바랐을 것이다. 아래층에서 어머니와 목사는 오랫동안 낮은 목소리로 소곤거렸다. 목사가 배경으로 어른거리는 어머니를 대동하고 나타났을 때 나는 거의 안전거리만큼 떨어져 서 있었다. 나는 어떻게 할지 생각할 수가 없어 베개 밑으로 머리를 묻었다. 목사는 베개를 낚아채 치워 버리곤 내가 사악한 악마의 희생물이라는 사실을 되도록 차분히 설명했다. 내가 악마 때문에 고통받고 있으며, 우리 신도들을 기만했다고 말이다. "악마가……." 목사는 아주 천천히 선포했다. "일곱 배로 되돌아왔다."

어머니는 작게 비명을 지르고는 다시 노했다. 나의 실수였다. 나 자신의 타락. 두 사람은 내가 불운한 희생양이냐 아니면 사악한 인간이냐에 대해 논쟁을 시작했다. 나는 잠시 귀 기울여 들었다. 두 사람 모두 그리 설득력이 없었다. 거기다가 잘 익은 오렌지 일곱 개가 이제 막 창틀로 떨어지고 있었다.

"오렌지 드세요." 나는 불쑥 말을 걸었다. 두 사람은 미친 사람 보듯 나를 물끄러미 쳐다보았다. "저기 있잖아요." 내가 창틀을 가리켰다.

"얘가 발광을 하는군요." 믿기지 않는다는 듯 어머니가 말했다. (어머니는 미친 사람들을 증오했다.)

"이 아이의 몸에 있는 귀신이 말하는 겁니다." 목사가 침통하게 대답했다. "무시하세요. 제가 이 문제를 심의회에 알리겠습니다, 저로서도 너무 어렵겠습니다. 계속 아이를 주시하세요. 교회에는 나오게 놔두시고요."

어머니는 훌쩍이고 입술을 깨물며 고개를 끄덕였다. 두 사람은 나를 평화롭게 놔두었다. 나는 오랫동안 오렌지만 보며 누워 있었다. 오렌지는 예뻤지만 큰 도움은 되지 않았다. 이 일을 헤쳐 나가기 위해서는 상상 이상의 것이 필요할 것이다.

그다음 날, 나는 여신도 모임에 나갔다. 오랫동안 병원 신세를 진 엘시가 처음으로 교회에 나와 있었다. 엘시는 무슨 일이 벌어지는지 알고 있었는데도 여전히 나를 꼭 붙잡으며 바보짓은 하지 말라고 했다. "끝나고 차 한잔하러 오렴." 엘시가 말했다. "다른 사람들한테는 말하지 말고."

모두들 어찌할 바를 모르며 긴장하는 통에 모임 분위기는 거의 신경질적이었다. 화이트 부인은 탬버린을 엉뚱하게 두드리고 앨리스는 내가 자신을 보고 있는 것을 알자 전달하던 이야기의 맥락을 잊어버렸다. 9시가 되어 모임이 끝났을 때는 모두들 끝난 것에 감사할 정도였다. 아무도 나에게 왜 차가 나오기 전에 떠나느냐고 묻지 않았다. 엘시가 먼저 일어나는 것은 피곤한 탓으로 여기는 것이 분명했다. 아니면 엘시에게 가지 말라고 했을 것이다. 내가 엘시의 집에 오자, 처음으로 엘시는 아무도 내게 말하지 않았던 주스버리 양의 소식을 전해 주었다.

"그 사람 리즈에서 살고 있다. 특수 학교인가 하는 곳에서 음악을 가르친다더라. 혼자 사는 건 아니고." 엘시가 무섭게 나를 응시했다. "그 사람에게 네 얘기를 한 건 바로 나였다."

나는 깜짝 놀랐다. 나는 엘시가 정말로 멜라니와 나의 관계를 알고 있었다고 생각하지 않았다. 자신에게는 그냥 그게 보인다고 엘시가 말했다.

"내가 주위에 있었으면 이런 문제는 없었을 텐데 말이야. 내가 너희 두 사람 다 어떻게 해결해 주었을 텐데, 그놈의 병원에 왔다 갔다 하느라고……."

나는 일어서서 엘시를 끌어안았고, 우리는 함께 화롯불 옆에 별말 없이 예전처럼 앉아 있었다. 우리는 뭐가 옳고 뭐가 그르고 하는 것에 대해서는 말하지 않았다. 그녀는 내가 가장 필요로 하는 것, 친구와의 일상적인 시간을 줌으로써 나를 보살펴 주었다.

"이제 가야겠어요, 엘시." 시계가 똑딱 소리를 낼 때 나는 일어섰다, 슬프게.

"그래, 필요할 때 다시 오렴."

엘시는 내가 길을 따라 내려갈 때까지 한참 동안 문 앞에 서 있었고, 내가 다시 손을 흔들려고 돌아섰을 때 안으로 사라졌다. 나는 터벅터벅 걸어 구름다리와 양탄자 가게를 지났고, 지름길로 가기 위해 공장 지대로 접어들었다. 술집에서 비틀거리며 나오는 아크라이트 부인이 보였다. '코크 앤드 피슬'이라는, 착한 사람은 가지 않는다는 술집이었다. 부인이 나를 보더니 반갑게 웃었다. "안녕, 꼬마야." 그러고는 가던 길을 계속 갔다. 학교와 침례교회, 그리고 누군가 머리를 잘렸다는 블랙 애비 스트리트를 지났다. 나는 잠시 벽에 몸을 기댔다. 돌은 따스했고, 창문으로 화롯불 주위에 모인 가족이 보였다. 어디에서나 볼 수 있는 그대로의 풍경이었다. 의자, 탁자 그리고 가족 수만큼의 찻잔. 나는 화롯불이 유리 뒤에서 깜박이는 것을 지켜보았고, 그러자 가족 중 한 명이 일어서서 커튼을 내렸다.

우리 집 현관문에 이르렀지만 나는 들어가지 않고 바깥에서 몇 분간 머뭇거렸다. 나는 아직도 어찌할 바를 몰랐다. 선택 사항이 무엇인지, 또는 분쟁거리가 무엇인지도 확실하지 않았다. 남들에게는 명백했으나 나에게는 명백하지 않았고, 아무도 설명해 주지 않을 것 같았다. 어머니가 나를 기다리고 있었다. 너무 늦은 것이었다. 그러나 어머니가 이해하리라 기대하지 않았기에 엘시에 대해 말하지 않았다.

　나날이 일종의 마비 상태로 어정쩡하게 지나갔다. 나는 교회 조직에서 격리된 채, 신도들은 두렵고도 기대에 부푼 채. 일요일쯤 목사는 심의회로부터 회답을 받았다. 진짜 문제로 지적된 것은 사도 바울의 가르침을 거스른 것, 즉 교회 내부에서 여성의 힘을 허용한 것인 듯했다. 우리 지부에서는 이 문제를 생각해 본 적이 없었다. 우리 교회에는 강인한 여성들이 많았고, 그런 여성들이 모든 것을 조직화했다. 여자들 중 일부는 설교할 수도 있었고, 당연히 나의 경우도 그랬으며, 이 때문에 교회는 만원이었다. 소란이 일었고, 그러고는 신기한 일이 벌어졌다. 우선 어머니가 일어서서 심의회의 의견이 맞다고 했다. 여자들은 특정 상황에서만 성직자 역할을 할 수 있으며, 주일 학교와 여신도 모임이 그런 경우지만 말씀은 남자들의 직분이라고 했다. 이 순간까지는 아직 내 인생이 어느 정도는 이치에 맞았다. 그러나 이제는 전혀 말이 안 되는 것이 되고 말았다. 어머니는 계속해서 단조로운 어조로 어떤 여자에게는 선교가 중요하다고 말했다. 난 분명 그러한 여자인데 나의 소명에 부적절한 이곳 국내 전선에서의 세력을 얻기 위해 내가 소명을 거부했다고 말했다. 어머니는 내가 다른 방식으로 남자의 세계를 떠맡음으로써 신의 법을 능멸했고 성적으로 그리하려 했다는 것으로 말을 끝냈다. 이것은 즉흥적인 연설이 아니었다. 어머니와 목사는 이미 상의를 마쳤던 것이다. 엄마는 목사들에게 너무 약했다. 분명 수개월 전에 스프랫 목사에게도 같은 고민을 말했을 것이다. 주위를 둘러보았다. 선한 사람들, 단순한 사람들. 이제 이들에게 어떤 일이 일어나게 될까? 어머니가 내가 스스로를 비판하기 바란다는 것을 알고 있었지만 나는 그렇게 하지 않았다. 이제 난 어디가 잘못되었는지 알 수 있었다. 만약 영적 간통이라는 것이 있다면, 어머니는 창녀였다.

그렇게 나는 거기에 있었다. 설교대에서의 내 성공이 내 타락의 원인이 된 채로. 악마는 나의 가장 약한 부분을 공격했다. 바로 나의 성적 한계를 깨닫지 못한 것이었다.

그때 뒤쪽에서 한 사람의 목소리가 울렸다. "옛날부터 있었던 그런 허튼소리 그만들 하고, 자, 이 아이를 도울 거야, 말 거야?" 엘시였다. 누군가 엘시를 앉히려고 했지만 엘시는 계속 안간힘을 써서 일어났고 기침을 시작하더니만 급기야는 쓰러졌다.

"엘시!" 나는 엘시를 향해 뛰어갔지만 사람들이 날 저지했다.

"너 없이도 엘시는 괜찮다." 다른 사람들이 몰려들었고 그동안 나는 어쩔 도리 없이 그냥 서서 떨고 있었다.

"따뜻한 외투 좀 가져오세요. 엘시를 집에 데려다줍시다." 사람들은 엘시를 외투로 둘둘 싸서 현관으로 부축해 갔다.

그때 목사가 나에게 오더니 주님께 새롭게 복종한다는 표시로 모든 종류의 설교와 성경 수업, 그리고 어떤 형태이든 그가 '영향력 있는 접촉'이라고 부르는 것을 포기하라고 했다. 내가 동의하자마자 그는 훨씬 더 강력한 퇴마 의식을 준비할 것이며 그다음에 어머니와 함께 나를 두 주간 모어컴 게스트 하우스로 보낼 것이라고 했다.

"아침에 다시 말씀 드릴게요." 피곤하다고 말하며 나는 약속했다.

퍼시벌 경은 벌써 여러 날을 숲에서 보냈다. 그의 갑옷은 빛이 바랬고, 그의 말은 지쳤다. 그가 마지막으로 먹은 음식은 어느 노파가 준 우유 한 사발과 빵이 전부였다. 다른 기사들의 상황도 마찬가지였다. 그는 다른 기사들의 자취와 그들의 절망을 볼 수 있었다. 폐허가 된 성당, 또는 낡은 교회에 대한 풍문도 들었다. 누구도 확신할 수 없는 이야기였다. 그 성당이 이제는 쓰이지 않으며 경건한 상태로, 엿보는 눈에서 멀리 떨어져 있는 것만은 확실했다. 아마도 그는 성당을 찾아낼 것이다. 어젯밤 퍼시벌 경은 성배가 한 줌의 햇살을 받으며 그에게 다가오는 꿈을 꾸었다. 눈물을 흘리며 손을 내밀었으나 그의 손에는 가시가 가득했고 그는 꿈에서 깼다. 오늘 밤, 물리고 상처 입은 상태로, 그는 아서왕의 궁전 꿈을 꾼다. 그곳에서 그는 그리운 자요, 아서가 총애하는 자다. 그는 자신의 사냥개와 매, 마구간과 신의 있는 친구들을 꿈꾼다. 그의 친구들은 이제 죽었다. 죽었거나 죽어 간다. 그는 꿈속에서 넓은 돌계단에 앉아 손으로 머리를 받친 아서의 모습을 본다. 퍼시벌 경은 그의 왕을 안기 위해 무릎을 꿇지만, 그의 왕은 담쟁이로 덮인 나무다. 그는 깨어나고, 그의 얼굴은 눈물로 반짝인다.

다음 날 아침 목사가 들렀을 때 내 기분은 한결 나아진 상태였다. 우리 세 사람은 함께 차를 마셨다. 나는 어머니가 농담을 했다고 기억한다. 그리고 해결이 났다.

"그럼 휴가 예약을 할까?" 다이어리를 만지작거리며 목사가 물었다. "그쪽에서도 오는 것을 알고 있다만 연락은 하는 것이 예의니까."

"엘시는 좀 어때요?" 엘시 걱정이 됐다.

목사는 인상을 찌푸리고는 어젯밤 일이 신도들이 생각했던 것보다 훨씬 더 엘시에게 충격을 줬다고 말했다. 엘시는 검사를 받기 위해 다시 병원에 입원해 있었다.

"괜찮으시겠죠?"

어머니는 주님이 결정하실 일이며, 우리에게는 생각해야할 다른 일들이 있다고 지적했다. 목사는 부드럽게 미소 지었고, 언제 떠나겠냐고 다시 물었다.

"전 안 가요."

목사는 내가 고초를 겪었으니 쉬어야 한다고, 어머니에게도 휴식이 필요하다고 했다.

"어머니 혼자 가세요. 전 교회를 떠나겠어요. 그러니까 목사님도 잊어버리세요."

두 사람은 할 말을 잊었다. 나는 그 작은 갈색 조약돌을 꼭 쥐고 두 사람이 가 버리길 바랐다. 그러나 두 사람은 한참을 설득하고 애원하고 몰아치며 윽박지르더니 잠시 쉬고 다시 돌아왔다. 심지어는 나에게 감독 아래에서는 성경 수업을 해도 좋다고 했다. 마침내 목사는 고개를 저으며 내가 히브리인이라고 선언했다. 히브리인에게 진실을 말하는 것은 불가능하다면서. 목사는 나에게 마지막으로 물었다.

"회개하겠느냐?"

"아니요." 그리고 나는 그가 먼저 눈을 피할 때까지 그를 뚫어지게 마주 보았다. 목사는 어머니를 응접실로 데려가더니 삼십 분 동안 머물렀다. 두 사람이 거기에서 무얼 했는지는 모른다. 중요하지도 않다. 어머니는 하얀 장미에 빨간 칠을 하고 이제 장미가 빨갛게 자랄 것이라고 주장하는 사람이었다. 어머니가 말했다.

"네가 나가야겠다. 난 내 집안에 마귀를 들일 수 없어."

나보고 어디로 가라는 거지? 엘시의 집에는 갈 수 없다. 엘시는 너무 아프다. 그리고 교회 사람은 아무도 그런 위험을 감수하지 않을 것이다. 만약 케이티의 집에 가면 케이티에게 문제가 생길 것이고, 내 친척들은 모두 여느 친척들처럼 구역질 나는 사람들이었다.

"전 갈 데가 없어요." 부엌으로 어머니를 쫓아가며 설득했다.

"악마도 자기 자식들은 돌본다." 나를 밀어내며 어머니가 되받아쳤다.

나는 감당할 수 없다는 것을 알기에 단념했다. 안전해질 때 이 감정을 분출할 것이다. 지금은 단단하고 하얗게 되어야 한다. 서리 내린 겨울날엔 땅이 하얗다. 그 후에 태양이 뜨고, 서리가 녹고…….

"그럼 결론이 났네요." 용기보다는 허세를 부리며 난 어머니에게 아무렇지 않은 듯 말했다. "목요일에 짐을 옮기겠어요."

"어디로?" 어머니는 의심스러워했다.

"말하지 않을 거예요. 말하면 어떻게 될지 뻔하니까."

"넌 돈도 없어."

"주말 말고 평일 저녁에도 일할 거예요."

사실 나는 죽도록 두려웠다. 일이 벌어질 때마다 날 돌봐주었던 선생님과 살까 했다. 지금껏 나는 토요일마다 아이스크림 차를 운전했다. 이제는 일요일에도 일할 것이고, 최대한 그 선생님에게 많은 돈을 드리도록 노력할 것이다. 그곳은 음산했지만, 여기보다 음산하지는 않다. 나는 강아지를 데려가고 싶었지만 어머니가 허락하지 않을 것을 알았기에, 책과 찻장에 있는 악기들을, 그 위에 성경책을 얹어 가져왔다. 유일한 걱정거리는 과일 가게에서 일해야 할지도 모른다는 것이었다. 스페인 오렌지, 과즙이 풍부한 이스라엘 오렌지, 무르익은 세비야 오렌지.

"과일 가게 일은 하지 말자." 나는 스스로를 달랬다. "먼저 정육점 일을 할 거야."

집에서의 마지막 날 아침에 나는 조심스레 침대를 정리하고 쓰레기통을 비운 뒤 강아지를 따라 긴 산책을 나섰다. 강아지는 잔디 볼링장에서 온 잭과 함께 달렸다. 그때 나는 내가 앞으로 어떻게 될지 상상할 수 없었고 신경 쓰지도 않았다. 그날은 심판의 날이 아니라 또 다른 하루의 아침이었다.

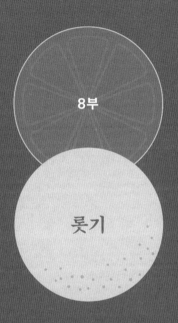

8부

룻기

오래전 왕국이 압력솥처럼 구획으로 나뉘어 있을 때, 사람들은 지금보다 여행을 훨씬 더 심각하게 여겼다. 물론 자명한 문제들이 있었다. 음식을 얼마나 가져갈 것인가? 어떤 괴물과 만나게 될 것인가? 평화를 상징하는 청색 상의만 가져가야 할 것인가 아니면 평화롭지 않은 때를 위해 여벌로 붉은색 상의도 가져가야 할 것인가? 그리고 별로 자명하지는 않은 문제, 당신을 계속 감시하려는 마법사가 있다면 어떻게 해야 하는가.

　당시에는 마법이 매우 중요했다. 그리고 주위에 분필로 원을 크게 그려 정령과 그 밖의 것들로부터 스스로를 보호하는 영역을 만드는 것도 중요한 일이었다. 유감스럽게도 이제 그런 것은 촌스러운 일이 되었지만 말이다. 위협을 느낄 때 분필로 그린 원 안에 앉아 있는 것은 가스 오븐 안에 있는 것보다 훨씬 낫다. 물론 사람들은 당신을 비웃겠지만, 그들은 여러 위대한 일들도 비웃는다. 그러니 비웃더라도 기분 나빠할 필요는 없다. 어떻게 그런 것이 가능할까? 개인적 공간의 원리는 항상 같기 때문이다. 당신이 정령을 물리치건 누군가의 안 좋은 기분을 몰아내건 말이다. 원은 당신 주위의 자기장이며, 우리의 상상력이 약하다면 이를 기억하게 해 줄 물질적인 무언가를 갖고 있는 것이 유용하다.

마법사를 훈련시키는 것은 매우 어려운 일이다. 마법사는 분필로 그린 원 안에 수년간 서 있어야 한다. 원이 없어도 될 때까지 마법사는 아주 조금씩 힘을 내보낸다. 처음에는 자신의 심장 안에, 그리고는 몸 안에, 그리고는 바로 근처의 원 안에. 숨 쉬는 공간을 완전히 정복할 때까지 외부를 통제하는 것은 불가능하다. 변화시키고 싶은 물질을 이해하기 전에는 어떤 것도 변화시킬 수 없다. 물론 사람들은 잘라 내고 수정하지만, 그것은 타락한 힘이다. 그리고 이해하지 못하는 것을 변화시키는 것이야말로 악의 본질이다.

한동안 위닛은 날개가 커다란 이상한 검은 새 한 마리가 자신을 따라오는 것을 의식하고 있었다. 그러다 오후가 되자 그 새는 사라졌다. 대신 그녀는 마법사를 발견했다. 마법사는 그녀의 맞은편, 물살이 빠르게 흐르는 시내 건너편에 서 있었다. 위닛은 마법사의 옷을 알아보았고, 그가 공중제비를 넘으며 그녀를 부르지 않았다면 달아나 버렸을 것이다.

"난 너의 이름을 알고 있단다." 그래서 그녀는 두려움에 떨며 멈추어 섰다. 만약 그것이 사실이라면 위닛은 마법에 걸릴 것이다. 이름을 부르는 것은 힘을 의미했다. 아담이 동물들의 이름을 지어 주고 동물들이 그의 부름에 따랐듯이.

"전 당신 말을 믿지 않아요." 위닛이 받아쳤다. 그러자 마법사는 미소 지으며 위닛에게 시내를 건너오라고 했다. 그가 위닛의 귀에 속삭일 수 있도록. 위닛은 고개를 저었다. 시내 건너편은 마법사의 영역임에 분명했다. 적어도 여기에서는 안전하다.

"나 없이는 이 숲을 결코 빠져나갈 수 없을 거다." 위닛이 진창 길을 택하자 마법사가 경고했다. 위닛은 구태여 대답하지 않았다. 다시 밤이 왔다. 이번에는 돌풍이 나무들을 뒤흔들고, 그녀의 잠자리를 날려 버리는 비바람이 불었다. 그다음에는 물개미 군단이 공격을 해 위닛은 좀 더 깊숙한 어두컴컴한 숲으로 옮겨 가야만 했다. 동틀 무렵 위닛의 기력은 다했다. 갖고 있던 음식을 담은 돌단지와 마른 옷가지도 사라져 버렸다. 강가에 이르렀을 때 위닛은 자신이 같은 자리를 맴돌고 있었음을 깨달았다. 강 건너편에, 온화하게 웃으며 서 있는 마법사가 보였다.

"말했잖니."

이는 위닛이 듣고 싶은 말이 아니었다. 그녀는 부루퉁해져 골풀 사이에 앉았다.

강 건너편에서는 마법사가 불을 피우고 요리할 단지를 꺼냈다. 위닛은 공기의 냄새를 맡고 다리를 모았다. 꼭 비둘기 냄새 같았다.

"난 채식주의자예요." 마법사의 얼굴을 보며 그녀가 소리 질렀다.

"그래? 나도 그런데." 마법사가 즐거운 투로 말했다. "단팥과 경단을 만들고 있단다. 네가 먹을 것도 충분해."

위닛은 겁에 질렸다. 어떻게 안 거지? 할머니의 기억이 되살아났다. 할머니의 유명한 단팥 스튜. 남자들이 사냥하러 나갔을 때 불가에 둘러앉아 노래 부르던 일. 위닛은 외투 속에 코를 묻고 숨 쉬지 않으려 했다.

"고수도 넣어 줄까?" 마법사가 다시 말했다. "아주 싱싱하구나."

"마음대로 해요." 위닛이 거칠고 혼란스러운 목소리로 외쳤다. "그렇지만 당신이 날 독살할 게 분명하니까 먹지 않을 거예요."

"아니, 세상에!" 마법사는 진심으로 놀란 것 같았다.

"당신이 믿을 수 있는 사람인지 어떻게 알죠?" (위닛의 배는 요동치고 있었다.)

"난 너의 이름을 모르잖니. 만약 안다면 이쪽으로 건너오도록 벌써 유인했을 거다. 혼자 식사하다니 정말 실망인데, 안 그러냐?"

위닛은 잠시 곰곰이 생각했다. 그러고서 마법사와 협정을 맺었다. 그녀가 마법사와 함께 식사하고 나면 마법사가 자신이 원하는 것을 말하고, 그 후에 그들은 시합을 벌일 것이다.

동맹자로서. 마법사는 위닛이 물을 건넌 후 발을 들여놓을 수 있도록 분필로 작은 틈이 벌어진 원을 그렸다. 그러고 나서 그 분필을 맞은편의 위닛에게로 던졌다. 울퉁불퉁한 갈색 자갈이었다. 이것을 꼭 쥐고서 위닛은 뒤뚱거리며 디딤돌을 밟고 건너가, 원 안으로 뛰어 들어갔고 등 뒤로 원을 닫았다.

"바게트, 아니면 곡물?" 위닛에게 김이 모락모락 나는 그릇을 건네며 마법사가 물었다.

십오 분 동안 두 사람은 함께 조용히 음식을 썹었다. 이윽고 마법사가 한숨을 쉬고 빵 조각 하나를 더 쪼개 국물에 적셨다. "푸딩이 없군. 커스터드를 만들려고 했는데 이 근처에서는 우유를 얻기가 힘들단다. 그래도 커피는 있다. 그리고 이제 내가 원하는 것을 말해 주지."

빵 조각이 위닛의 목에 걸렸다. 숨이 막히기 시작했고 하는 수 없이 마법사에게 등을 두드리게 했다. 어쩌면 마법사는 위닛을 토막 내 버리려는지도, 아니면 동물로 바꿔 놓으려는지도 모른다. 어쩌면 위닛과 결혼하려 들지도 모른다. 커피를 받다가 위닛은 공포로 뻣뻣해졌다.

"내가 원하는 건……." 마법사가 입을 열었다. "네가 내 제자가 되는 거다. 마법은 죽어 가고 있어. 우리들은 많을수록 좋단다. 너는 재능이 있어. 난 그걸 안다. 너는 이 메시지를 다른 곳으로 가져갈 수도 있어. 지금도 사람들이 분필로 원을 어떻게 그리는지 잘 모르는 그런 곳에 말이다. 내가 모든 것을 가르쳐 주겠다. 그렇지만 강제로 할 수는 없다. 그리고 우선 나에게 네 이름을 알려 줘야 한다." 마법사는 뒤로 기대어 위닛을 바라보았다. "한 가지 사소한 문제가 있다. 내게 이름을 말해 주지 않으면, 너는 그 원에서 절대로 나갈 수 없어. 나도 널 풀어 줄 수 없으니까. 네겐 그런 힘도 없고 말이다."

위닛은 화가 나서 할 말을 잃었다. "날 속였군요."

"그게 내 직업이잖니, 너도 알다시피."

"좋아요." 몇 분 후 위닛이 말했다. "협상을 하죠. 당신이 내 이름을 맞힐 수 있다면, 당신의 제자가 되겠어요. 만약 그러지 못하면, 당신은 내게 여기서 나가는 법을 보여 줘야 해요. 그리고 날 혼자 있게 내버려 두고요."

마법사는 천천히 고개를 끄덕였고, 그동안 위닛은 어떤 악동 같은 시합을 해야 할지 궁금해하고 있었다. 갑자기 마법사가 고개를 들었다.

"행맨 게임을* 하자."

그는 종이 한 장과 만년필 한 자루를 꺼냈다. "엑스(X)." 마법사가 시작했다.

"아녜요." 위닛이 경멸스러운 듯 대답했다. "내 쪽에 1점."

"힌트를 줘야지." 마법사가 투덜거렸다. "어쨌든 마법을 쓰는 게 아니잖니."

"좋아요." 위닛이 마지못해 동의했다. "여기 이 노래를 들

---

*   단어 맞히기 게임. 글자 수 만큼 빈칸이나 밑줄을 그려 놓고 알파벳 중 하나를 대면 그 안에 글자를 채워 넣거나 그 글자가 아닐 경우 교수대에 매달린 사람을 한 부분씩 그린다.

어 보세요."

어떤 사람에게는 내 이름이 새나 마찬가지라네.
어떤 사람에게는 응고된 우유를 보관하는 그릇이라네.

"이제 힌트는 없어요."

마법사는 잠시 물구나무 자세로 서서 이 노래를 계속해서 반복했다.

"피(P)." 마침내 마법사가 말했다.

"내 쪽에 2점." 위닛이 지저귀듯 말했다.

그러자 마법사가 껑충 발을 딛고 서며 외쳤다. "네 이름은 개닛* 배럴이야."

"틀렸어요." 위닛이 딱딱거리며 말했다. "그리고 이건 2점 추가예요. 이제 다음번에는 올가미를 그릴 거예요."

밤이 찾아올 무렵, 위닛이 두 사람 모두를 위해 커피 한 잔을 더 따랐을 때, 마법사가 껄껄거리며 웃었다. "알았다."

"정말요?" 위닛이 물었다. "두 번만 더 틀리면 나는 자유의 몸이란 거 잊지 마세요."

"네 이름은 위닛 스톤자(Winnet Stonejar)야." 그러자 분필로 그린 원이 사라졌다.

'아니, 이제 어쩌지.' 발로 불을 끄며 위닛이 생각했다. '그

---

*   북양가마우지.

래도 저 마법사, 요리는 할 줄 알잖아.'

다음 날 아침 두 사람은 낡은 깃대에 앉아 아래를 뚫어지게 쳐다보는 까마귀 세 마리가 있는 어떤 성 안에 서 있었다.

"사드락, 메삭 그리고 아벳느고." 마법사가 소개했다. "어떤 녀석이 어떤 녀석인지는 곧 알게 될 거다. 자, 이제 난 너를 여기 문지방 너머로 데려가야 한다. 안 그러면 넌 잠에 빠질 거야. 모두 안전상의 일이지." 마법사는 위닛을 들어 올려 한쪽 끝에 불이 활활 타오르는 거대한 화로가 있는 밝게 채색된 방으로 데려갔다.

"천장이 높은 걸 좋아하니?" 화롯가 양 끝에 각각 자리 잡았을 때 마법사가 물었다. "이런 오래된 건물들은 모두 똑같단다. 너도 익숙해질 거야."

"마법사가 된 지 얼마나 됐어요?" 대화할 의도로 위닛이 물었다.

"아, 그건 말할 수 없지." 그가 젠체하며 대답했다. "그게, 난 미래에도 마법사이기도 하단다. 내겐 미래도 똑같아."

"그럴 리 없어요."

위닛이 발끈했다.

"그런 건 가능하지 않아요."

"너에게는 가능하지 않겠지, 제자야. 그렇지만 우리는 아주 다르거든."

적어도 그건 사실이었다. 그래서 위닛은 신경을 방 쪽으로 돌렸다.

가구는 거의 없었는데 찬장은 수도 없이 많았다. 오른쪽 창문 옆에 돋을새김으로 장식된 어마어마하게 큰 나팔 모양 보청기가 걸려 있었다.

"저건 어디에 쓰는 거예요?"

"내가 항상 지금의 나이는 아니거든. 내가 더 나이 들면 귀가 좀 먹을 수 있지. 저게 있어야 밤에 소파에 누워 나이팅게일 소리라도 들을 수 있다."

위닛은 소파를 찾을 수 없었다. "무슨 소파요?"

"저 소파 말이다." 마법사가 놀라며 말했다. 위닛이 다시 돌아보니 거기 소파가 있었다. 이것은 모험의 시작에 불과했다. 성에 머무는 동안 신기한 일들이 연이어 벌어졌다. 어느새 위닛은 자신이 항상 그 성에 살았으며, 자신이 마법사의 딸이라고 믿게 되었다. 마법사 역시 그렇다고 했다. 그녀에게는 어머니가 없으며 어떤 강력한 정령이 그에게 특별히 보호를 부탁했다고 했다. 위닛은 그것을 진실이라고 느꼈다. 게다가 그녀가 다른 어느 곳에서 살기를 바랄 수 있겠는가?

마법사는 언덕 밑에 옹기종기 모여 사는 마을 사람들에게 잘 대해 주었다. 마을 사람들에게 음악과 수학을 가르쳐 주고 작물에 강력한 주문을 걸어 겨울에 배를 곯는 사람이 없도록 했다. 물론 그는 마을 사람들의 절대적인 헌신을 기대했고, 마을 사람들은 기꺼이 그렇게 했다. 위닛은 직접 마을 사람들을 가르치게 되었고, 모든 것이 순조롭던 어느 날 이방인 한 명이 고을로 흘러 들어왔다. 농가에 숙소를 정한 이방인은 곧 위닛과 친구가 되었다. 위닛은 축제일에 그 소년을 성으로 초대했다.

마을을 기억하고 기념하는 대축제였다. 각 가정에서 마법사에게 선물을 바치고 마법사는 답례로 그가 가장 적절하다고 생각하는 여러 선물을 주었다.

"이방인에게도 선물을 주실 거죠?" 축제 날 아침 위닛이 아버지를 졸랐다.

"어떤 이방인 말이지?"

"이 사람이요." 그를 나타나게 만든 뒤 위닛이 손으로 가리켰다. 이방인 소년은 깜짝 놀랐다. 일 초 전까지만 해도 그는 나무에 기대어 성을 올려다보고 있었던 것이다. 지금 그는 하늘과 구별이 안 될 만큼 높은 천장이 있는 홀 안에, 세 마리 까마귀 옆에 서 있었다. 마법사는 두 사람에게 몸을 돌리더니 손뼉을 쳤다. "있을 것이 있게 될 거다. 넌 이미 저 소년의 선물을 결정했구나." 그러고서 위닛의 아버지는 주변에 있던 그의 옷을 챙겨 사라졌다.

"정말 겁나는데." 소년이 말했다.

"그럴 필요 없어." 소년에게 키스하며 위닛이 말했다.

해 질 무렵이 되자 홀은 사람과 동물로 가득 찼다. 동물 중 일부는 마법사가 직접 꾸리는 농장에서 기르도록 마을 사람들이 마법사에게 준 선물이었고, 나머지 동물들은 그냥 돌아다니다가 들어온 것이었다. 자정이 되자 모든 사람들은 포도주를 마시고 바로 그 순간 외에는 모든 것을 잊었다. 그리고 마법사는 그의 의례적인 연설을 했다. 다음 해에도 풍성한 수확을 거둘 것과 친구들의 건강을 약속했다. 그해 이 마을을 떠나게 되는 청년들에게는 방패나 칼, 또는 활을 주었다. 나름의 삶을 추구하기로 결심한 젊은 여자들에게는 매나 강아지 혹은 반지를 줬다. 마법사는 여행자들의 방식을 알고 있었다. "필요에 따라 각자 스스로를 보호하게 하라." 마침내 그의 얼굴이 심각해지며 끔찍한 마름병이 이 땅에 왔다고 했다. "그 병은 여러분들 중 한 명이 가지고 있습니다." 사람들이 충격으로 동요하는 것을 지켜보며 마법사가 경고했다. "그 사람은 추방되어야 합니다." 그리고 마법사는 소년의 목에 손을 얹었다.

"이 소년이 나의 딸을 망쳐 놓았습니다."

"아니에요." 화들짝 놀라 뛰어들며 위닛이 외쳤다. "그는 내 친구예요."

그러나 아무도 위닛의 말을 듣지 않았다. 사람들은 소년을 포박하고 성의 가장 깊숙한 곳에 있는 가장 어두운 방에 던져 넣었다. 위닛이 마법으로 풀어 주지 않았다면 소년은 영원히 그곳에 갇혀 있었을 것이다. "자, 이제 마법사한테 가." 위닛이 소년에게 말했다. 소년은 그녀의 횃불을 등지고 눈을 껌벅이며 서 있었다. "그리고 나를 부정해. 네가 원하는 대로 나를 비난해. 날 옹호해서는 안 돼. 넌 마법사에게 대항할 수 없으니까." 소년은 얼굴이 창백해지더니 구슬프게 울었다. 그러나 위닛은 그를 떠밀어 층계를 오르게 했다. 그리고 아침에 소년이 그녀가 의도한 대로 말하는 것을 들었다. 마법사가 말했다.

"딸아, 넌 나를 치욕스럽게 하는구나. 그리고 이제 넌 나에게 더 이상 쓸모가 없다. 넌 떠나야 한다."

위닛은 결백했으므로 용서를 구할 수 없었으나 더 머무르게 해 달라고 요청해 보았다.

"정 그렇다면, 마을에 머물면서 염소를 돌보는 일을 해라. 자리를 비워 줄 테니 알아서 결정하렴." 마법사는 떠났다. 눈물이 울컥 나려던 찰나 위닛은 뭔가가 가볍게 자신의 어깨를 쪼는 것을 느꼈다. 아벳느고. 위닛이 아끼는 까마귀였다. 그가 위닛의 귀 옆으로 뛰어올랐다.

"넌 너의 힘을 잃지 않아. 아무렴. 다르게 사용하게 될 거야, 그게 전부야."

"어떻게 알지?" 위닛이 코를 훌쩍였다.

"마법사들은 자신이 준 선물을 다시 가져가지 못해. 절대. 책에 그렇게 쓰여 있어."

"계속 여기 있으면 어떻게 되지?"

"네가 비애에 파괴되는 걸 보게 될 거야. 네가 아는 모든 것이 네 주위에 있을 거야. 동시에 너에게서 멀리 떨어져 있기도 하고. 지금 새로운 장소를 찾는 것이 나아."

위닛이 곰곰이 생각해 보는 동안 까마귀는 그녀의 어깨 위에서 참을성 있게 균형을 잡고 있었다.

"나와 함께 갈래?"

"그럴 수 없어. 난 여기에 묶여 있거든. 대신 이걸 받아."
까마귀가 날아 내려왔고, 위닛이 보기에는 꼭 깃발에 토악질
하는 것처럼 굴더니 자기 깃털을 다시 정돈하고 울퉁불퉁한
갈색 자갈돌을 위닛의 손에 떨어뜨렸다.

"고마워. 이게 뭐지?"

"내 심장이야."

"그렇지만 이건 돌로 만든 거잖아."

"나도 알아." 까마귀가 슬프게 대답했다. "그게, 난 여기 머
물기로 선택했어. 아, 아주 오래전 일이지. 내 심장이 슬픔으
로 응고되더니 마침내는 이렇게 굳었어. 이게 너에게 그걸
상기시킬 거야."

위닛은 잠시 화롯가 가장자리에 앉아 있었다. 까마귀는
위닛의 아버지가 쥐로 변해 슬그머니 들어와 위닛의 단추에
보이지 않는 실을 연결하고 있다는 것을 눈치챘지만 깜짝 놀
라 경고해 줄 수 없었다. 위닛이 일어서자 쥐는 서둘러 달아
났다. 위닛은 알지 못했다. 그러고 나서 아침이 되었을 때, 그
녀는 숲의 끝에 다다랐고 그 강을 건넜다.

나는 장의사 일, 아니, 아줌마와 그녀의 친구 조가 즐겨 일
컫는 대로 장례 응접 일을 다시 시작했다. 그들은 괜찮은 급
여를 지불했고, 나는 돈이 필요하면 언제라도 세차 일을 추
가로 할 수 있었다. 때때로 나는 뒷마당에 아이스크림 차를
주차한 후 그 앞에서 시신에 염을 했다. 조는 날씨가 따뜻해

롯기   245

지면 시체를 내 냉장고 안에 넣어 놓자는 농담을 하곤 했다.

"사람들은 라즈베리 리플 조각은 보지 못할 거야, 안 그래?"

아줌마는 여전히 화관을 만들었고, '엘리시움* 필드'(이것이 그들 사업명이었다.)가 도시 바로 외곽에 있는 호화판 요양소와 거래하게 된 이후로 한결 행복해했다.

"돈이 정말 다르긴 다르다니까." 자신의 새 디자인을 보여주며 그녀가 내게 확신에 차 말했다. "그쪽 사람들은 기억할 거리를 좋아해. 그놈의 십자가는 아무도 좋아하지 않더라고."

조 역시 잘해 나갔다. 그는 새 차를 두 대 샀고 헛간을 냉장실로 개조했다.

"난 시체들에 둘러싸여 있고 싶지 않아." 휴식의 예배당인 냉장실에서 손을 문지르며 조가 말했다. "사람들은 마지막으로 조의를 표하기 위해 여기 오는 거라고. 그리고 자신이 보러 온 사람이 전에 알던 짜증 나는 인간들과 함께 누워 있는 것은 바라지 않고. 안 그래? 약간의 프라이버시를 원하는 건 지극히 당연하다고."

"그럼, 그럼." 아줌마가 동의했다. "죽은 사람도 막대 사탕처럼 줄지어 있고 싶지는 않겠지, 안 그래?" 내가 듣기로 조와 아줌마는 서로의 말에 대답하면서 반드시 또 다른 질문을 던졌다. 두 사람은 몇 시간이건 그렇게 서로 묻고 대답했다. 그동안 조는 손잡이를 맞추고 아줌마는 철사와 꽃을 따로 구

*   그리스 신화에서 선량한 사람들이 죽은 후 사는 곳.

분할 수 없는 작품으로 만들어 냈다. 두 사람은 자신의 일을 사랑했다.

"끝내준다, 그렇지?" 조가 말했다. "이 놋쇠 말이야."

"천국의 입구네." 아줌마가 응답했다.

나는 두 사람 사이에 앉아 적절하게 고개를 끄덕이며 차를 따르곤 했다. 어려운 일은 아니었다. 아이스크림 차에 몰려든 아이들에게서 떠나 있는 것만으로도 좋았다. 내게는 「테디 베어의 소풍」을 들려주는 차임벨이 있었고, 그래서 아이들은 모두 아이스크림 차가 왔다는 걸 알고 뛰어나와 오렌지 하드며 99콘을* 달라고 아우성을 쳤다. 이 차임벨의 중요한 점은 자주 태엽을 감아 줘야 한다는 것이었다. 안 그러면 박자가 아주 느려져서 신음 소리를 내는 듯했다. 어찌나 끈질기게 이어지는지 한번은 조가 자기 차에 쓰고 싶다며 그걸 사겠다고 한 적도 있었다. 한편 태엽을 너무 많이 감으면 기병대가 언덕을 쫓아 내려갈 때 연주하는 웨스턴 음악 같은 소리가 났다. "저놈의 물건 트리켓 가게 거구먼." 차임벨이 이상해지면 사람들은 이렇게 말했다.

"내다 버려." 사람들은 변덕스럽다. 사람들은 골목을 가로질러 버트위슬의 아이스크림 수레로 달려갔다. 말이 끄는 아이스크림 수레였을 것이다. 버트위슬은 최소 여든 살이었고, 그의 말도 늙어서 축 늘어져 있었다. 버트위슬이 아이스크림

***

* 초콜릿을 꽂은 바닐라 아이스크림콘.

을 섞는 양동이에 뭐가 들어가는지는 아무도 몰랐고, 아무도 물어본 적도 없었다. 그렇지만 맛은 좋았다. 버트위슬은 독특한 것을 만들지는 않았다. 딸기 시럽을 덮은 아이스크림 콘과 웨이퍼뿐이었다. 그는 이 딸기 시럽을 피라고 불렀다. 내가 어렸을 때는 항상 그에게서 아이스크림을 샀다. 우리 집은 그가 집에 돌아갈 때면 들르는 구역이어서 보너스가 있었기 때문이었다. 하루 종일 사람들이 말에게 잡다한 것들을 먹여서 날이 김을 내며 우리 동네 언덕을 오를 쯤이면 뒤로 똥을 마구 쏟아 냈다. 어머니는 호루라기 소리가 들리면 한 손에는 10실링짜리 지폐를 골라 집어 들고 다른 손에는 삽을 들고서 웨이퍼 두 개와 콘 하나 그리고 뭐든 자갈길에 떨어뜨리지 않고 가지고 올 수 있는 것을 받아 오라고 나를 내보냈다. 말은 발을 쿵쿵 구르고 콧바람을 분 뒤 대개는 나를 위해 똥 한 덩이를 더 떨어뜨렸다. 일단 내가 아이스크림을 사면 말이다.

"야, 정말 맛있겠구나." 내가 엎지르지 않도록 조심히 로비로 뒤뚱거리며 들어가면 어머니 얼굴이 환해졌다. "가서 그건 상추에다 뿌려 주렴." 그러고서 우리는 그놈의 와퍼에 흡족해하며 앉곤 했다.

버트위슬의 아이스크림 수레에는 트리켓 가게에는 있을 수 없는 낭만이 있었다. 엘리시움 필드에서 누군가의 장례경야를 준비할 때는 언제나 버트위슬의 아이스크림을 디저트로 사용했다.

"끝내주잖니, 안 그래?" 아줌마가 말했다.

경야는 아주 훌륭했다. 항상 최고였다. 요양원과 계약을 맺은 후로는 식사에 에피타이저도 들어갔다. 대개는 몰리네 해산물 가게에서 가져온 칵테일 새우였다. 본요리는 칠면조 롤, 쇠고기 슬라이스, 또는 따뜻한 키슈* 중에서 선택할 수 있었다. 처음에 키슈는 다소 과감한 시도로 생각되었으나 곧 엄청난 인기를 끌었다.

"약간의 상상력이 필요한 법 아니겠니?" 내가 메뉴판을 인쇄하러 갈 때 아줌마는 이렇게 말했다.

토요일, 내가 아이스크림 차를 몰고 로워 폴드 주위를 돌 때 사람들 한 무리가 맨 끝 집 앞에 몰려 있는 것이 보였다. 엘시의 집이었다. 나는 곧장 그곳으로 차를 몰고 싶었지만 누군가가 롤리를 달라고 했고, 또 누군가가 웨이퍼를 달라고 했다. 난 손이 떨려 아이스크림을 퍼낼 수 없었다.

"깔끔하지 못하네." 뚱뚱한 여자가 불평했다.

"공짜예요." 초콜릿아이스크림을 그 여자에게 던지듯 건네며 내가 말했다. 그러자 그 여자는 손을 엉덩이에 얹고 초콜릿아이스크림은 앞치마 주머니에서 비어져 나온 채 나를 노려봤고, 나는 엔진 소리를 높이고 자갈길을 덜커덩거리며 나아갔다. 아무도 나를 눈여겨보지 않았다. 내가 주차하고,

---

*   속에 치즈와 계란 등을 넣어 만든 프랑스 전통 파이.

차에서 나와 엘시의 문으로 곧장 가는 동안에도. 응접실에는 화이트 부인, 목사, 그리고 어머니가 있었다. 엘시는 보이지 않았다.

"무슨 일이죠?" 내가 물었다.

세 사람은 나를 본체만체하고 낮은 목소리로 토론을 계속했다. 나는 '장례 절차'라는 단어를 알아들었다. 그리고 어머니의 외투 소매를 붙잡았다.

"무슨 일인지 말해 주겠어요?"

어머니는 외투 소매를 문질러 털었다. "엘시가 죽었다."

목사가 내게로 왔다. "집에 가거라, 지넷." 그의 목소리는 아주 차분했다.

"집이 어디라고 생각하세요?" 내가 그에게 곧바로 받아쳤다. 그는 결코 동요하지 않았다. 그저 내 팔을 잡아 로비로 안내할 뿐이었다.

"우린 별로 많은 대화를 나누지 못했지?" 그가 물었다.

나는 울지 않기 위해 바닥만 내려다보며 대답하지 않았다.

"넌 날 믿었어야 했다." 그의 목소리는 부드러웠다.

"뭘 두려워하세요?" 난 갑자기 궁금해졌다.

그가 미소 지었다. "난 지옥이 두렵다. 영원히 지옥에 떨어지는 것 말이다."

"그럼 내가 뭘 그리 잘못한 거죠?"

그러자 그는 침착함을 잃었다. 목소리가 부드러운 남자가 잃을 수 있을 만큼만. "넌 용납될 수 없는 부도덕한 주장을 했어."

"그래서 두 사람을 희생했군요." 난 그에게 이걸 상기시키는 것이 공정하다고 생각했다.

"그녀는 너 때문에 혼란스러워했다. 넌 그녀에게 힘을 행사했다. 그녀가 아니라 너였어."

"그녀는 날 사랑했어요." 내가 이 말을 하자마자, 할 수 있다면 목사가 나를 죽일 거라는 느낌이 들었다.

"그녀는 널 사랑하지 않았다."

"그녀가 그렇게 말하던가요?"

"그래, 나에게 직접 말했다."

나는 벽에 기대어 서서, 손바닥을 벽에 댄 채, 숨을 몰아쉬었다. 여러 종류의 배신이 있지만 어떤 배신이건 배신은 배신이다. 아니, 그는 날 죽이지 않을 것이다. 목소리가 부드러운 남자는 살인하지 않는다. 그들은 영악하다. 그들의 폭력은 눈에 보이는 흔적을 남기지 않는다. 그가 나를 문으로 안내했고 나는 비틀거리며 아이스크림 트럭 쪽으로 걸어갔다. "여기 온다!"

외침이 들렸고 엘시의 집 주변에 무리 지어 있던 사람들 모두가 차창 밖으로 줄을 서는 것이 보였다. 첫 번째 사람이 지갑을 꺼냈다.

"웨이퍼 두 개. 여기 살았던 여자분하고 아는 사이야? 난 얼굴만 알고 지냈는데." 그러고는 자기 친구 쪽으로 고개를 돌렸다. "우리 그 사람 알았잖아, 응?" 나는 웨이퍼를 건네주었다.

다음 여자들이 와서 함께 수군댔다.

"고통도 없었대. 밤중에 그냥 미끄러져 넘어졌다나. 라즈베리아이스크림 두 개하고 바닐라로 하나 부탁해요. 엘시는 아직 마음의 준비가 된 상태는 아니었지만, 그게 호사지 뭐. 나이도 많이 들었고, 혼자 제 몸 간수도 할 수 없었으니까."

"뭐 다른 거 원하시는 거 있어요?" 난 그들에게 물었다.

"그래." 베티가 목소리를 높였다. "내가 먹을 99콘 하나, 내가 돈 내는 건 아니지만." 그러자 사람들이 폭소를 터뜨렸다. "좀 비켜들 봐." 돈을 지불하는 여자가 명령했다. "집에서 애들이 기다린다고."

드디어 사람들이 모두 떠났다. 내가 막 끈적끈적한 아이스크림 주걱을 뿌연 세척 통에 집어넣었을 때 화이트 부인이 도로를 가로질러 이쪽으로 오는 것이 보였다. 그녀는 손수건에 코를 풀었다.

"죽은 사람을 이용해 돈을 벌다니." 그녀가 차창에 대고 훌쩍였다. "목사님은 아직도 믿기지 않는다고 하신다."

"경건하지 않죠?" 내가 그녀에게 말했다.

"경건하지 않지, 그리고 넌 그 대가를 치르게 될 거야. 아이스크림 이상의 대가를 말이야."

"저도 그렇게 기대하고 있어요." 그녀가 어서 가길 바라며 내가 말했다. 그러나 그녀가 창가 선반에 기대서서 너무도 서럽게 우는 바람에 나는 행주로 그녀의 눈물을 닦아 주어야 했다.

"장례식은 언제죠?" 대화해 볼 요령으로 내가 물었다.

"넌 와선 안 돼. 경건한 자들을 위한 행사야."

"나도 가고 싶지 않아요. 그만 가세요." 나는 운전석으로 돌아갔고, 화이트 부인은 나를 향해 알 수 없는 소리를 중얼거리고 나서 다시 도로를 건너갔다.

나는 평소처럼 달려갔다. 아무 생각도 하지 않고. 우드누크 침례교회를 지나 긴 언덕길을 따라 올라가 편 고어까지. 그곳에 아이스크림 공장이 있었다. "저 며칠만 쉬어야겠어요. 다시는 이런 일 없을 거예요." 공장 사람들은 달가워하지 않았다. 방학 기간은 가장 바쁜 때였다. 그렇지만 그동안 열심히 일했고 돈도 꽤 많이 벌었으므로 휴가를 받을 수 있었다.

강을 건넌 위닛은 예전과 똑같아 보여도 냄새가 다른 숲속에 와 있음을 알았다. 딱히 가고자 하는 곳이 없었기에 어느 곳이든 괜찮을 거라 생각한 위닛은 가장 눈에 띄는 길로 걷기 시작했다. 곧 여분의 음식과 옷이 떨어졌고, 향수병이 밀려들었다. 걸을 수 없을 정도로 지친 위닛은 여러 날을 누워 있었다. 숲을 여행하던 한 여자가 쓰러진 위닛을 발견하고 약초로 그녀를 치료했다. 이 여자는 마법에 대해서는 아무것도 몰랐지만 다른 종류의 슬픔과 그 효과는 잘 알고 있었다. 위닛은 여자와 함께 그녀의 마을로 갔다. 그곳 사람들은 위닛을 환영했고 생계를 꾸릴 수 있는 일도 줬다. 그들은 위닛 아버지의 이야기를 들어 알고 있었고, 그녀의 아버지가 미쳤으며 위험하다고 믿었다. 그래서 위닛도 자신의 능력에 대해 절대 말하지 않았고 이용하지도 않았다. 여자는 위닛에게 그들의 언어를 가르치려 했다. 위닛은 단어들을 배웠지만 아직 언어는 아니었다. 어떤 구조들이 그녀를 당황스럽게 했고, 논쟁에서는 그녀가 그 같은 구조로 답할 수 없었으므로 그 구조들이 그녀에게 불리하게 작용할 수 있었다. 그러나 대개 그런 일은 일어나지 않았다. 마을 사람들은 소박하고 친절했으며 세상사에 의문을 제기하지 않았다. 그들은 위닛이 말이 많으리라고도 기대하지 않았다. 하지만 위닛은 얘기하고 싶었다. 그녀는 학교와 그녀의 추종자들을 멀리 남겨 두고 온 상태였고 세상의 섭리에 대해, 도대체 왜 세상이 존재하는 것인지, 그리고 사람들 모두 세상에서 무슨 일을 하고 있는지에 대해 얘기해 보고 싶었다. 그러나 동시에 그녀는 자신의 옛 세계에 잘못된 것이 많음을 알고 있었다. 만약 그녀가 이 옛 세계에 대해 말하면, 좋건 나쁘건, 사람들은 그녀가 미쳤다고 생각할 것이며, 그러면 그녀 옆에는 아무도 남지 않게 될 것이었다. 위닛은 마을 사람들과 지극히 똑같은 사람인 척해야 했다. 그녀가 실수했을 때 사람들은 미소 지으며 그녀가 이방인임을 기억해 냈다. 위닛은 아주 먼 곳에 건물들이 하늘까지 솟은 아름다운 도시가 있다는 말을 들었다. 호랑이들이 보초를 서는 고대 도시. 마을 사람들 중 아무도 그곳에 가 본 적은 없었지만, 사람들 모두 그 도시에 대해 알고 있었으며, 대부분은 경외했다. 그 도시의 거주자들은 씨앗을 뿌리지도, 힘겹게 일하지도 않으면서 세상에 대해 생각한다고 했다. 위닛은 수많은 밤을 뜬눈으로 지새며 그런 곳은 실제로 어떤 모습일까 상상해 보았다. 거기에 갈 수만 있다면 안전할 것이라는 느낌이 들었다. 마을 사람들에게 그녀의 계획을 말하자 사람들은 웃었고, 다른 생각을 하라고 했다. 하지만 다른 것은 생각할 수 없었던 위닛은 계획을 실행하겠다고 마음먹었다.

그다음 날 시내에서 조를 만났다. 그는 손을 흔들고 서둘러 내게 다가왔다.

"장의실에 너희 교회 사람 시신이 하나 있어. 가서 한번 봐." 나는 그게 엘시라는 것을 눈치챘다. 이것이 마지막 기회였다. 교인들 중 아무도 내가 엘리시움 광장 일을 돕고 있다는 것을 기억하지 못했던 것이다. 그전에 써야 할 편지가 하나 있었던 나는 저녁이 되기를 기다렸다가 시내로 나갔다. 그날 밤에는 교회에서 기도 집회가 있으니 아무와도 마주치지 않을 터였다.

"왔어?" 내가 들어가자 아줌마가 위를 올려봤다. "거기 조야?"

"저예요. 그리고 조는 없어요. 밭에 있을 거예요, 아닌가요?"

"아, 맞아, 장례식 저녁 식사에 쓸 야채를 캐고 있지. 내가 깜빡했다." 아줌마는 이끼와 히아신스를 엮어 십자가를 만들고 있었다. "내가 뭘 하고 있는지 보렴. 또 이놈의 십자가야." 그녀는 성질을 내며 십자가를 쿵 내려놨다. "차나 한잔 하자." 작은 부엌으로 가면서 난 엘시의 관을 지나쳤으나 들여다보지는 않았다. 사람들이 모두 집에 갈 때까지 기다리고 싶었다. 관은 평화롭게 느껴졌다.

"버번 좀 가져와!" 아줌마가 소리쳤다.

우리는 삼십 분가량 양지에 앉아 햇빛과 차의 향기를 즐겼다.

"프랑스에서 나는 것 중에선 이게 최고라니까." 아줌마가 버번을 삼키며 선언했다.

"키슈도 있잖아요?" 내가 지적했다.

"참, 그렇지." 그녀가 고개를 끄덕였다. "프랑스인들은 음식에 대해서만큼은 뭘 안다니까, 안 그래?" 그러고는 도서관에서 본 몇 가지 요리법과 자신이 배를 타고 디에프만을 건너던 시절의 얘기를 시작했다. 다시 찾아가지는 않겠지만, 아줌마는 에펠탑만큼은 꼭 보고 싶다고 했다. 그러나 파리는 너무 멀었다. 그녀는 곡예사들이 에펠탑을 지었으며 훈련된 원숭이 무리가 맨 꼭대기에 마지막 대들보를 올렸다는 말을 들었다고 했다. 아줌마의 할머니는 에펠탑을 사진으로 보았고, 대영 제국 전람회에서는 축소 모델을 보았다. 여행하고 싶었냐고? 아니. 그녀는 이해할 수 있었다, 집에 할 일이 너무도 많다는 것을. 그리고 그녀는 여행이란 사람들의 환생에 달린 것으로 생각한다고 했다. 난 이런 그녀의 생각을 누구에게도 말하지 않을 것이다. 그녀는 말하자면 내게 비밀을 털어놓은 것이었다. 아줌마는 종종 자신이 왜 어떤 일을 하고 싶어 하고 또 어떤 일은 전혀 하고 싶어 하지 않는지 궁금했다고 했다. 어떤 것에는 분명한 이유가 있었으나 어떤 것에는 이유가 없었다. 그녀는 이 문제를 푸는 데 오랜 시간을 보냈고, 마침내 전생에서 한 일은 다시 할 필요가 없고, 미래에 해야 할 일은 아직 할 준비가 되지 않은 것이라고 생각하게 됐다.

"건물을 짓는 벽돌처럼 말이야, 그치?"

자신이 여행하고 싶지 않은 것도 이렇게 설명된다고 아줌마는 느꼈다. 바로 그때 조가 차를 몰고 왔고 아줌마는 차를 새로 끓이기 위해 일어났다. 조가 차 뒷문을 열었다.

"냄비들이랑 비트하고 토마토하고 양상추, 콩깍지를 가져왔어. 이거면 될 거야. 그다음엔 문상객들에게 바닐라아이스크림을 곁들인 칠면조 롤을 먹일 계획이다."

"언제요?"

"내일 12시. 우선 저 차를 깨끗이 닦아 줘. 저 양반 묻힐 곳에 흙은 충분하지?"

아줌마가 차를 내왔다. 조가 그날 밤 게리 쿠퍼가 나오는 영화관에 그녀를 데려가기로 약속했던 터라 그녀는 심통이 나 있었다. 지금 조는 세차하는 얘기나 하고 있었다. 아줌마는 찻잔 받침에 차를 쏟고 고사리 밑에 버번 병을 숨겼다. 나는 그녀가 비참해지는 것을 원치 않았기에 내가 차를 닦고

윤도 내겠다고 제안했다.

"네가 차를 차고에 넣을 수 있을까?" 의심스러운 듯 조가
물었다.

"당연하지." 아줌마가 말을 잘랐다. "그놈의 아이스크림
차도 거뜬히 운전하는데."

조가 고개를 끄덕이고 시계를 보았다.

"좋아. 그럼 집에 가서 씻자." 아줌마는 일어나 자신의 헬
멧을 가져왔다. (조는 헬멧을 쓰지 않았다.) 그리고 두 사람은
작은 스쿠터를 타고 골목을 누비며 내려갔다. 나는 한동안
기다렸다가 천천히 양동이와 천을 찾아 차를 닦았다. 나는
엘시를 최고로 대우하고 싶었다. 내가 차를 차고에 주차했을
때는 이미 어두워진 뒤였다. 엘시를 만나기에 적당했다. 엘
시는 그녀가 가진 것 중에서 제일 좋은 옷을 입고 입관되어
있었다. 옆에는 찬송가집도 있었다. 찬송가집은 엘시가 쓴
글로 가득했다. 연주할 키를 적은 것이었다. 사람들이 엘시
의 아코디언을 어떻게 했는지 궁금했다. 관 속을 들여다보도
록 만든 등받이 없는 의자가, 서 있을 필요가 없도록 알맞은
높이로 놓여 있었다. 조는 항상 이런 것들에 섬세했다. 그는
원하기만 하면 밤새 죽은 사람과 머물게 해 줄 것이다. 통상
적 관례가 아니라고 해도.

나는 오랫동안 나의 느낌, 그리고 내가 쓴 편지에 대해 엘
시에게 이야기했다. 집에 돌아왔을 때는 새벽이 다 되어 있
었다.

아래층에서 전화벨이 울렸다. 나는 그냥 자고 싶었지만 계속해서 울려 댔다. 받아 보니 조였다. 그는 공포에 질려 있었다. "네가 와서 식사 준비하고 요리하고 음식 좀 날라 주면 안 되겠니?" 그 자신은 차를 운전하고 운구를 맡아야 했다. 게리 쿠퍼 영화를 보고 집에 가는 길에 아줌마가 스쿠터에서 떨어졌다고 했다. 부러진 곳은 없었지만 며칠 누워 있어야 했다. 아줌마는 화관은 어찌어찌 겨우 마무리했다. 나는 조에게 내가 장례식에 나타나면 어떤 일이 벌어질지 설명했다.

"괜찮아. 그 사람들이야 앞으로 고객이 되지 않아도 좋아. 다음부터는 그 침울한 앨프 장의사한테나 가라지 뭐." 앨프는 고정된 가격에 고정된 장례 절차를 해 주는 아주 다른 종류의 장의사였다.

"그놈의 싸구려 테이크아웃 중국 식당 같잖아." 조가 비웃었다.

그래서 난 그러겠다고 했고 갈아입을 옷가지를 가지고 20인분 칠면조 롤을 만들러 갔다.

장례 행렬이 시작될 때까지 눈에 띄지 않는 곳에 있다가 행렬이 시작되자마자 단숨에 테이블을 차렸다. 칵테일 새우를 내려놓고 일단 사람들이 칠면조 요리를 한 접시씩 받게 되면 야채는 마음대로 먹도록 내버려 두면 되겠다고 계산했다. 사십오 분 뒤 사람들이 돌아올 예정이었기에 그전에 김이 나는 야채가 담긴 뜨거운 빨간색 그릇들을 들고 달려나가 모두 탁자에 늘어놓았다. 이제 조가 접시만 나눠 주면 큰일 없이 대충 마무리할 수 있을 것 같았다. 아이스크림이 나올 때까지는 일이 순조롭게 진행됐다. 아이스크림은 1인분씩 쟁반 위에 담겨 대기 중이었다. 조가 아이스크림을 날라 주기로 했고, 그다음에 모든 사람들이 식탁을 떠나 커피와 케이크를 먹으러 응접실로 가면 내가 식탁을 치울 예정이었다. 갑자기 묘지가 있는 교회에서 온 교구 목사가 일어나더니 조에게 문 쪽으로 오라는 시늉을 했다. 조는 공포에 질린 표정으로 부엌 창문 뒤에서 엿보던 내게로 왔다.

"네가 아이스크림을 날라야겠다. 교구 목사님이 나하고 할 말이 있나 봐."

"하지만 조……." 나는 겁이 났지만 이미 조는 가 버리고 없었다.

나는 첫 번째 쟁반을 들고 아무렇지도 않은 얼굴을 하려고 노력했다.

"바닐라 아이스크림 드릴까요?" 내가 쟁반을 앞으로 쿵하고 내리며 화이트 부인에게 물었다.

"바닐라요, 목사님?" 아이스크림을 조금 흘리며 내가 물었다.

"바닐라요, 메이? 바닐라요, 앨리스?" 나는 한 줄 내내 바닐라를 불러 댔고 마침내 어머니가 앉은 자리에 이르렀다. 어머니는 입을 약간 벌린 채 나를 노려보고 있었다.

"너?" 어머니의 목에 걸린 진주 목걸이가 떨렸다.

"저예요. 바닐라 드려요?"

모어컴에서 온 엘시의 친척들은 우리가 미쳤다고 생각했다. 목사가 일어섰다.

"램스보텀 씨는 어디 있지? 이건 대체 무슨 장난이냐?"

"아줌마가 아프세요." 내가 설명했다. "그래서 제가 돕고 있는 거예요."

"넌 부끄러움도 없는 거냐?"

"별로요."

목사가 교인들에게 손짓을 했다. "더 이상 여기서 조롱당하지 맙시다."

"아, 저 앤 악마에 씐 당신 딸이잖아요." 목사의 팔에 매달리며 화이트 부인이 울부짖었다.

"저 앤 내 딸이 아니에요." 고개를 꼿꼿이 세운 어머니가 딱딱거리듯 되받아 말하고는 앞서서 밖으로 나갔다.

그리고 교인들이 떠났다. 모어컴에서 온 엘시의 친척들은 아이스크림을 한 번씩 더 먹고 파이도 두 조각씩 먹었다. 곧 돌아와 상황을 파악한 조는 고개만 절레절레 저으며 교인들 모두가 미쳤다고, 내가 그곳에서 나오기를 잘했다고 말했다. 그의 말이 맞았다. 그러나 난 외로웠다. 이 생각을 곱씹으며 부엌에서 설거지를 하는데 누군가 뒤에 서 있는 느낌이 들었다.

주스버리 양이었다.

"식사 때는 없었잖아요." 그게 내가 생각해 낸 말의 전부였다.

"그래, 별로 먹고 싶지 않아서. 난 그저 엘시를 배웅하고 싫었어. 난 모어컴에서 온 엘시의 사촌과 아는 사이거든." 나는 대답하지 않았고 그녀도 어색해하는 것 같았다. "어떻게 지내니?"

"잘 지내요." 나는 그녀에게 말했다. "돈도 좀 벌었고요. 내년에는 뭘 좀 하려고요."

엘시를 제외하면 그녀가 내 비밀을 터놓은 첫 번째 사람이었다. 그녀는 기뻐하는 것 같았고, 좋은 생각이라고, 자기도 그랬어야 했다고 말했다. "꼭 방해하는 일이 생겼지." 주스버리 양이 말했다. "그게 인생의 슬픈 점이야." 그러더니 갑자기 제안했다. "내 아파트에 놀러 올래?"

"아뇨." 나는 천천히 대답했다. "그럴 수 없어요."

그녀는 가방과 장갑을 챙겼다. "만일 생각이 바뀌면, 아니면 돈이 필요하면, 전화번호부에 내 이름이 있어." 그녀는 돌아섰다. 나는 오랫동안 그녀의 구두 소리를 들었다. 내가 왜 그녀에게 고맙다고 하지 않았는지, 심지어는 작별 인사도 하지 않았는지는 나도 모르겠다.

내가 정기적으로 엘리시움 필드에서 일한 것은 그것이 마지막이었다. 나는 학교를 졸업했고 정신 병원에서 정규직 일자리를 얻었다. 보통은 내가 택하지 않을 일이었지만 다른 직업에 비해 뚜렷한 이점이 있었다. 지낼 곳을 마련해 주었던 것이다. 나만의 방, 적어도.

"마음에 들지 않을 텐데, 안 그래?"

아줌마가 조에게 말했다.

"어떻게 좋아하겠어?"

조가 대답했다.

"온통 정신병자들인데."

그럼에도 나는 내 계획을 위로 삼으며 병원으로 갔다.

위닛은 그 도시가 어떤 모습일지 상상해 보려 했다. 마을 사람들 중 몇몇은 그 도시가 크리스털로 만들어졌다고 했고, 다른 사람들은 거미집에서 자아낸 실로 만들어졌다고 했다. 일부는 그 도시 이야기는 말도 안 되며, 위닛이 가까스로 그곳을 찾는다 해도 여전히 행복하지 못할 거라고 했다. 그녀는 그 도시 사람들 모두가 얼마나 강하고 건강할까 생각해 보았다. 그들의 동정심과 지혜를 생각해 보았다. 진실이 중요한 곳에서는 아무도 그녀를 배신하지 않을 것이다. 그래서 그녀의 용기는 커졌고 더불어 그녀의 결심도 굳건해졌다. 그녀는 빗자루 손잡이에 둘둘 말려 있는 지도를 찾아냈다. 그 지도는 숲을 보여 주었는데, 도시는 숲 가장자리에서 시작되었다. 그녀는 자신이 건넜던 강도 찾았다. 물살이 약하고 수량이 줄어들었지만 그녀가 전에 살았던 그 경건한 도시에 이르러서는 크게 불어나 거대한 입을 벌려 도시를 집어삼키듯 휘감아 흐르는 강을. 그리고 강물은 뿌리를 잘라먹는 벌레처럼 여러 갈래로 나뉘어 바다로 흘러갔다. 위닛은 한 번도 바다를 항해해 본 적이 없었다. 해안에 면한 바다만을 알았고 육지와 관련해서만 바다를 알았다. 그녀는 믿음이 있는 자들은 작은 배에서도 기적을 일으켰음을 알고 있었으나 바다가 두려웠다. 도시로 가는 가장 쉬운 길은 바다로 나가 다시 강을 거슬러 올라가는 것이었다. 유일한 다른 방법은 숲의 가장 깊은 곳을 통과해 강의 터널처럼 생긴 부분까지 내려가는 것이었다. 그곳의 물에는 소금기가 있었고, 주변의 오래된 울창한 숲 때문에 밤이 지나가도 어둠이 계속됐기 때문에 항해는 엄두도 낼 수가 없었다. 보트를 찾아 타고 가야만 한다. 해안을 만날 거라는 보장은 없었다. 오직, 과감히 찾으려 한다면 원하는 것을 얻을 수 있다는 확신뿐이었다.

위닛은 배를 만드는 법을 연구했다. 선박을 건조하는 사람들이 배의 속력을 높이기 위해 어떻게 선체를 뒤집어 다듬는지, 그리고 배가 안정되도록 선미를 두텁게 하는 방법과 돛의 기하학에 대해서도 배웠다. 그녀를 가르쳤던 눈먼 남자는 로프가 사나운 개처럼 거칠거칠하고 믿을 만하다고 했다. 개의 털처럼 따뜻하고, 따끔거리고, 갈색이며, 제대로 다뤄 줄 필요가 있다고 했다. 그녀는 모든 것을 살아 있는 물건처럼 다루는 것을 익혔다. "살아 있어." 눈먼 남자는 위닛에게 말했다. "그리고 네가 그걸 알 때 물건들은 더 잘 작동한단다." 그는 이것이 우 리(Wu li), 즉 유기 에너지의 원리라고 했다. 위닛은 이해하지는 못했지만 로프가 움직이는 것을 느꼈다. 풍부한 검정 타르와 노의 자루 부분에 묶인 팽팽한 줄. "돌은 뜨거울 때 노래하지." 그리고 그는 위닛의 여정을 위해 노래하는 돌 하나를 줬다.

곧 위닛이 마을에서 지내는 마지막 밤이 되었다. 위닛은 자신이 떠나려는 땅의 냄새와 감각을 잘 느끼기 위해 바깥에서 자기로 했다. 바람이 불었지만 중요하지 않았다. 그러나 내일 바람이 분다면 그건 문제가 된다. 모든 익숙한 것들이 다른 의미를 지니게 된다. 밤에 위닛은 꿈을 꾸었다.

그녀의 눈썹이 다리 두 개가 되어 눈 사이에 있는 시추공까지 이어지는 꿈이었다. 시추공에는 덮개가 없고, 나선 계단이 아래로 아래로 아래로 이어져 내장까지 내려간다. 그녀가 자기 영역의 범위를 알고 싶다면 계단을 따라가야 한다. 먼저 계단 주위를 씻어 내는 피와 뼈들을 통과해야만 맨 마지막 계단, 그녀의 살갗 아래 방대한 공간에 앉을 수 있다. 그러고 나서 그녀는 토실토실한 말 한 마리를 발견하고, 그 말이 한 번 이상 주변을 둘러볼 기회를 준다. 그녀는 자신이 둘러보면서 변화시킨 것은 없다고 생각하지만 변화시킨 것이 분명하다. 한 바퀴 돌 때마다 같은 것들이 다르게 보인다. 그녀는 어지러워진다. 뛰어오르지 않는다면 떨어질 것이다.

위닛이 깨어났을 때, 가벼운 비가 내리고 있었다. 그녀는 재빨리 움직여야 한다. 그녀가 울자 눈먼 남자는 그녀를 토닥이며 두려움을 걱정하지 말라고 말한다. 그녀는 노를 저어 바다로 나간다. 짠맛에 익숙해지고 바다가 얼마나 넓은지에 익숙해질 기간인 하루분의 식량을 보트에 비축해 놓는다. 도시의 필요성이 그녀의 심장을 마음에 단단히 동여맨다. 그녀는 배에 오르고 다른 쪽으로 항해할 것이다. 돛이 움직이고 태양이 떠오른다. 이제 그녀의 주위에는 물 외에 아무것도 없다. 한 가지는 확실하다. 그녀는 되돌아갈 수 없다.

 "어머니를 마지막으로 본 게 언제죠?" 누군가 내게 물었다. 도시에서 나와 함께 걸었던 누군가였다. 나는 그녀에게 말하고 싶지 않았다. 도시에서 과거는 그냥 과거일 뿐이라고 생각했다. 왜 기억해야 하나? 옛 세계에서는 누구라도 새로운 창조물이 될 수 있고, 과거는 씻겨 나간다. 왜 새로운 세계는 이렇게 물어보는 것이 많을까.

 "돌아가고 싶었던 적 없어요?"

 하릴없는 질문. 당신이 돌아가는 길을 찾도록 도와주는 실이 있다고 하자. 그리고 당신을 되돌리려 하는 실이 있다. 마음은, 끄는 힘에 이끌린다. 떨쳐 버리기 힘들다. 나는 항상 돌아가는 것을 생각했다. 구약 성서에 나오는 롯의 아내는 뒤돌아보고 소금 기둥으로 변했다. 기둥은 천장을 지탱해 주고 소금은 청결하게 해 주지만, 당신 자신과 맞바꾸는 것은 말도 안 된다. 하지만 사람들 대부분은 결국 되돌아간다. 그리고 살아남지 못한다. 두 가지 현실이 동시에 권리를 주장하기 때문이다. 너무도 힘든 일이다. 당신은 심장을 소금으로 절이거나 심장을 죽이거나 둘 중 하나를 선택할 수 있다. 여기에는 많은 아픔이 있다. 어떤 사람들은 당신이 두 가지 현실을 다시 누릴 수 있다고 생각한다. 그러나 어디선가 곰팡이가 필 것이고 사람들은 그 냄새에 숨이 넘어갈 것이다.

오랜 시간이 흐른 후에 돌아간다면 당신은 미칠 것이다. 당신이 남겨 두고 온 사람들은 변한 당신을 생각하지 않고 전과 똑같이 당신을 대할 것이고, 당신은 이를 무관심하다고 비난할 것이기 때문이다.

"어머니를 마지막으로 본 게 언제였어요?"

어떻게 대답해야 할지 나는 알지 못한다. 내가 뭘 생각하는지는 알고 있지만 머릿속의 단어들이 물속에서 들리는 목소리 같다. 단어들은 뒤틀린다. 이 단어들이 수면을 치고 나오는 소리를 듣는 것은 세심한 작업이다. 은행 강도가 금고 문을 열기 위해 희미하게 들리는 찰칵 소리를 듣고 또 듣는 심정이어야 한다.

"당신이 계속 어머니와 함께 있었으면 어떻게 됐을까요?"

난 예언가 대신 성직자가 되었을 것이다. 성직자들은 정연한 단어들로 이루어진 책을 갖고 있다. 오래된 단어들, 익히 아는 단어들, 능력에 관한 단어들. 항상 표면에 떠 있는 단어들. 모든 경우를 대비한 단어들. 단어들은 작동한다. 하기로 한 일을 한다. 위안과 훈육. 그러나 예언자에게는 책이 없다. 예언자는 황야에서 울부짖는, 항상 의미를 알 수 없는 목소리다. 예언자들은 마귀의 괴롭힘를 받기에 소리친다.

이 고대 도시는 돌과 아직 쓰러지지 않은 돌담으로 만들어졌다. 낙원처럼 강들이 경계를 두르고 전설 속 동물들이 있다. 이 동물들 대부분이 머리가 여러 개다. 당신이 우물에서 (여기엔 우물이 많다.) 물을 마시면 영생을 얻을 것이다. 그

롯기

러나 현재의 모습으로 영원히 산다는 보장은 없다. 당신의 유전자가 변할 수도 있다. 물이 당신에게 맞지 않을 수도 있다. 그러나 아무도 당신에게 이것을 말해 주지 않는다. 나는 도망치기 위해 이 도시로 왔다. 도시는 오르고 또 오를, 디자인에 감탄하고 꼭대기에서의 전망을 상상하며 점점 더 빨리 올라갈, 그런 탑들로 가득하다. 꼭대기에서는 매서운 바람이 불고 모든 것이 너무도 멀리 떨어져 있어서 뭐가 뭔지 구별되지 않는다. 함께 이를 토론할 이도 없다. 고양이들은 소방서에 의지할 수 있고 라푼젤에게는 다행히 긴 머리카락이 있었다. 다시 땅 위에 앉으면, 기분 좋지 않을까? 나는 도망치기 위해 이 도시로 왔다.

만약 악귀들이 내부에 있다면 악귀들과 함께 움직이는 것이다.

모든 사람들이 자신의 상황을 가장 비극적이라 생각한다. 나도 예외는 아니다.

나는 도심 지하철에서 외곽선으로 갈아탔고 뭔가 이상하다는 것을 눈치챘다. 붐비는 역인데도 사람이나 소음이 거의 없다. 우주에 재갈을 물린 듯 숨죽인 소리만 들린다. 무슨 일이지? 내 어깨에 얹히는 한 손.

"마지막 열차요." 나는 눈으로 시계를 찾았다. 겨우 8시 30분이다.

목소리의 주인공은 내가 어리둥절해하는 것을 본다. "눈 때문이죠, 선로가 눈에 막혔대요." 이 남자 무슨 말을 하는 거지? 난 겨우 몇백 킬로미터밖에 오지 못했는데 길이 끊겼다니. 의심스러운 생각이 든다. 나는 마법의 영역에 있으므로 어떤 일도 가능하다. 그렇지만 지금 당장은 이 열차에 타야 한다. 내가 탄 칸에는 끊임없이 한숨을 쉬는 한 남자가 이미 자리를 잡고 있다. 나는 장갑을 가져오지 않은 데다 내 좌석 위의 짐 신는 선반은 망가져 있다.

"통로에 짐 놓지 마세요." 열차 검표원이 한 소리 한다.

우리는 한쪽으로 비켜섰고 덕분에 숨이 막힐 뻔하던 나는 창가로 가게 된다. 창문 너머로 눈이 90센티미터가량 쌓인 듯하다. 철로가 눈에 덮였고 그 옆으로도 눈이 높이 쌓였다. 무릎까지 오는 웰링턴 부츠도 가져오지 않았는데. 남자의 한숨이 중얼거림으로 바뀌었을 무렵 우리는 첫 정거장에 도착한다. 오래 머물지는 않는다. 귀를 찢을 듯한 날카로운 소리가 울린다. 열차는 더듬거리고 주춤거리며 몇 미터쯤 삐걱거린다. 다른 사람들 몇이 통로로 달려온다. 검표원과 보안원과 중얼거리는 남자의 몸이 뒤로 쏠린다. 날카로운 소리는 멈추지 않는다. 나는 창밖으로 머리를 내밀고 커다란 검은 덩어리가 열차에 오르는 것을 바라본다. 갑자기 그 덩어리가 쑥 들어오고 기차는 다시 출발한다. 다시 자리로 돌아왔을 때 나는 그 덩어리가 찻간을 차례차례 지나치며 내게로 오고 있음을 알아차린다. "이런 젠장, 이런 젠장, 이런 젠장." 덩어리가 반복해서 말한다. "올라갈 시간도 안 주나. 이런 젠장,

난 심장도 약한데 말이야." 이 여자는 문에 끼었던 것이다.

이제 찻간 안에는 우리 세 사람이 있다. 덩어리 같은 여자는 두툼한 치즈 샌드위치를 들고 계속 불평해 댄다. 통통한 한 손으로는 오랫동안 보지 못한 친구를 잡듯 보온병을 꽉 쥐고 있다. 중얼거리던 남자는 사랑과 사랑 부족에 관한 짧은 노래를 부른다. 나는 조지 엘리엇의 소설 『미들마치』를 들고 있다. 사람을 미치게 하는 것은 다른 것이 아니다. 이 두 사람 사이에 있는 공간이다.

"그래, 이제 다 왔군." 열차가 이전에는 역이었던 곳에 이르렀을 때 난 생각했다. 옛날에는 이곳에 퀸메리호 모형과 대합실, 그리고 프라이스 파이브 보이스 초콜릿으로 가득한 자판기 한 대가 있었다. 전에 이 역을 출발해 리버풀에 간 적이 있었다. 엘시가 나에게 떠 준 찻주전자 덮개 같은 모자를 쓰고. 엘시는 이 모자를 나의 '구원 헬멧'이라고 불렀다.

바람이 불었다. 시 공회당, 불 켜진 크리스마스트리, 구세군이 준비한 구유 앞을 미끄러져 지나는 통에 내 신발은 축축하고 시커메졌다. 집 근처의 길게 늘어선 거리 아래에 이르렀을 때 눈이 다시 오기 시작했다. 꼭대기에 있는 언덕은 기차에 탔던 그 덩어리 여자 같았다. '열 블록, 가로등 스무 개.' 자동적으로 나는 숫자를 셌다. 곧 도착한다. 장갑을 가져왔으면 좋았을 텐데. 마지막으로 가로등 몇 개. 그리고 불현듯 나는 현관 앞에 서 있다. 응접실 창에 칠을 해서 안이 잘 보이지 않는다. 형체가 대충 보이고 「천사 찬양하기」인 듯한 찬송 소리가 들린다. 그 찬송가 같기는 한데 뒷부분에 분명히 삼바 리듬이 들어갔다. 나는 망설이다가 모든 호르몬을 끌어 모아 현관문을 연다. 로비에 불이 켜져 있다. 벽지는 이제 없지만 순록 구둣주걱은 기압계 옆에 아직 건재하다. 이제 응접실로 들어갈 것이다. 그리고 최상의 사태를 희망해 본다. 응접실에는 좋게 말하면 기묘한 장치라고 할 만한 것이 있고 그 앞에 어머니가 앉아 있다. 더욱 흥미로운 것은 어머니가 그걸 연주하고 있었다는 것이다.

"어머니, 저예요." 가방을 내려놓고 나는 기다렸다. 어머니는 회전의자에 앉은 채 방향을 돌렸다. 악보 한 장을 흔들면서. 악보 겉장에 '기쁜 소식들'이라고 쓰여 있다.

"와서 이것 좀 봐라, 전자 오르간이란다." 그리고 어머니는 다시 회전해서 자리로 돌아가 건반에 잔물결을 일으켰다.

"피아노는 어떻게 하고요?"

"아, 요즘은 모두 전자 쪽으로 바꾸는 추세야. 난 시류를 따라가는 것이 좋아."

나는 가까이 다가가 장치를 살펴보았다. 굉장히 큰 데다 맨 위에는 화려하게 장식한 보면대가 있었다. 키보드가 두 개 있고, 색색의 손잡이와 버튼이 한 줄로 늘어서 있었다. 각각의 버튼 위에는 "업라이트 피아노", "실로폰" 등의 글자가 인쇄되어 있었다.

"업라이트 피아노 소리 한번 들어 봐라." 어머니는 이렇게 명령하고서 「음산한 한겨울에도」 1절을 땅땅 연주했다.

"분위기 좋은데요." 인정해야 했다.

"분위기만이 아니다. 보여 주마." 그다음 삼십 분간 어머니는 이 장치로 연주하는 시범을 보였다. 북소리가 들어간, 그리고 들어가지 않은 「동방 박사 세 사람」. 플뤼겔호른과 베이스 앙상블을 곁들인, 그리고 곁들이지 않은 「동방 박사 세 사람」. 어머니는 대중가요도 연주할 수 있었다. 빠른 박자의 기타 연주도.

"청년부 모임에서 연주할 거다." 어머니가 설명했다. "우리는 밴드도 운영할 계획이야. 조이스트링스* 같은 밴드 말이다." 어머니가 전자 오르간 스위치를 껐다. 그리고 우리 둘다 그 기계를 찬미할 수 있도록 뒤로 물러섰다. "의자까지 한 세트란다." 어머니가 플러시 천과 멜라민으로 이루어진 조각을 가리켰다. "그리고 내가 가장 좋아하는 찬송가 장정본도 한 권 가지렴. 물론 난 『구원 찬송가집』을 장정했다." 송아지 가죽으로 장정한 것이었다. 금 잎사귀로 글자를 넣고 어머니 이름의 이니셜을 책등에 넣어서. 나는 고개를 끄덕이고 차 한잔 마실 수 있냐고 물었다.

"이 장정본, 유족회에서 얻었어요?" 나는 어머니에게 물었다. 장식 부분은 어머니가 디자인했을 수도 있다고 생각했다. 잠시 대답이 없던 어머니의 얼굴이 빨개졌다. 어머니는

---

* 구세군의 가스펠 밴드로 대중적 인기를 누렸다.

유족회가 해산되었고, 모어컴 게스트 하우스에서는 부패 사건이 있었으며, 본 목사는 파산했다고 했다. 어부들을 선교하기 위해 따로 모아 두었던 성금 대부분이 목사의 노름빚으로 쓰인 듯했다. 어머니가 걷어 들인 회비와 종교 장식품 매출에서 생긴 이익은 목사의 아내가 생활비로 썼다. 그와 사이가 나빴던 아내가 말이다. 목사와 함께 살던 여자는 부인이 아니라 애인이었다.

"올백 머리 여자 말이다." 어머니는 뱉듯이 말했다. "올백 머리를 하고 죄 속에 살다니."

유족회가 파산 직전 상태임이 밝혀졌을 때 어머니는 자신의 방대한 회원 군단에 편지를 보내 자금을 요청하며 유족회가 그리 오래 견디지 못할 수도 있다고 경고했다. 반응은 가히 뜨거웠다. 수년간의 여러 기쁨에 감사하는 편지와 함께 우편환이 도착하기 시작했다. '저는 그 접을 수 있는 말끔한 계시록 사본을 어디든 지니고 다닌답니다.' 한 여자는 편지에 이렇게 썼다. 결국 어머니는 남아 있던 『짐 리브스의 기도 예배 모음집』 모두를 반값에 처분했다. 그렇게 빚을 갚고, 본 목사가 콜윈 베이로 잠깐 휴가를 갈 돈까지 남길 수 있었다.

모어컴 게스트 하우스는 수프가 너무 묽고 수건을 제때 바꾸지 않아 보건 당국의 조사를 받았다. 황폐한 지경에 이른 그곳을 깔끔하게 청소하거나 아니면 문을 닫으라는 명령을 받았다. 상황은 최악으로 치달았다. 게다가 그곳에서 《사이킥 위클리》에 최근 유가족이 된 이들에게 '모어컴에서 가장 유명한 영매' 서비스를 제공한다는 광고를 낸 것을 어머니가 발견했다. 게스트 하우스는 당구대가 놓인 방에서 매주 금요일 영매 집회를 열었다. 영매 집회에 참석하려면 추가 비용을 내야 했으며 저녁 식사를 걸러야 했다. 영매는 배가 꽉 찬 상태로 일하는 것을 좋아하지 않았으니까. 어머니는 너무도 화가 나서 《밴드 오브 호프 리뷰》에 악마론에 관한 장문의 글을 기고했고 잘 때 읽으라고 그 글을 내게 주었다.

"어머니가 할 일이 많은 건가요?" 내가 걱정스레 물었다.

"말했잖니, 전자 쪽으로 갔다고. 응접실에서만 연주하는 게 아니다." 어머니는 모호하게 얼버무리고 더 이상 말하려 하지 않았다. 우리는 잠시 내가 어떤 일을, 왜 하는지에 관해 얘기를 나눴다. 자세히는 아니라 그냥 우리 두 사람 모두 노력하고 있다고 느낄 정도로만 얘기했다.

"네 사촌은 지금 경찰이 되었어." 어머니가 밝게 말했다.

"그거 잘됐네요."

"그래, 젊은 남자도 얻었더라." (어머니는 일부러 나를 보지 않았다.)

"그거 잘됐네요."

"네 안부를 묻더구나."

"죽지 않았다고만 하세요. 그래야 화관 만드는 돈을 허비하지 않죠." 잠자리에 들 시간이라는 판단이 들었다.

"이거 잊지 말고." 자신의 글을 나에게 건네며 어머니가 새된 목소리로 말했다.

퍼시벌 경은 바위산에 지어진, 언덕 옆 자락에 있는 장엄한 성에 도착했다. 그가 다가가자 다리가 그를 향해 내려왔다. 송어가 성 외곽 못에서 수영하는 것이 보였다. 그의 말은 지쳐 있다. 퍼시벌 경은 말에서 내려 말과 함께 걸어서 다리를 건넌다. 성벽 안쪽에는 무장을 한 난쟁이가 한 명씩 서 있다. 난쟁이들이 기사에게 인사를 건네며 환영한다고 말하고, 안에 가면 고기가 있다고 일러 준다. 한 난쟁이는 말을 데려가고 다른 난쟁이가 길을 안내한다. 퍼시벌 경은 온통 오크 목재로 꾸민 어떤 방에 자신이 와 있음을 알게 된다. 난쟁이는 그에게 해 질 때까지 쉬라고 명한다. 퍼시벌 경은 원탁을 떠난, 왕을 떠난, 왕의 비애에 찬 얼굴을 떠난 자신을 저주한다. 카멜롯에서의 마지막 저녁에 그는 아서왕이 정원을 거니는 것을 발견했고, 아서왕은 아이처럼 울며 이제 아무도 없다고 했다. 아서왕은 말에 달 종을 끈에 엮어 그에게 주었다. 첫째 날과 둘째 날과 셋째 날, 퍼시벌은 돌아갈 수도 있었을 것이다. 그는 아직 멀린의 영역 안에 있었다. 나흘째 되는 날, 숲은 야생 그대로였으며 황량했다. 그리고 그는 자신이 어디에 있는지, 심지어는 무엇이 그를 거기로 몰아왔는지 알 수 없었다. 이제 퍼시벌 경은 침대에 누워 잠이 든다.

그는 천둥이 요란하게 치고 그렇게 폭풍이 부는 가운데 낮보다 일곱 배는 더 밝은 햇살이 비추던 그 저녁 식사 때의 꿈을 꾸었다. 그들 각자는 전에 전혀 본 적이 없는 사람을 보듯 상대를 보았고 모든 이들이 놀란 나머지 말문이 막혔다.

그리고 홀 안으로 하얀 세마이트* 천에 덮인 성배가 들어왔다. 그들은 그 자리에서 맹세했고 성배를 찾아 나섰으며, 성배가 보일 때까지 쉬지 않았고, 아서왕은 앉아서 말없이 창밖을 바라보았다.

퍼시벌 경이 눈을 뜨자 해가 지고 있었다. 몸을 씻고 주인을 맞아야 한다. 성배 이야기는 할 것이나 성배를 찾는 이유는 말하지 않을 것이다. 그는 완벽한 영웅주의의 미래상이 스치듯 지나가는 것을 보았다. 완벽한 평화의 미래상을. 그는 평정을 찾았다. 그는 화초를 가꾸고 싶어하는 전사였다.

어머니가 뜨거운 코코아 한 잔과 쇼핑 목록을 가져와서는 나를 깨웠다. 나는 어머니를 위해 시내에 갈 것이다. 어머니는 스프랫 목사에게 편지를 보내야 했다. 눈이 더 심하게 내리는 통에 어머니는 우선 가게에 들러 웰링턴 부츠 한 켤레를 샀다. 한층 용기가 난 나는 해충 가게의 아크라이트 부인에게 들르기로 결심했다. 초인종이 울리자 봉지에 가루약을 담던 아크라이트 부인이 고개를 들었다. 그녀는 거의 오 분이 지나서야 나를 알아보았고, 그제야 카운터에 몸을 기대며 내 어깨를 세게 쳤다. "안녕하세요." 벼룩 퇴치용 가루약을 털어 내며 내가 말했다. "잘 지내시죠?"

"지긋지긋하다." 부인이 코트를 걸쳤다.

<hr>

*   금사를 섞어 짠 비단.

"이젠 너도 코크 앤드 피슬에서 한잔해도 될 나이지?" 나는 고개를 끄덕였고 부인은 문에 '외출 중' 팻말을 걸고 펍으로 안내했다. 전에 어머니는 코크 앤드 피슬은 도둑놈들과 세금 뜯어내는 자들의 소굴이라고 항상 내게 말했다. 처음으로 이곳에 와 보니 그리 흥미롭지는 않았다. 바닥에는 리놀륨 장판이 깔렸고 나이 들고 시든 남자들 몇 명이 바에 앉아 있었다. 아크라이트 부인이 작은 방으로 나를 앞세웠고 약한 것으로 두 잔을 주문했다. "그래, 난 네가 영영 여길 뜬 줄 알았다."

"크리스마스 보내려고 잠시 온 거예요."

그녀가 콧방귀를 뀌었다. "그럼 더 바보고. 여긴 빌어먹을 먼지 구덩이야, 죽었다고."

"장사가 잘 안 되세요?"

"엉망이지. 그놈의 신식 중앙난방인지 뭔지. 그걸 설치하려면 벽 속에 방습재를 넣어야 하거든. 그래서 그게 벌레를 모두 없애는 거야. 불만을 호소해서 보상을 받으려 했는데, 사람들은 진보라는 게 그런 거니까 나더러 반려동물 쪽에 집중하란다."

"그럴 순 없어요?"

아크라이트 부인이 쾅 하고 탁자를 쳤다. "물론 그렇게는 못하지. 요즘 여기 사람들 모두 쿨한 척하느라고 해충 가게에는 코빼기도 보이지 않으려 해. 게다가 너도 알겠지만 난 그놈의 푸들은 못 참아 주겠거든. 난 빌어먹을 푸들 가게나

운영할 수 없다고."

난 그녀에게 언제 어떻게 이 모든 일들이 시작된 거냐고 물었다.

"욕실." 그녀가 험악하게 말했다. "현대식 욕실 때문이야." 시 의회에서 공장 지대의 집들이 주거에 바람직하지 않다는 것을 마침내 인정한 모양이었다. 의회에서 기초적인 개선을 위해 많은 돈을 쏟아 부었다고 했다. 다닥다닥 붙은 모든 연립형 주택에 욕실을 지을 자금을 지원한 것이다.

"욕실 다음에는 중앙난방, 그다음에는 푸들을 원하지." 아크라이트 부인이 계속 큰 소리로 규탄했다. "우리 모두 중앙난방이 뭘 하는 건지 알고 있다고. 몸의 수분을 말려 버리는 거야, 안 그래?" 그녀는 아주 씁쓸해했다. 그녀가 여러 해에 걸쳐 이 지역을 병충해에서 보호해 주었는데 말이다. 그녀는 최신 살충제가 나오는 대로 투자했고, 시도 때도 없이 사람들에게 조언했으며, 외국 수입 약품의 정보를 얻는 데도 열심이었다.

"이젠 내가 알아볼 수 없는 벌레란 어느 곳에도 없어." 그녀가 긍지를 갖고 내게 말했다.

"앞으로 뭘 하실 거예요?"

그녀가 나를 힐끗 보았다. 그리고는 주변을 재빨리 살피더니 손가락을 입술에 갖다 댔다. 나는 한 마디도 흘리지 않겠다고 약속해야 했다. 그녀에게는 모아 놓은 돈이 약간 있었다. 빙고에서 딴 것을 모두 저축한 것이다. 이민을 갈 거라고 했다.

난 그 말에 매료되었다. 그녀가 한평생 가장 멀리 가 본 곳은 블랙풀이 고작이었다.

"어디로요?"

"토레몰리노스."

"어디요?"

"안내 책자에서 봤는데, 거기 가서 그 뭐냐, 빌란가 뭔가 그런 데서 살 거야. 여행자들한테 동물 모양 장난감을 팔 생각이야. 영어로 말하는 사람한테서 물건 사는 걸 관광객들도 좋아할 거야." 내가 빌라, 비행기, 장난감, 먹고살 돈 등의 비용을 따져 보는 동안 부인은 자신감이 붙었다. 그녀는 자신이 스페인어를 배우기 위해 책을 보며 일주일에 두 번씩 야간 수업을 듣고 있다고 흥분해서 계속 조잘댔다.

"돈은 충분해요?" 난 알아야만 했다.

"별로 그렇진 않아. 그래서 내 가게를 태워 버려야 해." 그녀가 나를 자세히 살펴보았다. 그러고는 한 마디도 발설하지 않겠다는 내 약속을 다시 다짐받았다. "네 주소를 주면 나중에 신문에 난 기사를 보내 주마."

그녀는 준비를 마친 상태였다. 천천히 타는 퓨즈, 여러 가지 인화성 물질, 야간 수업 시간에 일이 터지도록 해 자신은 무사히 용의선상에서 빠져나올 계획이었다. 어차피 가구는 필요 없었고 옷도 새로 사면 그만이었다. 이민 서류와 귀중품은 은행에 맡겨 두었다. 그녀는 크리스마스가 다 지날 때까지는 착수하지 않을 생각이었다.

"불쌍한 소방관들에게도 가족하고 보낼 시간은 있어야지."

우리는 술을 몽땅 들이켰다. 나는 처음처럼 벼룩 가루약
을 봉지에 담는 그녀의 모습을 뒤로하고 나왔다.

다진 고기와 양파를 샀고, 트리켓 가게가 아직도 같은 곳
에서 같은 것을 팔고 있음을 확인했다. 베티는 여전히 반창
고로 고정한 안경을 끼고 있었다. 모나가 안경 위로 소고기
버거를 떨어뜨린 그해부터 지금껏 내내 말이다. 베티는 나를
알아보지 못했고 나도 알은체하고 싶지 않았다. 난 내가 도
대체 여길 떠나 있었던 것이 맞는지 의아해졌다. 어머니는
예전과 똑같이 나를 대했다. 내가 없었던 것을 몰랐나? 내가
떠났던 까닭을 기억하고는 있나? 나에게 한 가지 이론이 있
다. 당신이 중요한 선택을 할 때마다, 뒤에 남은 당신의 일부
가 당신이 누릴 수도 있었을 다른 삶을 계속한다는 것이다.
어떤 사람의 영향력은 매우 강력하여 그의 일부가 자신의 몸
외부에서 새로이 자신을 만들어 내기도 한다. 환상이 아니
다. 도예가는 아이디어가 떠올랐을 때 이를 자기(瓷器)로 만
들고, 자기는 도예가를 넘어서서 그것만의 별개의 삶을 산
다. 도예가는 자신의 사고를 보여 주기 위해 물리적 실체를
이용하는 것이다. 만약 내가 나의 사고를 보여 주기 위해 형
이상학적 실체를 이용한다면, 나는 한번에 여러 곳에 존재하
여 수많은 것에 영향을 줄 수도 있다. 도예가와 그의 자기가
다른 장소에서 영향력을 행사하는 것과 똑같은 이치로. 나는

이곳에 결코 있지 않았으나 나의 모든 부분들이 내가 한, 그리고 하지 않은 모든 선택들과 함께 흐르며 한순간 서로 스치게 될 가능성이 있다. 내가 여전히 북부에 사는 전도사이면서 동시에 달아난 사람일 수 있는 것이다. 아마도 잠시 동안 이 두 자아가 융합되었을 것이다. 시간에 있어 나는 앞으로 나아가지도 뒤로 후퇴하지도 않았다. 시간을 가로질러 나였을 수도 있었던 사람으로 간 것이다.

"여보세요, 손님, 들고 있는 차를 흘렸잖아요." 베티가 분개하며 말했다. 그래서 나는 돈을 두 배로 지불하고 나왔다.

곧장 집으로 가지 않고 언덕으로 올라갔다. 날씨가 이러니 언덕에는 아무도 없었다. 아직 여기 살았다면 나도 따뜻한 집에 있었을 것이다. 바보짓은 방문객들의 특권이다. 맨 꼭대기까지 올라갔다. 거기에서 원을 그리며 내리는 눈이 이 소도시를 덮고 지워 버리는 것을 지켜볼 수 있었다. 모든 검은 부분이 지워졌다. 난 아주 인상적인 설교를 할 수도 있었을 것이다⋯⋯ "나의 죄가 구름처럼 내 위에 걸려 있습니다. 그분께서 이 죄를 지우시고 나를 자유롭게 풀어 주셨습니다⋯⋯." 이런 설교. 그러나 천국은 우주 비행사들로 가득하고 주님은 권좌에서 타도된 이때, 신은 어디에 계신 걸까? 나는 신이 그립다. 절대적으로 헌신하는 사람들과 함께하는 것이 그립다. 나는 아직도 신이 날 배반했다고는 생각하지 않는다. 신을 모시는 하인들의 배신. 그래, 그렇지만 하인들은 그들의 본성 자체로 배신하게 되어 있다. 나의 친구였던 신이 그립다. 난 신이 존재하는지 알지 못하지만, 하느님이 감정적 역할 모델이라면 극소수의 인간관계만이 이에 견줄 수 있을 것임은 분명하다. 언젠가는 이런 인간관계가 가능할 수 있겠다는 생각이 든다. 전에는 이것이 가능하다고 생각했고 이런 어렴풋한 감지가 나를 방황하도록, 땅과 하늘 사이의 균형을 찾아보도록 이끌었다. 만일 하인들이 우리 사이에 끼어들어 우리를 갈라놓지 않았다 해도 나는 실망했을지 모른다. 흰 세마이트 천을 걷어 보았다가 안에서 수프 한 그릇만을 발견했을지도 모른다. 사실 나는 정착할 수 없다. 나는 누군가를, 죽을 때까지 날 사랑할 사나운 사람을 원한다. 사랑은 죽음만큼 강하고 영원하며 또 평생 나의 편일 것임을 알고 있다. 나는 나를 파괴할, 그리고 나에 의해 파괴될 사람을 원한다. 세상엔 수많은 형태의 사랑과 애정이 있다. 어떤 사람들은 평생 동안 서로의 이름도 모른 채 함께 지내기도 한다. 이름을 붙여 준다는 것은 힘들고 시간이 걸리는 과정이다. 이는 본질과 관련된 것이며, 힘을 의미한다. 그렇지만 사나운 밤에 누가 당신을 집으로 부르겠는가? 당신의 이름을 아는 사람뿐이다. 낭만적 사랑은 싸구려 소설로 희석되어 수천 수만 권의 책으로 팔린다. 어딘가에서는 낭만적 사랑이 여전히 원전으로, 석판에 적혀 있다. 이를 위해서라면 나는 바다라도 건너고 뙤약볕 아래에서의 고생도 마다 않고 내가 가진 전부를 줄 것이다. 그러나 남자를 위해서는 그러지 않을 것이다. 남자들은 파괴자가 되려고만 하지 결코 파괴되려 하지 않으니까. 그래서 남자들은 낭만적 사랑에 어울리지 않는다. 물론 예외는 있다. 그리고 난 그들이 행복하기를 바란다.

내가 필요로 하는 것이 알려져 있지 않다는 것에 겁이 난다. 이 필요가 얼마나 거대한지, 얼마나 높은 것인지 나는 알지 못한다. 충족되지 않았다는 것을 알 뿐이다. 기름 한 방울의 원주를 알고 싶으면 송진 가루를 이용하면 된다. 내가 찾는 것이 그것이다. 송진 가루 한 통, 그리고 이 가루를 나의 필요 위에 뿌릴 것이다. 이것이 얼마나 큰지 알아낼 것이다. 내가 누군가를 만났을 때 이 실험 결과를 자세히 써서 보여줄 것이다. 필요가 자라는 것이라면 나는 그 크기를 잴 수 없을 것이다. 필요가 변하거나 사라지는 것일 때에도. 내가 확신하는 한 가지는 배신당하고 싶지 않다는 것. 그러나 일상적으로 관계를 시작할 때 이를 구별하기는 상당히 어렵다. 이 배신은 사람들이 자주 행하는 그런 배신이 아니다. 그래서 나를 혼란스럽게 한다. 여러 종류의 배신이 있지만 어디에서건 배신은 배신이다. 내가 말하는 배신이란 당신 편이라고 약속하고서 다른 사람 편이 되는 것이다.

채석장을 향해 경사진 언덕 사면에 서 있었기 때문에 멜라니가 전에 살았던 곳이 보이지는 않았다. 집을 떠난 지 두 해가 지났을 때 우연히 멜라니를 만났다. 그녀는 손수레를 밀고 있었다. 전에는 소가 된 것처럼 평온했다면 그때는 거의 식물이나 다름없었다. 계속 그녀를 지켜보는 동안 나는 우리가 어떻게 친밀한 관계를 나누었는지 의심이 들었다. 그러나 그녀가 처음 나를 떠났을 때만 해도 패혈증에 걸린 것만 같았다. 그녀를 잊을 수 없었다. 이제 그녀는 모든 것을 잊은 듯했다. 그 모습에 나는 그녀를 뒤흔들고 싶어졌다. 길한가운데 서서 옷을 전부 벗고 소리치고 싶었다. "이 몸 기억해?" 시간은 위대한 둔화제다. 사람들은 잊고, 지겨워하고, 늙고, 떠난다. 그녀는 시간상 우리 사이에 그렇게 많은 일은 일어날 수 없다고 했다. 그러나 세월은 매듭으로 가득한 끈이다. 당신이 할 수 있는 최선은 이를 존중하는 것, 매듭을 더 만드는 것일지도 모른다. 역사는 흔들기 위한 해먹이요, 놀기 위한 게임이다. 고양이의 요람. 그녀는 그런 감정, 그녀가 한때 내게 가졌던 감정은 죽었다고 했다. 죽은 것에는 유혹적인 면이 있다. 죽은 것은 함부로 다룰 수도, 바꿀 수도, 다시 채색할 수도 있다. 죽은 것은 불평하지 않을 것이다. 그러고 나서 그녀는 웃었고, 우리 사이에 있었던 일을 우리가 아주 다르게 이해하는 것 같다고 했다……. 그녀는 다시 웃었다. 그러고는 내가 이해하는 식으로 보면 괜찮은 이야기가 될 것이며, 그녀의 견해로는 그저 역사, 그냥 사실이라고 했다. 그녀는 내가 편지를 보관하지 않았기를, 어리석게 의미없는 것에 매달리지 않기를 바란다고 했다. 마치 편지와 사진이 더 사실적이고 위험하다는 듯. 난 편지 없이도 지난 일을 기억한다고 했다. 그러자 그녀는 모호한 표정으로 날씨와 도로 공사, 치솟는 이유식 가격에 대해 늘어놓기 시작했다.

그녀가 내게 무슨 일을 하냐고 물었을 때 난 펜들 힐* 꼭
대기에 있는 유아들을 희생시키고 있다고, 혹은 백인 노예
시장에 손대고 있다고 말해 버리고 싶었다. 그녀를 화나게
할 수 있는 거라면 뭐든지 하고 싶었다. 그녀 자신의 말에 따
르면 그녀는 여전히, 행복했다. 그녀와 남편은 육식을 끊었
고, 그녀는 또 임신을 했으며, 기타 등등. 심지어는 어머니에
게 편지를 쓴다고 했다. 어머니와 멜라니는 유색인들을 위
한 첫 선교 사업에서 함께 일했다. 어머니는 그녀의 전쟁 대
비용 찬장에 있는 파인애플 깡통을 모두 헌납했다. 어머니는
유색인들은 주로 파인애플을 먹는다고 생각했던 것이다. 또
한 유색인들이 춥지 않도록, 돌아다니며 담요를 걸었다. 최
초의 유색인 목사가 집을 방문했을 때, 어머니는 그에게 파
슬리 소스의 중요성을 설명하려 애썼다. 나중에 어머니는 그
목사가 생의 대부분을 헐**에서 살았음을 알았다. 지금도
선교직 자리를 기다리는 멜라니는 이 모든 일을 최선을 다
해 해결해 보려 했지만 그녀의 역량에 부치는 일이었다. 그
런 이유로 선교 사업 기간 내내 모든 사람들이 파인애플을
곁들인 돼지고기, 파인애플 케이크, 파인애플 소스를 넣은
닭고기, 파인애플 덩어리, 파인애플 조각을 먹어야 했다. "결
국……" 어머니는 철학적으로 말했다. "오렌지만이 과일은

*   Pendle Hill. 17세기 때 마녀 사냥으로 여러 여자들이 처형된 마을 중
하나.
**   Hull. 영국 잉글랜드 북동부에 있는 항구 도시.

아니니까."

언덕에서 내려왔을 때는 날이 어두워지고 있었다. 회오리
치며 내리는 눈이 얼굴에 달라붙었다. 문득 우리 집 개가 생
각나 갑자기 몹시 슬퍼졌다. 개의 죽음, 나의 죽음. 변화와 함
께 오는, 부득이하게 죽어 가는 모든 것들 때문에 슬펐다. 손
실을 의미하지 않는 선택이란 없다. 그러나 내 개는 깨끗한
흙에 묻혔다. 그리고 내가 묻은 것들은 자신을 파헤치고 있
었다. 내가 더 편리한 시간을 위해 제쳐 놓았던 냉습한 두려
움과 위험한 생각과 그림자들. 이것들을 영원히 무시할 수는
없다. 항상 계산을 마무리해야 할 시간이 오는 것이다. 그러
나 어두운 곳이라고 항상 빛이 필요한 것은 아니다. 나는 이
를 기억해야 한다.

내가 들어갔을 때 어머니는 헤드폰을 끼고 종이에 뭔가를
적고 있었다. 어머니 앞에는 커다란 라디오가 있었다. 내가
어머니의 어깨를 두드렸다.

"심장 마비 걸리겠다." 손잡이를 위아래로 돌리며 어머니
가 쏘아붙였다. "지금은 얘기 못 해. 받고 있는 중이라."

"뭘 받아요?"

"내 보고서." 어머니는 다시 헤드폰을 쓰고 뭔가를 갈겨쓰
기 시작했다. 한 시간은 족히 지나서야 어머니가 뭘 하는지
알 수 있었다. 우리는 베스타 쇠고기 리소토를 한 그릇씩 들
고 마주 앉았고, 나는 어머니가 어떻게 전자 음악 쪽으로 가
게 됐는지를 알게 됐다. 어머니의 라디오 겸용 축음기의 수

신기가 갑자기 고장 나서 「세계 선교 소식」을 듣지 못하게 되었다. 어머니는 수표를 들고 여러 가게를 뒤지며 교체할 것을 찾다가 조립해서 쓰는 라디오 광고를 봤다. 그것을 산 후 연결용 휴대 트랜지스터를 가장 싼 것으로 구입했다. 라디오는 하나의 사치품이었으나 유족회가 얼마 전에 와해되어 어머니에게는 관심을 기울일 뭔가가 필요했다. 어머니는 아주 힘들었다고 했다. 그러나 결국 다른 것에 관심을 돌리는 데 성공했고, 늘 그랬듯 이제는 라디오 청취뿐 아니라 영국 전역에 있는 기독교인들에게 정기적으로 연설을 한다. 이미 회의를 열 계획, 그리고 전자 신도들을 위한 계획이 세워져 있었다.

"이건 주님의 뜻이다. 그러니까 내가 작업할 때는 방해하지 마라."

어쩌면 나로 하여금 잠자리에 든 후 손상되지 않은 과거와 함께 깨어나기를 바라게 한 것은 눈〔雪〕, 아니면 음식, 아니면 내 인생의 불가능성일 것이다. 나는 커다란 원 안을 달리다가 다시 출발선에 있는 나와 만난 것인지도 모른다.

퍼시벌 경은 성의 주인이 잠자리로 물러간 후로도 한참 동안 좁은 의자에 계속 앉아 있었다. 활활 타는 횃불 아래에서 그는 자신의 손을 자세히 들여다보았다. 한 손은 호기심이 왕성했고, 확신에 차 있고 단단했다. 그의 부드럽고 사려 깊은 손. 개에게 먹이를 주거나 악마의 목을 비트는 손. 다른 손은 영양 부족인 것 같았다. 뻣뻣하고, 미심쩍어하고, 텅 비고, 불편한 손. 겁먹은, 그러나 균형을 잡는 손. 퍼시벌은 그날 밤 화가 났다. 그의 여정은 수확이 없는 듯했고, 그 스스로 잘못 인도된 것 같았다. 성의 주인은 그에게 왜 길을 떠났는지를 물었다. 꼭 듣고 싶어서는 아니었고, 본인 나름대로 이유를 추측하고 있었다. 왕이 미쳤거나 원탁이 파멸했던 게지. 퍼시벌은 말이 없었다. 그는 자신의 대의를 위해 떠났다. 그 이상은 없었다. 그는 그날 아서왕에게 돌아가기로 마음먹었다. 자신이 면사를 감는 실패에 감겨 당겨지는 느낌이었고, 그래서 어지러운 이 당김에 항복하여 주변에 익숙한 것들이 있는 곳에서 깨어나고 싶었다. 그날 밤 잠들었을 때 그는 자신이 거대한 오크 나무 아래 저 깊은 곳에 매달린 거미가 된 꿈을 꾸었다. 까마귀 한 마리가 오더니 거미줄을 뚫고 날아갔다. 그래서 그는 바닥으로 떨어져 허둥지둥 달아났다.

다음 날 눈을 떴을 때는 막 구름을 뚫고 나온 해가 먼지 낀 창문을 비추고 있었다. 집이 조용하게 느껴졌다. 보통은 어머니가 테이프를 틀고 노래를 따라하며 내가 화음을 넣으려 했을 터였다. 어머니는 핀치 목사가 이 지역에 올 때마다 목사의 악마 퇴치 버스를 타고 함께 돌아다녔다. 어머니는 자신에게 그런 경험이 많으므로 악마 들린 아이가 있는 고통받는 부모들에게 도움이 될 것이라고 느꼈다. 어머니는 영적으로 고통받는 이들을 위한 지침서를 만들기 시작했다. 하지 말아야 할 일, 연락할 사람, 읽어야 할 성경 구절을 적은 것이었다. 물론 성가대는 테이프를 만들어 찬송으로 마귀를 쫓으려 했다. 대부분은 핀치 목사가 직접 작곡한 곡이었다. 어머니에게 취미가 있는 것은 반가웠지만 나의 특정 죄가 지침서에 올라와 있는 것은 유쾌하지 않았다. 그래도 적어도 딸들을 가둬 두라고 경고하지는 않았다.

나는 크리스마스 직후까지 신도들과 함께 지냈다. 할 수 없이 기독교 방송에서 끊임없이 나오는 프로그램을 보고, 신경이 너무 예민해져서 딸꾹질이 나오는 것을 주체할 수 없는 화이트 부인과 고기 파이를 먹어야 했다.

"잭, 각성제 좀 가져오세요." 화이트 부인이 파래질 때까지 부인의 코를 꽉 쥐고서 어머니가 명령했다. 하지만 냄새로 정신 차리게 하는 그 약은 소용이 없었고 결국 화이트 부인은 아버지의 팔에 들려 버스 정류장까지 옮겨졌다.

"다 네 탓이다." 어머니가 투덜거렸다. "그것도 크리스마스이브에 이게 뭐니." 그러고서 어머니는 다시 거실로 들어가 포트와인을 한 모금 마시고 크리스마스 선물을 살짝 들여다보았다. 자신의 선물을 열어 보고 싶어 조바심이 난 눈치였지만 이제 겨우 11시였다.

우리는 시간을 보내기 위해 비틀 게임을 하기로 했다.

"너 속임수 썼구나." 내가 곤충의 마지막 빨간 다리를 맞출 때 어머니가 탄성을 질렀다. "죄인은 절대 믿으면 안 된다니까."

"알았어요. 한 판 더 해요." 그래서 우리는 또 게임을 했고 자정 오 분 전이 되자 어머니는 벌떡 일어서서 빅벤 소리를 듣기 위해 라디오 스위치를 켰다. "네 잔도 가져와라." 레모네이드와 포트와인으로 잔을 가득 채우며 어머니가 외쳤다. "메리 크리스마스, 주님을 찬양하라. 자 그럼, 내 선물이 뭔지 볼까?" 어머니는 곧장 트리 밑의 선물로 돌진했다.

"엄마, 천사를 떨어뜨렸잖아요." 내가 뭐라고 했다. 어머니는 천사를 집어 다시 트리에 꽂았다, 거꾸로. 한 손으로는 선물 포장지를 뜯는 중이었다.

"이건 스프랫 목사님이 보낸 거란다." 어머니가 간절하게 말했다. 내가 고개를 끄덕였다. 도대체 어떤 물건이기에 저런 모양이며, 어떻게 세관을 통과했는지 의아할 뿐이었다.

"어머나, 이것 좀 봐라." 어머니가 외쳤다.

맨 위에 경첩이 달린 코끼리의 발이었다. 어머니는 순간 망설이더니 뚜껑을 다시 확 닫았다. 코끼리 다리 모양의 말씀 상자였다. 두 겹으로 된 작은 두루마리 모두 감겨 있었고, 하나하나마다 성서 말씀이 적혀 있었다. 이것을 조심스럽게 식기대 꼭대기에 올려놓는 어머니의 눈에 눈물이 고였다.

"모드 이모가 보낸 이 선물은 뭐예요?" 딱딱하고 긴 물체를 꺼내며 내가 물었다.

"아, 그건 아마 속에 칼이 든 지팡이일 거야. 이모가 어떤 걸 좋아하는지 너도 알잖니." 어머니가 내 머리를 토닥였다. "내가 관심 있는 건 이거다. 네 아버지가 주는 선물."

그건 납작했고, 포장이 다소 건성이었다. 어머니가 천천히 그 선물을 풀었다. 거기에 있는 것은 새총이었다. 난 믿을 수가 없었다.

"왜 아버지가 어머니한테 새총을 사다 준 거죠?"

"내가 부탁했거든, 그놈의 옆집 고양이들을 없애 버리려고." 그리고 어머니는 자신이 음식 부스러기에서부터 협박에 이르기까지 모든 방법을 시도한 얘기를 했다. 그러나 고양이들은 아직도 어머니의 장미에다 오줌을 눈다. 어머니는 이제 새총에다 마른 콩을 끼워 고양이를 겨눌 것이다. 난 어머니에게 카디건 한 벌만 사 왔다는 말을 어떻게 해야 할지 몰라 고개만 저었다…….

다음 며칠간은 부모님을 그리 많이 보지 못했다. 어머니와 아버지는 교회에 가 있었다. 또한 크리스마스 이후 처음으로 배달된 편지를 통해 어머니는 무시무시한 소식을 받았다. 또 모어컴 게스트 하우스 소식, 아니, 차라리 그곳 주인인 버틀러 부인 소식이라고 하겠다.

"단연코 핀치 목사님이 하실 일이다." 전화박스로 가기 위해 코트를 걸치며 어머니가 말했다. 어머니가 나가자마자 그 편지를 꺼내 보았다. 게스트 하우스의 손님이 떨어지는 것에 침울해진 데다 보건국의 끊임없는 잔소리에 좌절한 버틀러 부인이 술을 마시게 된 모양이었다. 더욱 중요한 것은 부인 스스로 지역 양로원의 여성 감독을 맡고 있었다는 것이다. 또 한편 부인은 양로원에서 한때 버뮤다 주교의 공식 퇴마사였던 묘한 카리스마를 지닌 남자와 친해졌다. 그 남자는 부목사 부인과의 언급할수 없는 어떤 문제 때문에 설명할 수 없는 상황에 처해 면직된 사람이었다. 이제 다시 영국에서 넋 나간 버틀러 부인의 품 안에서 안전해진 그는, 많이 노쇠한 축에 드는 환자들에게 부두교 의식을 행할 수 있게 해 달라고 부인을 설득했다. 결국 부인과 그 남자는 부두 의식을 행하다 야간 간호사에게 발각되었다.

어머니의 기분이 어땠을지 상상해 보라. 유족회는 쓸쓸한 타격을 입었고, 모어컴 게스트 하우스는 끔찍한 충격을 받았다. 이번에야말로 결정타였다. 나는 어머니가 돌아오기를 기다리며 타오르는 불꽃을 하염없이 바라보았다. 가족들, 진짜 가족들은 의자와 탁자, 그리고 딱 맞는 수의 컵이다. 그런데 내게는 가족이 될 방법도 내 가족을 버릴 방법도 없었다. 어머니는 내 단추에 실을 묶어 놓았고 원할 때 잡아당긴다. 나는 다른 곳에 있는 한 여자를 안다. 아마도 그녀가 나를 구해 줄 것이다. 그러나 그녀가 잠들어 있다면 어쩌지? 그녀가 몽유병에 걸려 내 옆을 걸어가는데 내가 그걸 전혀 모른다면? 그때 뒷문이 꽝 닫히더니 어머니가 거센 바람을 일으키며 성큼성큼 들어왔다. 머리에 쓰는 스카프의 매듭이 바람에 부풀어 종기처럼 어머니의 빰까지 올라와 있었다. "엉망진창이군." 그 편지를 불에 던져 넣으며 어머니가 화를 냈다. "시간 딱 맞추지 못하면 방송 놓친다. 헤드폰 가져와라." 나는 어머니에게 헤드폰을 건넸고 어머니는 마이크의

볼륨을 조절했다.

"맨체스터에 전하는 성령의 빛입니다. 맨체스터 나오세요, 여기는 성령의 빛."

옮긴이의 말

『오렌지만이 과일은 아니다』는 지넷 윈터슨이 스물네 살이었던 1983년 겨울에서 1984년 봄 사이에 집필하고 1985년에 출판한 첫 소설이다. 그해 저명한 휘트브레드 상(이제는 코스타 상으로 이름이 바뀌었다.)을 받았고, 1990년에는 지넷 윈터슨의 각색으로 BBC 방송국의 미니시리즈로 제작되었다. 이 미니시리즈는 흥행에 성공했을 뿐 아니라 각종 방송 관련 상과 각본상을 받았다. 그리고 2009년 민음사의 '모던 클래식' 시리즈로 처음 번역되어 출간되었고 이제 개정판이 나오게 되었다.

이 작품은 당시로서는 상당히 독특한 내용과 구조로 출간 즉시 문학계의 주목을 받았다. 어떤 비평가는 지넷 윈터슨이 "다른 은하계에서 온 혜성처럼 문단에 등장했다."라고 말했다. 일견 성장소설로 간단하게 분류할 수도 있겠으나, 작가의 말을 빌려 말하자면 "가정의 미덕, 교회의 세력, 정상으로 가정되는 이성애에 도전한" 대담한 작품이다. 형식 또는 구조를 보았을 때도 구약 성서의 처음 여덟 편으로 장(障)을 배열하고, 주요 이야기가 진행되는 사이사이 아서왕과 원탁의 기사들이 성배를 좇는 전설, 위닛 스톤자와 완벽한 여자에 관한 동화가 등장하여 주요 서술을 끊기도 하는 등 여러 겹의 순환적인 이야기로 엮어 간다. 문체 또한 시적이며 유려하게 흘러 향수를 불러일으킨다. 시적인 서정성과 구조적 실험성이 함께 섞인 작품이라고 하겠다.

이 작품의 주제를 간결하게 요약해 주는 것은 바로 제목이다. 주인공 지넷이 혼란을 겪을 때면 어머니는 으레 오렌지를 건넨다. 오렌지는 어머니가 신봉하는, 모든 것이 선과 악으로 양분되고 따라서 이성애만이 용납되며, 제도화된 교회가 통제하는 권위의 세계를 상징한다. 어머니는 오렌지만이 진정한 과일이라고 말한다. 지넷은 왜 오렌지여야만 하는지 의문을 품고, 멜라니가 건넨 오렌지를 거부한다. 그리고 오렌지만이 과일이 아닌 더 넓은 세계로 향한다. 작품 속에 등장하는 여러 편의 동화 중, 마법사의 영향력에서 벗어나 고대의 도시를 찾아 떠나는 위닛에 관한 이야기가 같은 맥락에서 읽힐 수 있겠다.

그러나 작품 중간에 삽입된 모든 이야기들이 어떤 총체적 규칙에 따라 등장하거나 주요 서술의 전개와 주제에 긴밀하게 엮여 진행되는 것만은 아니다. 몇몇은 별개의 줄거리로 전개된다고 할 수 있으며 하나의 큰 이야기로 통합되지 않는다. 성서, 역사, 판타지를 아우르며 스토리텔링에 대한 탐구와 실험이 진행되며, 이런 면에서 이 작품은 메타픽션이기도 하다.

분류 방법에 따라 이 작품에 다양한 이름을 붙일 수 있다. 그렇지만 내용과 형식 모두가 어느 틀에 갇혀 있지 않고 활짝 열린 작품이므로 그냥 스토리텔링을 따라가는 것이 이 작품을 가장 잘 감상하는 방법이 아닐까 한다. 『오렌지만이 과일은 아니다』가 자전적 소설이냐는 질문에 작가 지넷 윈터슨은 그렇기도 하고 아니기도 하다고 답했다. 레즈비언 소설을 쓰는 레즈비언 작가냐는 질문에, 자신은 작가인데 우연히 레즈비언일 뿐이지 레즈비언 작가인 것은 아니라고 답했다. 지당한 대답이다. 자전적 소설, 레즈비언 소설, 포스트모던 소설이라는 꼬리표를 붙이고 감상하는 것은 작품의 다의적 내용을 축소하는 결과를 낳을 수 있다.

대학원에서 이 작품을 처음으로 접했고, 그때 읽으면서 막연하게나마 이렇게 좋은 작품을 번역하면 참 좋겠다고 생각했던 기억이 난다. 사실 그때 나는 앞으로 전문 번역을 하겠다는 생각은 없었다. 훌륭한 작품을 번역하게 되어 기쁨이 더 컸지만 곳곳에 나를 괴롭히는 부분들이 있었다. 그때마다 어디선가 읽었던 글귀가 생각났다. "어릴 적에 함부로 꿈꾸지 마라. 어느 날 그렇게 되어 있는 너를 발견할 것이다." 개정판을 내게 되어 거의 십사 년 만에 다시 읽어 보니 작품의 사회, 시대 배경은 더 예스럽게 느껴지는 반면 전반에 흐르는 정서와 사색적 탐구는 참으로 시적이고 유려하면서도 통렬하다는 생각이 들었다. 많은 독자들이 이 작품을 만나 기쁨을 누리기를 바란다.

2023년 겨울
김은정

옮긴이 김은정

서강대학교 영문학과 대학원을 졸업하고, 런던대학교 영문학 석사 과정을 마쳤다. 제이디 스미스의 『하얀 이빨』 『이반의 초상』 『비밀』 『감정의 도서관』 등을 우리말로 옮겼다.

오렌지만이
과일은 아니다

1판 1쇄 펴냄 2009년 11월 20일
2판 1쇄 찍음 2024년 1월 15일
2판 1쇄 펴냄 2024년 1월 22일

지은이   지넷 윈터슨
옮긴이   김은정
발행인   박근섭·박상준
펴낸곳   (주)민음사

출판등록 1966. 5. 19. 제16-490호
주소   (06027) 서울시 강남구 도산대로 1길 62(신사동)
          강남출판문화센터 5층
대표전화 02-515-2000 | 팩시밀리 02-515-2007
홈페이지 www.minumsa.com

한국어 판 ⓒ (주)민음사, 2009, 2017, 2024. Printed in Seoul, Korea

ISBN   978-89-374-5629-9 (03840)